THE AGE OF INNOCENCE

纯真年代

[美] 伊迪丝·华顿 著
周晓欣 译

江西人民出版社
Jiangxi People's Publishing House

目录

Contents

上部 _ *Book 1*

第 1 章

七十年代初一个一月的晚上，克里斯汀·尼尔森[1]正在纽约音乐学院[2]演唱《浮士德》。

虽然已有传言称要在“四十街以北”的偏僻市郊新建一座歌剧院，其造价和壮观程度都可媲美欧洲各大首都的歌剧院，但上流社会依然满足于每年冬天聚首于这座热闹的老学院那破旧的红金色包厢中。思想保守的人对它倍加珍惜，因为它窄小且不便，将纽约所惧怕却又为之吸引的“新贵”挡在门外。多愁善感的人对它的历史渊源依依不舍，喜爱音乐的人则醉心于它卓越的音效——那些为欣赏音乐而建的大厅的音效总难以令人称心。

这是尼尔森女士今冬的首次登台，一群已被报纸称为“显赫非凡的观众”乘着私家小型马车、宽敞的家用敞篷马车或朴素却便捷的布朗轿马车，穿过铺满积雪的湿滑道路前来欣赏。坐着布朗轿马车来听歌剧几乎和坐自家马车一样体面，乘坐这种交通工具离开的一大好处是能让人们（像是在戏谑着民主原则）爬进排队等候的第一辆布朗车，而不必等待自家那位因感冒和烈酒而呼吸不畅的车夫出现在音乐学院的门廊下。了不起的马夫们有一个绝妙的发现，那就是美国人离开娱乐场所的心情比来时更为急切。

纽兰德·阿切尔打开俱乐部包厢的后门时，花园一幕刚刚拉开帷幕。年轻人完全可以早些到场，他七点钟时与母亲和妹妹一起用餐，之后在书房里慢悠悠地抽了一根雪茄。哥特风的书房里摆放着镶玻璃门的黑色胡桃木书架和带尖顶装饰的椅子，这是家中阿切尔夫人唯一允许抽烟的地方。然而纽约首先是一个大都市，众所周知在大都市里早早到歌剧院是不“得体”的，而“得体”与否对纽兰德·阿切尔所在的纽约来说，与几千年前主宰他祖先命运的那些高深莫测的图腾恐惧同样重要。

他的迟到还有一个私人原因。他不紧不慢地抽着雪茄是因为实际上他对艺术一知半解。玩味即将到来的快乐常常比真正享受更能给他一种微妙的满足感。对于雅致的享乐来说尤为如此，而他的大部分乐趣都属此类。这一次，他所期待的一刻是如此的罕有和高雅，以至于——这么说吧，即使他算准了女主角的舞台监督的安排，也不可能在一个更重要的时刻出现在音乐学院里。此刻她刚好唱到“他爱我——他不爱我——他爱我——”，并在露珠般清澈的乐音中徐徐撒落雏菊花瓣。

当然，她是以意大利语而不是英语唱着“他爱我”，因为根据音乐界不变且不容置疑的规矩，瑞典艺术家演唱法国歌剧的德语歌词时必须翻译成意大利语，好让说英语的观众更容易理解。对纽兰德·阿切尔来说，这就跟塑造他生活的所有惯例一样理所当然：例如要用两把以蓝色珐琅刻着他名字缩写的银脊梳将头发分边，出席社交场合时一定要在纽扣眼里插一朵花（最好是栀子花）。

“他爱我……他不爱我……”女主角用意大利语唱着，最后迸发出“他爱我！”的爱情凯歌。她将凋散的雏菊紧贴双唇，抬起大大的眼睛凝望着表情世故的浮士德。扮演浮士德的卡普尔身材矮小，肤色棕黑，他穿着紫色丝绒紧身短上衣，头戴羽毛帽子，徒劳地假装和他无辜的受害者一样单纯、真诚。

纽兰德·阿切尔靠在俱乐部包厢的后墙上，目光从舞台上转向歌剧院的另一端。与他正对的是曼森·明戈特老夫人的包厢。因为身材庞大肥胖，老夫人已经很久没有出现在歌剧院，但在社交聚会之夜总会由年轻的家族成员代为出席。今晚，包厢前排坐着她的儿媳洛弗尔·明戈特夫人和女儿韦兰夫人。这两位身穿织锦礼服的太太身后坐着一位一身白衣的年轻女孩，她稍显沉默，正热切地注视着台上的那对恋人。尼尔森女士的“他爱我！”响彻在安静的歌剧院上空（每当演唱《雏菊之歌》时，包厢中的人们总会停止谈话）。女孩的脸颊泛起了一丝红晕，爬上眉梢，蔓延到金色发辫的发根，晕染了她微耸的胸脯，直至消失在系着一朵栀子花的素净薄纱胸衣下。她低垂着眼看着膝上的一大束铃兰。纽兰德·阿切尔看见她戴着白色手套的指尖轻抚花朵。他深吸一口气，虚荣心得到了满足，目光重新回到舞台上。

舞台的布景极尽奢华之能事，和他一样见识过巴黎和维也纳的歌剧院的人也都得承认布景十分精美。舞台从前景到脚灯都以翠绿色的织布覆盖，中部对称摆放着长满绿苔的小丘，组成灌木丛的底座，旁边放着槌球拱门。灌木丛状如橘树，却镶满了大朵的粉玫瑰和红玫瑰。比玫瑰花大得多的巨大三色堇从玫瑰树下的青苔中一跃而出，模样很像女教徒为上流社会的牧师所做的花形擦笔布。玫瑰枝头上零星嫁接的雏菊盛情绽放，预示着卢瑟·伯班克[3]先生多年以后的园艺奇观。

尼尔森女士站在这个迷人的花园中央，身上穿着绑有浅蓝色缎带的白色羊绒礼服，女式手提袋悬垂在蓝色腰带上，金黄色大发辫精心搭在棉纱胸衣的两侧。她低垂着眼倾听卡普尔先生热烈的求爱，每当他以言语或眼神强烈暗示她去舞台右侧隐约露出的简朴砖房的底层窗子旁时，她都天真地假装不明白他的意图。

“可爱的人儿！”纽兰德·阿切尔心想，目光一下子回到捧着铃兰的女孩身上。“她根本猜不到这是什么意思。”他端详着她全神贯注的年轻脸庞，为占有她而感到兴奋。他既对自己身为男性对她的启蒙而沾沾自喜，又对她难以捉摸的纯洁产生了温柔的敬畏。他想：“我们会一起读《浮士德》……在意大利的湖边……”继而朦朦胧胧地将幻想中的蜜月与文学巨著的情节交织在一起。向新婚妻子介绍这些杰作正是他作为男人的特权。直至那天下午，梅·韦兰才让他猜出她“有意”（这是纽约少女的神圣宣言），而他的思绪早已跳过了订婚戒指、订婚之吻和婚礼进行曲，幻想着与她一起进行某种古老的欧洲仪式。

他丝毫不希望未来的纽兰德·阿切尔夫人是一个头脑简单的人。他希望她（得益于他富有启迪的陪伴）培养出社交技能和敏捷睿智，能与“年轻一代”中最受欢迎的已婚女子不相上下。在这个圈子里，既要吸引男士们的崇敬，又要俏皮地欲迎还拒，是公认的惯例。如果他拷问自己的虚荣心（有时候他几乎这么做了），他会发现自己心底渴望妻子能与这些已婚女子一样圆滑世故，善于逢迎。她们的魅力让他空怀幻想，惴惴不安地度过了两年。当然，即便这个弱点几乎让这个可怜人蒙上污名，还打乱了他整个冬天的计划，他也没有露出任何蛛丝马迹。

他从来没有费心想这种冰与火的奇迹是如何创造的，又为何能一直存在于这个艰难的世界中。但他满足于不加分析地坚持自己的意见，因为他知道这也是所有精心梳发、穿着白色马甲、纽扣眼里插着鲜花的绅士们的观点。他们相继出现在俱乐部的包厢中，与他友好地互致问候，然后将望远镜对准那一圈女士评头论足——她们正是这个体系的产物。与这些精选出来代表老纽约绅士作风的范例相比，纽兰德·阿切尔自认在学术和艺术上都更胜一筹。他可能比他们任何人都读过更多书，思考更深入，甚至见识更广阔。虽然单枪匹马他们无一不暴露劣势，但作为一个整体，他们却成了“纽约”的代表，这种男人间团结一致的习惯让他在所有称为“道德”的问题上接受了他们的教条。直觉告诉他，在这方面特立独行不仅会给自己带来麻烦，而且很不得体。

“呀——好家伙！”劳伦斯·莱弗茨惊呼，一下子放下了对着舞台的望远镜。总的来说，劳伦斯·莱弗茨是纽约城中对“得体”最有发言权的人。他也许比任何人都更潜心研究过这个复杂又精彩的问题，但他能全面而轻松地掌握这门技艺可不是光靠研究办到的。人们只需看看他——从他倾斜的光亮额头，到漂亮卷曲的金色髭须，再到他清瘦优雅的身板和穿着漆皮鞋的修长双脚——就能明白对任何知道如何驾轻就熟地穿好上等服装，看起来仪表堂堂又慵懒优雅的人来说，知道什么是“得体”一定是与生俱来的本事。正如一名年轻的仰慕者曾评价道：“如果有人知道什么时候穿晚礼服要佩戴黑色领带，什么时候不戴，这个人非莱弗茨莫属。”在穿轻便鞋还是漆皮“牛津鞋”的问题上，他的权威还从未受到质疑。

“我的天啊！”他说，默默将望远镜递给老西勒顿·杰克森。

纽兰德·阿切尔顺着莱弗茨的目光看去，诧异地发现莱弗茨惊叫的原因是明戈特老夫人的包厢里出现了一个人。那是一位身形纤瘦的年轻女子，没有梅·韦兰高挑，一头棕发在鬓角处细密地卷曲，以一根镶钻细发箍固定。这个发型让她看起来有一种时称“约瑟芬式”[4]的风格，她身上深蓝色丝绒礼服的剪裁也印证了这一点，礼服用有老式大扣子的腰带夸张地束在胸下。这个衣着奇特的人似乎没有意识到礼服吸引的目光，在包厢中间站了一会儿，和韦兰夫人纠结像她一样坐在包厢右前方是否合适，之后浅笑着顺从了，与包厢另一端韦兰夫人的嫂嫂洛弗尔·明戈特夫人在同一排落座。

西勒顿·杰克森先生把望远镜还给劳伦斯·莱弗茨。整个俱乐部里的人都自觉地转过身来，等待这位老人的评论。杰克森老先生对“家庭”就如劳伦斯·莱弗茨对“得体”一样有着至高无上的权威。他熟知纽约所有家族的亲戚关系，不仅能解释明戈特家（通过索利家）和南卡罗来纳州的达拉斯家之间以及费城的索利家老一辈和奥尔巴尼[5]的奇弗斯家（切不可与大学街[6]的曼森·奇弗斯家搞混）之间错综复杂的关系，还能说出每一个家族的最大特点：例如莱弗茨家（来自长岛的那家）的后辈一毛不拔，拉什沃思一家命中注定经常错结姻缘，而奥尔巴尼的奇弗斯一家每隔一代就会有精神病，因此他们纽约的表亲一直拒绝联姻——除了可怜的梅多拉·曼森，所有人都知道那是一个灾难……但她母亲正是拉什沃思家的。

除了这个庞杂的家谱外，西勒顿·杰克森先生那狭窄而空洞的太阳穴之间和一头柔软的银发之下还记录着纽约过去五十年发生的大部分潜伏于风平浪静之下的绯闻和秘事。他的消息范围广阔，记忆力准确又持久，因此人们大都认为只有他能告诉你银行家朱利叶斯·博福特是何许人也，以及英俊的鲍勃·斯派瑟后事如何。斯派瑟是曼森·明戈特老夫人的父亲，结婚不到一年便神秘失踪了（还带着一大笔委托金）。在他消失的那天，一位一直在炮台区[7]老歌剧院为众多观众表演的漂亮西班牙舞者也坐上了去古巴的船。但这许许多多的秘事都藏在杰克森先生心中，因为强烈的荣誉感不允许他转述任何私下得来的消息，他也深知行事谨慎的名声能增加他探听所需信息的机会。

因此，当西勒顿·杰克森先生把望远镜递给劳伦斯·莱弗茨时，俱乐部包厢里的人都明显屏息凝神地等待着。他那布满血管的眼皮下朦胧的蓝眼睛静静地打量着这群翘首期盼的人，然后意味深长地捻了一下髭须，简单地说：“我没想到明戈特一家真会这么做。”

第 2 章

在这段插曲进行时，纽兰德·阿切尔感到一阵奇怪的窘迫。

他十分恼火，因为在那个吸引了纽约男士们全部注意力的包厢里，他的未婚妻正坐在母亲和舅母之间。他一时间认不出那位穿着帝国式[8]礼服的女子是谁，也想不通为什么她的出现会在俱乐部成员中引起如此大的骚动。然后他醒悟过来，紧接着感到一阵愤慨。没错，没有人想到明戈特一家会这么做！

但毫无疑问，他们就这么做了。阿切尔身后的低声谈论让他确定那位女子就是梅·韦兰的表姐，家人总以"可怜的埃伦·奥兰斯卡"来称呼她。阿切尔知道她一两天前忽然从欧洲回来，韦兰小姐甚至说（她并没有责难的意思）她去见过可怜的埃伦，她正和明戈特老夫人住在一起。阿切尔十分赞同家族团结，他最欣赏明戈特家的一点正是他们会坚定支持清白族群里的几个败家子。年轻人心中并没有任何刻薄和吝啬的感情，他也很高兴未来的妻子能不受假正经的束缚，（在私底下）善待不幸的表姐。但在家族中接纳奥兰斯卡伯爵夫人和把她带到公众场合是两码事，尤其是带到歌剧院这种地方，还与他纽兰德·阿切尔几周后宣布订婚的女子共处一室。不，他和老西勒顿·杰克森感觉一样，没想到明戈特一家居然会这么做！

当然，他知道任何男人敢做的事（在第五大道范围内），身为家族女族长的曼森·明戈特老夫人也敢做。他一直很敬仰这位高高在上的老夫人。虽然她以前只是来自斯塔顿岛的凯瑟琳·斯派瑟，她的父亲莫名其妙地名誉扫地，也没有足够的金钱和地位让人们把这件事抛诸脑后。但她成功地与富裕的明戈特家族的族长结婚，还将两个女儿嫁给了“外国人”（一位意大利侯爵和一位英国银行家），她最英勇的行为可谓在中央公园旁难以接近的荒野中建造了一座奶油色的石头大房子（那个时候，正如下午的服装只能是双排扣长礼服，房子也只能以褐色砂岩建造）。

明戈特老夫人的外嫁女已经成为一个传奇。她们从不回家看望母亲，老夫人像许多头脑灵活、意志坚决的人一样久坐不动，身材臃肿，理智地选择留在家中。但那座奶油色的房子（据说是仿照巴黎贵族的私邸而建）就像是对她精神可嘉的一个有力证明。她的四周环绕着独立战争前的家具和拿破仑三世时期杜伊勒里宫的纪念品（她中年时曾在那里大放光彩），她心如止水，像女王一样端坐其中，仿佛居住在三十四街以北，并且装了可以像门一样打开的法式落地窗而不是向上推开的窗框没有什么特别的。

所有人（包括西勒顿·杰克森先生在内）都同意老凯瑟琳从来不算漂亮——在纽约人眼中，美貌让每个成功都显得合情合理，也能开脱某些失败。刻薄的人说，与同名的凯瑟琳大帝一样，她走上成功之路靠的是坚强的意志、坚硬的内心和一种高傲的厚颜无耻，这种无耻因她私生活极其检点体面而得以不受追究。曼森·明戈特先生在她二十八岁时就去世了，出于对斯派瑟家人普遍的不信任，他多留了一个心眼，把钱财“冻结”起来。但他这位无畏的年轻寡妇勇敢地我行我素，在外国社交圈里左右逢源，把女儿嫁进了天知道有多腐败但光鲜的圈子里，与各种公爵和大使推杯换盏，与天主教徒保持熟络，款待歌剧演员之余还是塔里奥尼[9]夫人的密友。她的声誉（这是西勒顿·杰克森最先声称的）却从未受过任何非议，他总补充说这是她和凯瑟琳大帝唯一的不同。

曼森·明戈特夫人早就成功解冻了她丈夫的财产，富足地生活了半个世纪，但早年困苦的记忆让她非常节俭。虽然每购买一件礼服或家具她都会确保其品质上乘，但她无法强迫自己为餐桌上转瞬即逝的享受买单。因此，出于完全不同的原因，她的饭菜和阿切尔夫人的一样寒酸，她的红酒也不能扭转乾坤。亲戚们认为她餐桌上的贫乏败坏了明戈特的名声，因为人们总将明戈特家族与生活考究联想在一起。不过，即使她提供的是“现成的饭菜”和寡淡的香槟，人们依然趋之若鹜。面对儿子洛弗尔的抱怨（他请来了纽约最优秀的大厨以图恢复家族名声），她总会大笑着说：“我把女儿都嫁出去了，我又不能吃酱汁，在家里请两位好厨子又有什么用呢？”

纽兰德·阿切尔一边沉思，一边再次看向明戈特家的包厢。他看见韦兰夫人和嫂嫂以一种明戈特家特有的冷静面对那帮坐成半圆的评论者，这种冷静是老凯瑟琳向所有家族成员灌输的。只有梅·韦兰那涨红的脸（也许是因为她知道他在看自己）透露了事情的严重性。至于引起骚动的那个人，她正优雅地坐在包厢一角，紧盯着舞台，身体前倾时露出的肩膀和胸脯稍稍超出了纽约习惯的限度——至少对有理由不想被注意的女士来说是这样。

在纽兰德·阿切尔眼中，没有什么比冒犯“品位”更糟糕的事了。“品位”神圣而遥远，“得体”就是它唯一切实可见的表现和替代。奥兰斯卡夫人苍白严肃的面容吸引着他，这个面容与场合和她的不幸境况相符。但她的礼服（没有胸衣）从她瘦弱的肩膀上滑落的样子让他惊讶和不安。他真不愿梅·韦兰受到这样一个漠视

“品位”的女子影响。

“究竟，”他听见身后一个年轻人开口（所有人都会在“梅菲斯托菲勒斯和玛塔”这一幕时聊天），“究竟发生了什么事？”

“唔——她离开了他，没有人否认这一点。”

“他是个糟糕的混账，不是吗？”年轻人继续追问。他是一位率直的索利家人，很明显打算成为那位女士的众多拥护者之一。

“简直糟透了。我是在尼斯跟她认识的。”劳伦斯·莱弗茨颇有威信地说，“一个行动不便，苍白轻蔑的家伙——脑袋长得挺漂亮，但是眼睫毛太多。唔，他这个人啊，不是和女人在一起就是在收集瓷器[10]。我听说他对两者都愿意一掷千金。”

大家都笑了，年轻的拥护者说：“那，然后呢——？”

“然后嘛，她就和他的秘书私奔了。”

“哦，这样啊。”拥护者脸色耷拉下来。

“但并没有持续多久。几个月后，我听说她独自在威尼斯生活。我想是洛弗尔·明戈特去把她接回来的，他说她非常不快乐。那倒没有什么问题——但现在堂而皇之让她出现在歌剧院里又是另外一回事了。”

“可能是因为，”年轻的索利猜测，“她太难过了，不能把她留在家里。”

他的话引起一阵傲慢的笑声，小伙子脸色通红，竭力假装他是想含蓄地表达行家们所谓“一语双关”的样子。

“哎——不管怎样，把韦兰小姐带上还是很奇怪。”有人低声说，瞥了阿切尔一眼。

“噢，这是他们动作的一部分，肯定是老太太的命令无疑，”莱弗茨笑着说，“老太太做事不做则已，一做便不留余地。”

这幕戏临近结束，包厢里人们像往常一样骚动起来。纽兰德·阿切尔忽然有一种果断行事的冲动，他想第一个走进明戈特夫人的包厢，向等待的众人宣布他与梅·韦兰订婚的消息，并且保护她安全度过表姐不同寻常的境遇可能带来的麻烦。这个冲动一下子压倒了所有顾虑和犹豫，他快步穿过红色的走廊，来到歌剧院另一端。

他走进包厢，与韦兰小姐四目交汇，他看出她马上明白了他的来意，但两人奉为美德的家族尊严不容许她如实相告。他们世界里的人活在一种以模糊暗示和微妙隐语沟通的环境中。比起解释，他和她不发一言却心有灵犀，这更让年轻人觉得彼此亲近。她的眼神在说："你知道妈妈为什么要带上我了吧。"他的眼神则回应："我无论如何都不会让你远离我的。"

"你认识我的侄女奥兰斯卡伯爵夫人吗？"韦兰夫人和未来女婿握手时问。阿切尔鞠了一躬，没有伸手，这是男士被介绍给女士时的惯例。埃伦·奥兰斯卡微微颔首，戴着浅色手套的双手握住她那巨大的鹰毛扇。阿切尔向身形高大、一头金发、绸缎礼服窸窣作响的洛弗尔·明戈特夫人致意后坐在未婚妻身边，低声说："我希望你已经告诉奥兰斯卡夫人我们订婚了？我想让每个人知道——希望你答应我今晚就在舞会上宣布。"

韦兰小姐的脸如朝霞般绯红，明眸善睐地看着他。"如果你能说服妈妈的话，好吧，"她说，"但我们为什么要改变已经定好的计划呢？"他没有作声，只以眼神回答。她越发自信地微笑着说："你去跟我的表姐说吧，我批准了。她说你们小时候经常一起玩耍。"

她往后挪了挪椅子给他让路，阿切尔动作很快而且不无招摇地在奥兰斯卡伯爵夫人身旁坐下，好让整个歌剧院都看见他的举动。

“我们以前的确经常一起玩耍，对吗？”她问，转过来深邃地看着他，“你淘气得不行，有一次在门后亲了我一口。那时候我喜欢的人是你的表哥范迪·纽兰德，但他从来都没有正眼看过我。”她看了一圈分布成马蹄铁状的包厢。“啊，往事一下子都想起来了——这里的每个人好像都还穿着灯笼裤和宽长裤[11]一样。”她说话时带着一丝异国口音，然后重新看着他。

尽管他们的表情十分客气，但年轻人惊讶地发现，他们仿佛身处一场庄严的审判中，而受审的人正是她，这个想法很不合时宜。没有什么比不分场合的失礼更不得体了。他有点生硬地回答：“是的，你已经离开很久了。”

“噢，真像几个世纪那么久了，”她说，“久得我都觉得自己已经死了，被埋葬了，而这个熟悉的老地方就是天堂。”说不上为什么，纽兰德·阿切尔觉得这样形容纽约社会其实更加不敬。

第 3 章

事情总是一成不变地发生。

在举办年度舞会的当晚，朱利叶斯·博福特夫人总是雷打不动地出现在歌剧院里。事实上，她总是在歌剧之夜举办舞会，以强调她对打理家务琐事不屑一顾，而且她有一群十分能干的仆人，能在她外出时将舞会的每个细节安排妥当。

博福特夫妇的房子是纽约少有的设有宴会厅的宅邸之一（甚至先于曼森·明戈特夫人家和黑德利·奇弗斯家），那时候人们逐渐认为往会客室的地板铺上“粗麻布”并把家具搬到楼上的做法十分“土气”。宴会厅不作他用，一年中有三百六十四天不见天日，镀金的椅子堆在一角，水晶吊灯用袋子罩住。人们觉得，博福特这种绝对的优越足以弥补其让人遗憾的过往。

阿切尔夫人喜欢将她的社交理念以格言的方式说出来，她曾说：“我们都有自己的平民玩偶——”这句话虽然十分大胆，却得到了许多心胸孤傲的人暗暗赞同。但确切来说，博福特夫妇并不是平民，有人说他们连平民都不如。博福特夫人的确来自美国最负盛名的家族之一，她原叫里贾纳·达拉斯（南卡罗来纳州的那支），是一位身无分文的美人，后经行事鲁莽、总是好心办坏事的表姐梅多拉·曼森介绍进入纽约社交界。一个人如果是曼森家和拉什沃思家的亲戚，便在纽约上流社会有了“公民权”[12]（经常去杜伊勒里宫的西勒顿·杰克森先生如此称呼）。但倘若嫁给朱利叶斯·博福特，她不就自动放弃这种权利了吗？

问题在于，博福特究竟是何许人也？他被认为是英国人，热情亲切，一表人才，脾气暴躁，好客又机智。他带着曼森·明戈特夫人那位当银行家的英国女婿写的推荐信来到美国，迅速在上流社会中取得了一席之地，但他沉迷酒色，说话刻薄，出身诡秘，当梅多拉·曼森宣布表妹与他订婚时，人们觉得轻率鲁莽的梅多拉那一长串愚蠢的举动里又多了一条。

但是愚蠢和智慧，通常得从结果来判断。年轻的博福特夫人结婚两年后，人们都得承认她有着纽约最显贵的大宅。没有人知道这个奇迹是怎么实现的。她好逸恶劳，消极忍让，尖酸的人甚至说她沉闷无趣。但她打扮得像个宠儿，身上挂满珍珠，一年比一年年轻，头发越发金黄，人也更漂亮了。她像女王一样住在博福特先生牢固的褐石宫殿里，戴着珠宝的小指头不需一动就能把所有人吸引到家里来。知道内情的人说博福特亲自训练佣人，向大厨教授新菜式，告诉园丁在温室里种植哪些适合在餐桌和会客厅摆放的花卉，还说他亲自挑选客人，酿造餐后的潘趣酒，口授妻子写给朋友的便条。如果他真这么做了，那这些家务活动都是暗中进行的。他在众人面前展示出一副无忧无虑、热情好客的富翁形象，像受邀而来的宾客一般超脱地漫步在自家的会客厅中，一边说："我妻子的大岩桐花真是惊艳，不是吗？我想她是从邱园[13]移植过来的。"

大家一致认为，博福特先生的秘密在于他能轻而易举地办成事。尽管人们暗中议论正是雇用他的那家国际银行"帮助"他离开英国的，但他和对付其他传言一样轻松应对这则消息——虽然纽约的商业良心和道德标准一样敏感。他所向披靡，把整个纽约都请到了自己的会客厅里。现在，即使过去了二十多年，人们说起“去博福特家”时的语气就和他们说去曼森·明戈特夫人家一样心安理得，而且心满意足地知道他们能吃上热气腾腾的潜鸭，喝上佳酿，而不是出窖不足一年、半温不热的凯歌香槟和加热过的费城炸肉饼。

这时，博福特夫人和往常一样掐在《珠宝之歌》之前出现在她的包厢中，又和往常一样在第三幕结束时起身，在优美的双肩上披了斗篷离开。纽约便知道舞会将在半个小时后开始了。

博福特的家是纽约人愿意自豪地向外国人展示的房子，尤其是在年度舞会这晚。博福特夫妇是纽约最先拥有红丝绒地毯的家族之一，他们让家中的男仆将地毯铺在自家遮阳篷下的楼梯上，而不是和晚饭及宴会厅的椅子一起租回来。他们还开创了一项传统，让女士们在门厅里脱下斗篷，而不是拖着走到楼上女主人的卧室里，在煤气灯的帮助下重新卷发。据说，博福特曾称他以为妻子的所有朋友都由女仆负责打理发型，确保出门时一丝不苟。

此外，房中还大胆地设了一间宴会厅，这样客人不需拥挤地走过狭窄的走廊（像奇弗斯家那样），而是庄严地穿过相对而列的会客厅（海绿厅、深红厅和金黄厅）来到宴会厅中。远处璀璨的烛光映在抛光木地板上，再过去便是温室，茂密的茶花和树蕨像拱顶一样罩在黑色和金色的竹椅上。

作为一个有地位的年轻人，纽兰德·阿切尔稍晚一些才踱步进门。他脱下大衣，递给穿着长筒丝袜的男仆（长筒丝袜是博福特少有的愚昧之一），慢吞吞地在挂有西班牙皮革和摆放着孔雀石镶嵌家具的书房里闲逛，几位男士一边闲聊一边戴上他们的舞会手套。阿切尔终于在这里加入宾客的队伍，由站在深红会客厅门口的博福特夫人接见。

阿切尔格外紧张，他没有在歌剧结束后回到自己的包厢（年轻人们通常都会回去），而是在如水的夜色下沿着第五大道走了一小段路，然后折返走向博福特家。他害怕明戈特一家做得过火，会听从明戈特奶奶的吩咐把奥兰斯卡伯爵夫人带去舞会。

从俱乐部包厢人们的语气中，他知道那会是一个严重的错误，虽然他比以往更铁了心要“渡过难关”，但比起在歌剧院与埃伦浅谈之前，他支持未婚妻表姐的英勇和坚毅消退了不少。

阿切尔继续走到金黄色会客厅（博福特居然在这里挂上让人议论纷纷的布格罗的裸体画《胜利之爱》），看见韦兰夫人和女儿站在宴会厅门旁。人们已经在远处双双起舞：烛光洒在旋转的纱裙上，洒在戴着素净花环的少女脸上，洒在少妇们时髦的白鹭毛头饰上，洒在闪耀夺目的胸衣和簇新光亮的手套上。

韦兰小姐显然正要加入舞池，她站在门前，手里拿着铃兰花束（她从不拿其他鲜花），脸色略显苍白，眼神中闪烁着真挚的期待。一群年轻的男女围拢在她身旁，与她握手道贺，欢快地嬉笑。韦兰夫人站得离他们稍远，满面春风，表示赞许。韦兰小姐明显正在宣布订婚的消息，她的母亲则合乎时宜地假装很不情愿的样子。

阿切尔顿了一下，宣布订婚正是他的明确意愿，然而他并不希望自己的幸福以这种方式公之于众。在熙攘喧闹的宴会厅中正式宣布这个消息就像剥夺了他心底那花朵般娇嫩的隐私。他将喜悦埋得很深，因此即使表面被玷污了也无法改变其本质，但他仍然希望能保持这层表面的纯洁。当阿切尔知道梅·韦兰与他感同身受时，他便感到一阵满足。她的眼神寻觅着与他相遇，仿佛在说：“记住，我们这样做是因为这是正确的。”

没有哪种呼唤能在阿切尔心中得到如此迅速的回应，但他希望有一个更理想的理由证明他们必须这样做，而非仅仅因为可怜的埃伦·奥兰斯卡。韦兰小姐身旁的人群笑容满面地为他让路。在接受了众人祝福之后，他把未婚妻领到宴会厅中央，一手搂着她的腰。

“现在我们不用说话了。”他说，微笑着看着她真诚的眼睛，两人随着《蓝色多瑙河》轻柔的旋律翩跹起舞。

她没有回答，嘴唇颤抖着微笑，但眼神依然疏离、严肃，仿佛正在留意某个只可意会的幻象。“亲爱的。”阿切尔轻声说着，将她拥入怀里，他深信订婚后的那几个小时即使在宴会厅中度过也是庄严而神圣的。身边有这样一位纯洁、耀眼而善良的人，他的新生活将会多么美好啊！

一曲舞罢，定下婚约的两人款款走进温室，坐在高高的树蕨和茶花组成的屏障后面，纽兰德亲吻她戴着手套的手。

“你看，我照你说的做了。”她说。

“是的，我等不及了，”他微笑着回答，过了一会儿又说，“只是，我希望不用在舞会上宣布。”

“是的，我知道，”她表示理解地回望着他，“但不管怎样——就算在这里，我们也能单独相处，不是吗？”

“噢，亲爱的——永远如此！”阿切尔高声说。

显而易见，她永远都能明白他，她永远都能说出对的话。这一发现让他心花怒放，于是欢快地说：“最糟糕的是我想亲吻你却做不到。”他一边说，一边快速地环顾了温室一圈，确保他们拥有片刻的隐私。他拥她入怀，飞快地在她唇上吻了一下。为了弥补这一大胆的举动，他把她带到温室较开阔一侧的竹编沙发处，坐在她身旁，从花束里折下一枝铃兰。她静静地坐着，世界就像一条沐浴着阳光的河谷躺在他们脚下。

过了一会儿，她仿佛在说梦话一样问他："你告诉埃伦表姐了吗？"

他打起精神，想起还没有这样做。他无法抑制地抗拒向一位陌生的外国女子谈及此事，所以话到嘴边又吞了回去。

"没有——我一直没有机会。"他急忙撒谎。

"啊，"她看起来很失望，但仍温柔地坚持已见，"那你一定要告诉她，因为我也没有和她说，我不希望她以为——"

"当然不会。只是，这件事难道不应由你来告诉她吗？"

她仔细想了想。"如果我能在对的时机跟她说，那么是的。但现在已经晚了，所以我想你必须跟她解释，说我让你在歌剧院时跟她说，好能在我们在这儿向大家宣布之前告诉她。否则她可能以为我把她忽略了。你瞧，她是家族的一员，又离家太久了，以至于有点儿——敏感。"

阿切尔热切看着她。"亲爱的天使！我当然会告诉她，"他略带沉思地扫了一眼人潮涌动的宴会厅，"但我还没有看见她。她来了吗？"

"没有。她最后一刻决定不来了。"

"最后一刻？"他重复着，难掩惊讶，她居然认为不来也没有问题。

"是的，她非常喜欢跳舞，"姑娘简单地说，"但她忽然觉得参加舞会的裙子不够醒目，虽然我们都认为裙子很漂亮。舅妈只好带她回家了。"

“哦，这样——”阿切尔毫不在意地说，又带着些喜悦。未婚妻谨遵他们成长时被教导的惯例，将“不快”抛诸脑后，没有什么比这更能让他快乐了。

他细想：“她和我一样明白她表姐不出现的真正原因。但我绝不能让她看出我知道可怜的埃伦·奥兰斯卡的名声蒙上了阴影。”

第 4 章

第二天，他们开始了第一轮例行订婚互访。纽约在这方面的仪式严格刻板。为了遵守礼节，纽兰德·阿切尔首先与母亲妹妹一起拜访韦兰夫人，然后和韦兰夫人及梅一起驾车到曼森·明戈特老夫人家中，接受德高望重的老祖宗祝福。

拜访曼森·明戈特夫人对年轻人来说总是一件趣事。老夫人的房子本身就是一份史册，虽然，当然不及大学街和第五大道南部某些家族老宅那么珍贵——那几座房子是纯粹的三十年代风格：洋蔷薇花环地毯、玫瑰木桌案、带有黑色大理石壁炉架的圆拱形壁炉与巨大的镶玻璃门红木书柜冷冰冰地融为一体。明戈特老夫人的房子是她后来建造的，她亲手扔掉了年轻时的大件家具，并且把第二帝国[14]风格的浮夸坐垫跟明戈特家族的传家宝混搭在一起。她习惯坐在一层客厅的窗边，仿佛平静地看着生活和上流社会一路北上来到她孤零零的门前。她似乎不着急让客人前来，因为除了耐心，她还自信满满。她敢打包票，那些临时围篱、菱形玻璃、单层大客厅、杂乱花园里的木头温室和供山羊视察地形的大石都将随着和她的房子一样雄伟——甚至（她可是个不带偏见的人）比它更雄伟的房子建成而荡然无存，而以往让公交车颠簸着咔嗒作响的石板路将像人们在巴黎看见的那样，被平滑的柏油马路替代。同时，由于所有她想见的人都会登门拜访（她不需往晚宴菜单里增加一道菜，便能和博福特夫妇一样轻松地让家中宾客盈门），因此地理上的隔绝并没有给她带来麻烦。

中年时期在她身上增加的肥肉就像古城废墟上堆积的火山熔岩一样，将她从一个腿脚灵便、丰腴活泼的小个子女人变成了一个自然现象般的庞然大物。和遇到其他考验时一样，她淡然接受了这种体态的下沉。而现在，已到风烛残年的她因此得到回报，镜子中的她是一堆几乎没有皱纹、紧实粉嫩的肥肉，身子正中勉强能看见一张小脸，仿佛在等待挖掘。光滑的下巴层层叠叠地延伸至依然雪白的胸部深沟，胸上罩着雪白的棉纱，以一幅已故的明戈特先生的迷你肖像固定着。胸部往下，黑色丝绸如波浪般盖住了宽大扶手椅的边缘，两只白嫩的小手像海鸥一样停靠在波浪表面。

曼森·明戈特夫人身上的负重早已让她无法上下楼梯，她特有的独立个性让她将会客室放到了楼上，而将自己安顿在房子的一楼（这公然违反了纽约的所有规矩）。这样一来，当你和明戈特夫人一起坐在客厅窗边时，一不留神便能（透过一扇永远敞开的大门和门上挂起的黄色锦缎门帘）窥见卧室的全貌，巨大而低矮的床上像沙发一样放着衬垫，梳妆台上装饰着浮夸的蕾丝花边和一个镀金边框的镜子。

她的拜访者看到这种奇特的摆设大吃一惊，又为之着迷，这让他们想起了法国小说中的情景和单纯的美国人从未想过的伤风败俗的建筑构思。在毫无道德可言的旧社会里，与情人姘居的女人就是这么生活的，他们住在所有房间都在同一层的公寓里，像小说描述的那样耳鬓厮磨、有伤风化。纽兰德·阿切尔想象明戈特夫人清白无辜地生活在这个男女私通的场景中（他暗自将《卡莫斯先生》中缠绵的场景代入明戈特夫人的卧室里），觉得十分有趣。但他由衷钦佩地想，如果她有中意的恋人，这位无畏的女士一定会将他据为己有。

这对订婚情侣拜访外祖母时，奥兰斯卡伯爵夫人没有出现在会客厅里，大家都松了一口气。明戈特夫人说她出门了，对一位名声受累的女士来说，在这样一个阳光明媚的“购物钟点”出门似乎不怎么合适。但不管怎样，他们因此躲过了她在场的尴尬，也避免了被她那不幸的过往笼罩住光明的未来。和预想中一样，这次拜访非常顺利。明戈特老夫人对订婚十分满意，而一直留意的亲戚们早就预料到他们的婚事，因此已经谨慎地在家族讨论中通过了。订婚戒指是一枚又大又重的蓝宝石，嵌在隐形的镶爪中，得到了她毫不吝啬的赞美。

“这是新式镶嵌，当然能衬托出宝石的美艳，但在守旧的人看来有点光秃秃的。”韦兰夫人一边解释，一边抚慰地斜眼看着未来女婿。

“守旧的人？我希望你不是指我吧，亲爱的？我喜欢所有新奇的事物，”老祖宗说道，拿起宝石凑近她小而亮的眼球细看，她从不戴眼镜，以免破坏容貌，“非常漂亮。”她一边交还宝石一边说：“非常大方。在我那个年代，一颗镶嵌在珍珠上的浮雕宝石就够了。但真正衬托戒指的是那只手，你说对吗，我亲爱的阿切尔？”她挥了挥小手，小小的指甲修剪得很尖，长年积赘的肥肉像象牙手链一样一圈圈地堆在手腕上。“我的戒指是罗马著名的费力佳尼设计的。你应该让他来设计梅的戒指，他一定愿意的，我的孩子。她的手真大——这些现代运动把关节都撑大了——但皮肤还是白的。——婚礼什么时候举行？”她忽然盯着阿切尔发问。

“噢——”韦兰夫人支吾道，年轻人则笑着看未婚妻回答：

“越快越好，要是你能支持我就好了，明戈特夫人。”

“我们必须给他们时间，让他们更好地了解对方，妈妈。”韦兰夫人打断说，恰到好处地假装很勉强的样子。老祖宗接话：“了解对方？胡说！纽约的每个人都早就相互认识了。随这个小伙子去吧，亲爱的，别等得花儿都谢了。大斋节前就让他们成婚。指不定哪个冬天我就会患上肺炎，我还想办婚礼早餐宴呢。”

听到这一连串的表态，大家都恰如其分地表达了愉快、怀疑与感激之情，拜访正要在祥和的客套话中结束，这时大门开了，头戴软呢帽、身披斗篷的奥兰斯卡伯爵夫人走进来，身后居然还跟着朱利叶斯·博福特。

表姐妹俩低声寒暄，明戈特夫人向银行家伸出戴着费力佳尼戒指的手。“哈！博福特，真是稀客！”（她总是用一种奇怪的异国方式——以姓氏称呼男士。）

“谢谢。我应该常来拜访的，”客人以他一贯轻松高傲的姿态回答，“我平时总被事务缠身，但我在麦迪逊广场碰见了埃伦伯爵夫人，她很友善地允许我送她回家。”

“啊——既然埃伦来了，我希望家里能更热闹！”明戈特夫人旁若无人地高声说，“坐下——坐下，博福特，把那张黄色扶手椅挪过来。既然你来了，我可要好好聊一聊。听说你办的舞会十分盛大，还邀请了勒姆尔·斯特拉瑟斯夫人？啊——我真想亲自见见这个女人。”

她已经忘记了自己的亲戚，他们正被埃伦·奥兰斯卡领着三三两两地走到门厅。明戈特老夫人一直对朱利叶斯·博福特赞赏有加，两人都冷静而专横，热爱打破常规，因而彼此之间有一种亲密感。现在她迫切地想知道是什么让博福特夫妇决定（破天荒地）邀请勒姆尔·斯特拉瑟斯夫人。做鞋油生意的斯特拉瑟斯家族的这位遗孀去年刚刚结束漫长的欧洲旅居，回来攻克纽约这座坚固的小堡垒。“当然，如果你和里贾纳邀请她，这事就定了。唔，我们需要新人和新的资金——我听说她风韵犹存。”肉食性的老夫人宣称。

门厅里，韦兰夫人和梅穿上她们的皮毛大衣，阿切尔发现奥兰斯卡伯爵夫人略带疑问，微笑地看着他。

“你肯定已经知道了——梅和我的事，”他说，难为情地笑着回应，“她责怪我昨晚没有在歌剧院告诉你，我受她吩咐要告诉你我们订婚了——但在大家面前我说不出口。”

奥兰斯卡伯爵夫人的笑意从双眼蔓延到双唇：她看起来更年轻，更像他童年时那位勇敢而黝黑的埃伦·明戈特了。“是的，我当然知道了，真替你们高兴。但的确不该在人多的地方首次宣布这种事情的。”女士们站在门口，她伸出手来。

“再见。有空来看我。”她说，始终看着阿切尔。

他们坐在马车中沿第五大道往南走，率直地谈论着明戈特夫人，说起她的年纪、精神和所有的优点。没有人提到埃伦·奥兰斯卡，但阿切尔知道韦兰夫人在想：“埃伦不该在回国的第二天出现，并且在繁忙时段和朱利叶斯·博福特大摇大摆地走在第五大道上——”年轻人在心中加了一句：“她也应该知道一个刚刚订婚的男人不会到处拜访已婚女子，但我敢说，在她生活的圈子里人们会这样做——从不例外。”虽然他颇以四海为家的观点为豪，但依然谢天谢地自己是一个纽约人，并且即将和自己的同类联姻。

第5章

第二天晚上，西勒顿·杰克森老先生与阿切尔一家吃晚饭。

阿切尔夫人是一位含蓄的女人，鲜有社交，却喜欢掌握上流社会的一举一动。她的老朋友西勒顿·杰克森先生在打探友人私事上有着收藏家的耐心和动物标本学家的技巧。他的妹妹苏菲·杰克森小姐和他住在一起，接受那些见不到她大受欢迎的哥哥的人们的款待，她带回来一些消息的细枝末节对补充他的故事大有裨益。

因此，每当发生了一件阿切尔夫人感兴趣的事，她都会邀请杰克森先生前来吃饭。由于阿切尔夫人很少发出邀请，而且她和女儿简妮总是洗耳恭听，因此杰克森先生通常会亲自前来而不是派妹妹代替。如果他能决定一切条件的话，他会选择纽兰德不在家的晚上出席。这倒不是因为年轻人与他志趣不投（两人在俱乐部里相处甚欢），而是因为这位轶事收集者有时候感觉纽兰德倾向于考究他的证据，而他家中的女士却从不如此。

如果世上有完美这回事的话，杰克森先生还会要求阿切尔夫人的食物更精美一些。但从人们有记忆时起，纽约就已经分为两大阵营：一边是明戈特-曼森家族，他们关心吃穿和挣钱；另一边则是阿切尔-纽兰德-范德卢顿家族，他们醉心于旅行、园艺和精彩的小说，瞧不起粗俗的享乐。

毕竟，人不能事事如意。如果和洛弗尔·明戈特一家吃饭，你能吃到潜鸭、甲鱼和陈年的好酒，而在艾德琳·阿切尔家你可以谈论阿尔卑斯山的景色和《玉石雕像》，幸运的是，阿切尔家的马德拉白葡萄酒品质上乘。因此，当收到阿切尔夫人的善意邀约时，深谙折中之道的杰克森先生通常会对妹妹说："我上次在洛弗尔·明戈特家晚宴后痛风还未痊愈——到艾德琳家节制饮食对我有好处。"

阿切尔夫人守寡多年，与儿女一起住在西二十八街上。楼上专供纽兰德居住，两位女士则逼仄地住在不那么宽敞的下层。他们的品位和爱好和谐一致，会在玻璃箱中种植蕨类，在麻布上编织流苏花边和羊毛刺绣，收藏美国独立战争时期的上釉陶器，订阅《名言》杂志，还会阅读奥维达的小说来营造一种意大利的氛围。（虽然他们更喜欢阅读关于农民的小说，因为当中有对景色的描写，还让人赏心悦目。但他们普遍也喜欢关于上流人物的书籍，因为这些人的目的和习惯更易理解。他们痛斥狄更斯，认为他"从来没有描画过一位绅士"，并且觉得萨克雷描写贵族社会不如布尔沃自如，虽然人们已开始认为后者不入时了。）

阿切尔夫人和阿切尔小姐都非常喜欢风景，偶尔出国旅行，也总是首先寻找和欣赏风景。她们认为建筑和绘画是男人的话题，主要迎合阅读拉斯金作品的博学之士。阿切尔夫人的娘家是纽兰德家族，她和女儿就像姐妹般相似，人们说她们都是"真正的纽兰德家人"。她们高挑、苍白、肩膀略圆，有着长鼻子和甜美的笑容，还与雷诺兹的几幅褪色的画像一样有股倦怠的气质。阿切尔夫人因年老丰腴而撑大了身上的黑色织锦，而阿切尔小姐未曾婚嫁的身上那棕紫色府绸则一年比一年宽松，如果不是这样，两人的体形会更加相像。

纽兰德知道，母女二人的心态并不像她们相同的举止表现出来的那么相似。由于长期相依为命，她们有着一样的说话方式，而且每一方想表达自己的观点时，也都习惯以“母亲觉得”或“简妮觉得”开头。但实际上，阿切尔夫人生性平静，缺乏想象，易于接受公认和熟悉的事物，简妮则因爱情积郁而耽于幻想，容易受到惊吓和失常。

母女二人相亲相爱，也很敬重她们的儿子和兄长。阿切尔温柔地爱着她们，这种温柔因他感受到，并暗暗满足于她们夸张的爱慕而变得愧疚、不辨是非。毕竟，他认为在家中树立威信对男人而言是一件好事，即使他的幽默感有时候让他怀疑自己的命令是否有效。

这一次，年轻人很肯定杰克森先生希望他能外出就餐，但他有自己的理由不这么做。

不用说，老杰克森想谈论埃伦·奥兰斯卡，阿切尔夫人和简妮当然也都想听听他有何要说。他们三人都会因纽兰德在场而略显尴尬，因为他与明戈特家族未来的关系已是众所周知。年轻人又好笑又好奇地期待着他们如何化解难题。

他们先是含糊地谈论勒姆尔·斯特拉瑟斯夫人。

“博福特夫妻邀请了她真是可惜，”阿切尔夫人轻声说，“但里贾纳总是按丈夫所说的办事，而博福特——”

“博福特留意不到一些细微的差别。”杰克森先生说，一边谨慎地看着烤鲱鱼，并不止一次心想阿切尔夫人的厨子为何总能把鱼子烤成煤渣。（一直感同身受的纽兰德总能从老人脸上的忧郁不满看出他的疑虑。）

“噢，不奇怪。博福特是一个俗人，”阿切尔夫人说，“我祖父纽兰德以前总对我母亲说：‘不管你做什么，绝不能将博福特那家伙介绍给女孩们。’但至少他还有幸跟绅士们来往，他们说在英国也如此。整件事都奇怪得很——”她看了简妮一眼，止住了话。她和简妮都对博福特的秘事了如指掌，但在公众场合阿切尔夫人依然假装这个话题不适合与未婚人士讨论。

“说到这位斯特拉瑟斯夫人，”阿切尔夫人继续说，“西勒顿，你说她是什么人来着？”

“从矿井来的，准确来说是从矿井边上的一个小酒馆来的，后来跟随‘活蜡像’在新英格兰地区巡演。那个玩意儿被警察解散以后，他们说她生活在——”这回轮到杰克森先生瞥了一眼简妮，她的眼睛在凸起的眼皮下鼓起来。她对斯特拉瑟斯夫人过往的了解还有些遗漏。

“后来，”杰克森先生继续说（阿切尔知道他是在想为什么从来没有人吩咐仆人千万不能用钢制餐刀切黄瓜），“后来勒姆尔·斯特拉瑟斯出现了。他们说他的广告商在鞋油的海报上用了这个女孩的头像，她的头发非常乌黑，你知道的——埃及风格。总之，他——终究——娶了她。”“终究”二字的间隔方式意味深长，每一个音节的轻重都恰到好处。

“哦，这个嘛——按我们现在碰到的窘况来说，这不算什么。”阿切尔夫人淡淡地说。彼时，女士们并不是真正对斯特拉瑟斯夫人感兴趣，埃伦·奥兰斯卡这个话题对她们而言更新鲜、更吸引人。的确，阿切尔夫人提及斯特拉瑟斯夫人的名字只是为了说：“那纽兰德新认的表姐——奥兰斯卡伯爵夫人呢？她也在舞会上吗？”

阿切尔夫人提起儿子时语气中略带讽刺。阿切尔察觉到，也早料到了。即使是很少为俗事欢天喜地的阿切尔夫人也对儿子订婚一事感到心满意足。（“尤其是经过与拉什沃思夫人那件蠢事以后。”她对简妮这样说，她所指的这件事对纽兰德来说曾是一个让他永远背负创伤的悲剧。）无论从哪个角度来看，在纽约没有比梅·韦兰更合适的婚配人选了。当然，这门亲事对纽兰德来说也是门当户对。但是年轻的男人愚蠢善变——有一些女人又工于心计，寡廉鲜耻——因此她的独子能安全避开塞壬岛[15]而进入家庭生活这个平静的港湾，简直就是一个奇迹。

阿切尔夫人有这些感觉，她的儿子也知道。但同时他也知道她对过早宣布订婚，或者说对过早宣布的原因感到不安。正是由于这个原因——因为他总体来说是一个温柔迁就的男主人——他决定今晚留在家里。“并不是说我不赞成明戈特家的团队精神，我只是不明白为什么纽兰德的婚约要和那个叫奥兰斯卡的女人扯上关系。”阿切尔夫人对简妮咕哝着，只有简妮目睹了一贯甜美温柔的母亲的轻微不悦。

拜访韦兰夫人时，她的表现完美无缺——在这方面她可谓无人能及。但纽兰德知道（他的未婚妻无疑也猜到了），整个拜访过程中她和简妮一直紧张地留意奥兰斯卡夫人会否不请自来。当她们一起告辞时，她终于肯对儿子说：“奥古斯塔·韦兰单独接待了我们真是谢天谢地。”

这些内心挣扎的迹象让阿切尔很是触动，以至于他也觉得明戈特一家做得过头了。但鉴于母子二人谈及心中最迫切的想法有违他们的所有行为准则，他只好简单回答：“噢，订婚的时候总是要参加各种家族仪式，越早完成越好。”听到这句话，戴着结霜葡萄图案灰丝软帽的阿切尔夫人只在放下的蕾丝面纱后抿了抿嘴。

他觉得，她的报复——她正当的报复——是那天晚上将杰克森先生“引向”奥兰斯卡伯爵夫人的话题。而作为明戈特家族未来一员的年轻人在公开完成使命后，并不抗拒听听人们私底下对这位女士的评价——虽然他已经开始厌烦这个话题了。

杰克森先生要了一块不冷不热的肉片，忧郁的管家将肉片递给他时眼神和他一样充满怀疑。他以几乎难以察觉的动作嗅了一下蘑菇酱，然后拒绝了。他看起来既困惑又饥饿，阿切尔暗想他可能会以讨论埃伦·奥兰斯卡来结束这一顿饭。

杰克森先生往后靠在椅背上，抬眼看着烛光中的阿切尔家族、纽兰德家族和范德卢顿家族画像，它们被镶在黑色画框中，挂在黑色墙上。

“啊，我亲爱的纽兰德，你的祖父阿切尔可是非常喜欢丰盛的晚餐！”他说，眼睛停留在一幅画像上。画像中的年轻人身材饱满，围着硬领巾，穿着蓝外套，身后是一幢有白色柱子的乡村大宅。“好啊——好啊——好啊……不知道他会对这些异国婚姻作何感想呢！”

阿切尔夫人并没有理会他对祖先们菜肴的暗示，杰克森先生遂不慌不忙地继续说：“没有，她没有出现在舞会上。”

“啊——”阿切尔夫人低声说，语气仿佛在暗示“还算她识大体”。

“或许是因为博福特夫妇不认识她吧。”简妮拙劣地恶意猜测。

杰克森先生轻抿了一下嘴，仿佛在品尝一杯隐形的马德拉白葡萄酒。“也许博福特夫人不认识她——但博福特肯定认识，因为今天下午整个纽约都看见他们在第五大道上走着。”

“天啊——”阿切尔夫人哀叹道，显然意识到试图将外国人的举止归因于矜持是徒劳的。

“不知道她在下午会戴圆帽还是软呢帽呢，”简妮猜想着，“在歌剧院时我知道她穿着一件深蓝色丝绒礼服，平平无奇——像睡衣一样。”

“简妮！”她母亲叫道。阿切尔小姐脸红了，装出一副肆无忌惮的样子。

“无论如何，不去舞会是更得体的做法。”阿切尔夫人继续说。

她的儿子意气用事地接话说：“我不认为她的考虑在于是否得体。梅说她本来打算去，可后来觉得要穿的裙子不够亮眼。”

这句话印证了她的推论，阿切尔夫人微微一笑，淡淡地说：“可怜的埃伦，”然后同情地补充道，“我们可不能忘了梅多拉·曼森是以怎样稀奇古怪的方式把她带大的。一个女孩被允许穿黑色绸缎礼服出席自己初入社交界的舞会，你还能指望什么呢？”

“啊——我可记得她了！”杰克森先生说。接着又加了一句：“可怜的孩子！”语气中像在品味那段记忆，同时深知那一幕预示着什么。

“真奇怪，”简妮说，“她会保留埃伦这个难听的名字。要是我就把它改成伊莱恩了。”她扫视餐桌观察大家的反应。

她的哥哥笑了。“为什么是伊莱恩呢？”

“我也不知道。这听起来更——更有波兰味道。”简妮红着脸说。

“听起来更惹眼了，那可不是她想要的。”远处的阿切尔夫人说。

“为什么不呢？”她儿子插嘴说，忽然变得好辩起来，“如果她愿意的话，为什么不能惹眼？她为什么要东躲西藏的，仿佛她才是给自己蒙羞的人？她是‘可怜的埃伦’没错，因为她很不幸有一段失败的婚姻，但我不认为她因为这样就该像罪犯一样把自己藏起来。”

“我想，”杰克森先生揣测道，“这正是明戈特家想要采取的立场。”

年轻人红了脸。“我不需要等候他们的指示，如果你是这个意思的话，先生。奥兰斯卡夫人以前生活得很不愉快，这不代表她就是局外人。”

“有好些传闻。”杰克森先生开腔，斜看着简妮。

“噢，我知道，那位秘书，”年轻人接过他的话，“那是胡说，母亲。简妮已经长大了。他们不是说，”他继续道，“那位秘书帮助她逃离了把她囚禁起来的混账丈夫吗？他要是这样做又怎么样？我希望我们所有人在这种情况下都会挺身而出。”

杰克森先生扭头对忧伤的管家说：“要不……那个酱……还是来一点吧——”浇过酱汁后，他评论道：“我听说她正在物色房子。她打算在这里住下来。”

“我听说她打算离婚。”简妮大胆地说。

“我希望她能离婚！”阿切尔大声说。

这句话像炸弹一样在阿切尔家纯洁而宁静的饭厅中炸开。阿切尔夫人挑起了精细的眉毛，那种弧度意味着：“有管家在——”年轻人自己也意识到公开讨论这种私密话题十分不得体，于是急忙岔开话题，讲述他到明戈特老夫人家的拜访。

晚饭后，依照亘古不变的传统，阿切尔夫人和简妮拖着长长的丝绸裙摆走上会客厅。男士们在楼梯下吸烟时，她们靠在带雕花球形灯罩的卡索灯旁，面对面地坐在一张玫瑰木缝纫桌两边，桌下挂着一个绿色的丝绸袋子。她们在一条缝有野花的挂毯上绣着两端的镶边，这条挂毯将会装饰小纽兰德·阿切尔夫人的会客厅中为

"盛会"而摆放的椅子。

会客厅中进行着这个惯例时，在哥特风格的书房里，阿切尔让杰克森先生坐在火炉旁的扶手椅里，递给他一支雪茄。杰克森先生心满意足地躺进椅子，十分自信地点燃了雪茄（那是纽兰德买的），在煤堆边舒展他干瘦的双脚，说："你说那位秘书只是帮助她逃走，我亲爱的朋友？唔，那么说来他一年后还在帮助她，因为有人看见他们在洛桑同居。"

纽兰德脸红了。"同居？为什么不能呢？如果她不愿意，谁又有权改变她的生活？我受够了这种虚伪，只因为她丈夫选择跟娼妇同居，就把她这个年纪的女人生生活埋。"

他停下来，生气地转身点燃雪茄。"女人应该是自由的——和我们一样自由。"他宣称。由于过于恼怒，他无法估量这个发现会带来什么可怕后果。

西勒顿·杰克森先生将双脚又往煤火边伸了伸，讥讽地吹了一声口哨。

他顿了顿，然后说："这个嘛，奥兰斯基伯爵显然与你意见一致，因为我听说他根本没有费心挽回自己的妻子。"

第6章

那天晚上杰克森先生离开后，女士们回到她们挂着印花棉布窗帘的卧室中。纽兰德·阿切尔沉思着上楼，走去自己的书房。和往常一样，机警的仆人已经生了火，剪了灯烛。房间里摆着一排排的书，壁炉架上放着铜制和钢制的“击剑者”雕像，还放着许多著名油画的照片，看起来温馨又好客。

他重重地坐进壁炉旁的扶手椅中，眼睛停在一张梅·韦兰的大幅照片上。这是年轻的姑娘刚恋爱时送给他的，现在已经取代了桌子上的其他画像。他怀着一种新的敬畏看她光滑的前额、认真的眼神和快乐天真的嘴巴，他即将要成为这个年轻可人儿的灵魂寄托。这个姑娘一无所知却又满心期待，是他从属并信任的那个社会体系的可怕产物。她像一个陌生人，借助梅·韦兰熟悉的容貌回头看着他。他再一次意识到，婚姻并不像他一直被教导的那样是一个安全的港湾，而是一次驶向未知海域的旅程。

奥兰斯卡伯爵夫人的事情打乱了他早已深信不疑的信念，在他脑海中危险地盘旋。他所作的宣言“女人应该是自由的——和我们一样自由”触及了一个问题的根源，而他的圈子早已约定对这个问题置若罔闻。无论受了何种冤屈，“好”女人永远不会索求他口中所称的自由。因此，像他这般开明的男人——当他们讨论到兴起时——更是愿意豪气地将自由赠予对方。这种口头的慷慨其实只是一种骗人的把戏，用来掩饰那些冷酷无情的条条框框，它们束缚世事，迫使人们因循守旧。这种行为如果发生在自己妻子身上，他向她施以教会和社会的呵斥也无可厚非，但此刻，他发誓要为未婚妻表姐的行为辩护。当然，这种两难的情况纯粹是一种假设。他不是一个粗鄙的波兰贵族，因此基于这个前提假设他的妻子有何种权利实在是荒谬至极。但是，纽兰德·阿切尔的想象力过于丰富，他无法不感到他和梅的关系可能因一些远没有这般可怕、明显的原因而受损。既然他作为一个“正派的”男人有义务对她隐瞒过往，而她作为待字闺中的女子又有义务确保自己的过往没有什么需要隐瞒的，那他和她又如何能真正了解对方呢？假使双方因为一些细微的原因而彼此厌倦、误会，甚至激怒了对方，又该怎么办呢？他回想朋友们的婚姻——那些看起来快乐的婚姻——发现没有一个能媲美（哪怕沾一点边）他设想中和梅·韦兰那一辈子热情又温柔的情谊。他认识到，这种设想假定她见多识广、多才多艺并且富有主见，可是她却一直被精心教育得缺乏这些特质。他胆战心惊地预见自己的婚姻将和身边大多数人的一样：一方无知，另一方虚伪，两人沉闷地组成一种物质和社会利益的结合体。他忽然想到，身为丈夫的劳伦斯·莱弗茨正是这种令人艳羡的典范。作为“得体”的最高权威，他将妻子塑造成了一个完全方便他行事的人，即使在他明目张胆与别人妻子频繁勾搭时，她也依然被蒙在鼓里，微笑着说“劳伦斯真是严谨得吓人”。每当有人在她面前提到朱利叶斯·博福特（正如出身可疑的“外国人”一样）在纽约有着所谓的“另一个家”时，她总会愤怒得涨红了脸，扭转视线。

阿切尔试图安慰自己，心想他不是拉里·莱弗茨那样的混账，梅也不是可怜的格特鲁德那样的笨蛋。但这毕竟是智力上而不是标准上的区别。实际上，他们都生活在一个象形文字世界里，人们从来不说、不做甚至不想真实的事情，只以一组随意的符号加以表示。韦兰夫人清楚地知道阿切尔催促她在博福特的舞会上宣布女儿订婚的原因（她也正期望他会这么做），却又感到必须装出很不情愿和迫不得已的样子，正如处于先进文明的人开始阅读的那些有关原始人的书里所写，野人新娘尖叫着被拖出父母的帐篷。

这样的结果无疑是，作为这个精致神秘的体系的中心，这个女子因坦白和自信反而变得越发高深莫测。可怜的宝贝，她之所以坦白是因为没有什么需要隐藏，她之所以自信是因为没有什么需要提防。仅靠这些准备，她便将在一夜间陷入人们躲闪着称为“生活的现实”当中。

年轻人在恋爱中真诚而平静。他喜欢未婚妻明艳照人的美貌，她健康的身体、精湛的马术、运动时的优雅和敏捷，还喜欢她在他指导下逐渐对书本和思想怀有羞涩的兴趣。（她进步很快，已经能和他一起嘲笑《国王叙事诗》了，但还不足以感受《尤利西斯》和《食莲人》的美。）她直爽、忠诚、勇敢，还十分幽默（主要证据就是她会被他的笑话逗乐）。他想，在她天真敏锐的灵魂深处有一种感觉在闪闪发光，能将其唤醒会是一种快乐。但与她简单接触后，他不免沮丧而回：所有的这些坦白和天真都只是一种人工的产物。不经训练的人类本性并不是坦白、天真，而是本能的狡猾，充满了欺诈和防御。他感到自己被这种虚假的纯洁压抑，这种纯洁是母亲、姨母、祖母和早已仙逝的女祖宗们处心积虑的产物，因为这被认为是他想要的，是他有权拥有的，好让他能高傲地享受将其像雪雕一样打破的快感。

这些沉思有点迂腐的意味：对于即将迎来大婚之日的年轻男

子来说，它们已是家常便饭，但通常还会伴随着愧疚和自卑，而纽兰德·阿切尔并没有这种感觉。对于自己不能给新娘一页空白以换取她即将奉献的纯洁无瑕，他并不感到遗憾（萨克雷笔下的男主角这样做总让他十分恼火）。他怎样都摆脱不了这个事实：如果他像她那样成长起来，他们便会像《林中小孩》里的孩子一样迷失方向。不管如何焦灼地思考，他也还是找不到任何正当理由（应该说是与他的一时之快和强烈的男性虚荣无关的理由），不让他的新娘拥有与他一样的自由经历。

在这个时刻，这些问题注定缠绕着他。但他清楚知道这些问题挥之不去、清晰得令人不安的原因在于奥兰斯卡伯爵夫人不凑巧地出现了。此时此刻，在他订婚的当下——在这个本应毫无杂念地思考和展望的时刻——他被卷进了丑闻的漩涡当中，搅起了一连串他希望平息的特殊问题。“去他的埃伦·奥兰斯卡！”他满腹牢骚地咕哝，一边盖灭了炉火，开始脱衣。他并不清楚她的命运为什么会影响他，但他隐约觉得，因婚约在身而不得不支持她，这样做的风险他才刚刚开始察觉。

几天后，该来的终于来了。

洛弗尔·明戈特一家寄出了称作“正式晚宴”的请柬（即多加了三位男仆，每道菜有两碟，还会在席间端上罗马潘趣酒），在标题处写上“与奥兰斯卡伯爵夫人见面”的字样，以符合好客的美国风格。按照这种风格，他们会像招待王室成员或至少像皇家使节一样款待陌生的客人。

客人经过大胆而细致的挑选，受邀者无不承认“凯瑟琳大帝”的权威。永远都是座上客的包括塞尔弗里奇·梅里夫妇（各地的宴会都会邀请他们，因为他们无处不在）、博福特夫妇（他们声称与明戈特家有亲戚关系）、西勒顿·杰克森先生和妹妹苏菲（她总是听从哥哥差遣）。与这些家族一起出现的是一些最时髦、无可挑剔又有权有势的“年轻已婚族”，包括劳伦斯·莱弗茨夫妇、莱弗茨·拉什沃思夫人（那位可爱的寡妇）、哈里·索利夫妇、雷吉·奇弗斯夫妇、小莫里斯·达戈内特与妻子（她是范德卢顿家人）。客人们确是经过精心分类，因为他们都属于那个小小的圈子，在纽约漫长的社交季里日夜笙歌，热情不减。

四十八小时后，令人难以置信的事情发生了。除了博福特一家和老杰克森先生兄妹外，所有人都拒绝了明戈特家的邀请。连属于明戈特大家族的雷吉·奇弗斯夫妇也没有接受，这种刻意的怠慢因此更加明显。所有便条措辞一致，无不写上“十分遗憾无法赴约”，连一般礼节规定的用于缓和气氛的托辞“已有约在先”都省略了。

在那个时候，纽约的社交圈十分窄小，而且资源贫乏，圈中每个人（包括马夫、管家和厨师）都清楚知道人们哪个晚上有空，也因此让收到洛弗尔·明戈特夫人请柬的客人得以无情地表明他们决意不见奥兰斯卡伯爵夫人。

这个打击让人始料未及，但明戈特一家一如既往地英勇面对。洛弗尔·明戈特夫人向韦兰夫人透露了这件事，后者又告诉了纽兰德·阿切尔。阿切尔对这种冒犯感到异常愤慨，向母亲动之以情晓之以理。他的母亲内心虽然抗拒，表面却不得不妥协，在一番痛苦的挣扎后终于答应了他的请求（她一向如此），并且由于先前的犹豫而立即加倍积极地替他游说。她戴上灰色丝绒软帽，说：“我去见见路易莎·范德卢顿。”

纽兰德·阿切尔那个年代的纽约上流社会是一个小而滑的金字塔，至今没有任何缝隙供后来者立足。金字塔的底部是由阿切尔夫人口中的“普通人”组成的坚实基座，大多数是受人尊敬却籍籍无名的正派家族，通过与其中一个掌权家族联姻而名望飞升（就像斯派瑟家族、莱弗茨家族和杰克森家族）。阿切尔夫人总说人们不如以前讲究了，而且随着凯瑟琳·斯派瑟和朱利叶斯·博福特在第五大道的两端分庭抗礼，可不能指望以往的传统能长久地维系下去了。

这个富有却不起眼的底层往上收窄，便来到了以明戈特家族、纽兰德家族、奇弗斯家族和曼森家族为代表的关系紧密、有权有势的集团，大部分人认为他们就是金字塔的顶端，但他们自己（至少阿切尔夫人的这一辈）知道在资深的家谱学者眼中，只有屈指可数的几个家族配得上这种声望。

阿切尔夫人常对儿女说：“别跟我提现代报纸上关于纽约贵族的一派胡言。如果纽约有贵族的话，不管是明戈特家族还是曼森家族都排不上，也轮不到纽兰德家族和奇弗斯家族。我们的祖父和曾祖父都只是受尊敬的英国和荷兰商人，来到这片殖民地上发家致富，并且因为事业成功而留下来了。你的一位曾祖父在独立宣言上签过字，另一位曾祖父是华盛顿手下的将军，在萨拉托加大捷后被授予伯戈因将军的佩剑。这都是我们引以为豪的事迹，但都与等级和身份无关。纽约一直是一个商业社会，城中真正称得上贵族的家族不超过三个。”

和纽约的每个人一样，阿切尔夫人和儿女都知道这些尊贵的人是谁：华盛顿广场的达戈内特家族，来自一个古老的英国郡县家族，与皮特家族和福克斯家族结盟；兰宁家族，与德·格拉斯伯爵的后人通婚；还有范德卢顿家族，曼哈顿首任荷兰总督的直系后代，因独立战争前的几段联姻而与几位法国和英国贵族有亲戚关系。

兰宁家族仅剩的后人是两位年迈却仍然活泼的兰宁小姐，她们开朗、念旧地生活在家族画像与齐本德尔式家具之中。达戈内特是一个举足轻重的大家族，与巴尔的摩和费城的上流家族结盟。但是，范德卢顿家族凌驾于所有家族之上，他们隐退成为一道世外的暮光，家族中只有两个瞩目的人物从暮光中凸现，那就是亨利·范德卢顿夫妇。

亨利·范德卢顿夫人婚前叫路易莎·达戈内特，她的母亲是迪拉克上校的孙女。这位上校来自海峡群岛的一个古老的家族，曾在康沃利斯手下打仗，战后与新婚妻子——圣·奥斯特里伯爵的第五个女儿安吉莉卡·特里文纳夫人在马里兰州定居。达戈内特家族、马里兰州的迪拉克家族和他们康沃尔的贵族亲戚特里文纳家族之间的关系向来紧密热络。范德卢顿夫妇不止一次长时间拜访特里文纳大宅的现任主人——圣·奥斯特里公爵，下榻于他在康沃尔的乡村宅邸以及格罗斯特郡的圣·奥斯特里。公爵也经常宣布有意将来回访（他那位害怕大西洋的公爵夫人将不会同行）。

范德卢顿夫妇往返于特里文纳、他们在马里兰州的家和斯凯特克里夫三地之间。斯凯特克里夫是坐落于哈德逊河旁的一栋大宅，是殖民时期荷兰政府授予那位著名的首任总督的物品之一，范德卢顿先生至今仍是房子的“大庄园主”。他们在麦迪逊大道上的这座庄严的大宅鲜有开放，当他们回到纽约时，只会在里面接见最亲密的朋友。

他母亲忽然在布朗轿马车门边停下，说：“纽兰德，我真希望你能一起去。路易莎很喜欢你，我这么做当然是为了亲爱的梅——而且，如果我们不站在同一阵线上，上流社会就将不复存在了。”

第 7 章

亨利·范德卢顿夫人静静地听着表妹阿切尔夫人叙述。

范德卢顿夫人一向非常安静，而且虽然因天性和受过的训练而不善表态，却十分愿意善待喜欢的人。事先知道这些事情固然不错，但即使有过亲身体会，也并不总能抵挡麦迪逊大街上这间高顶白墙的会客厅里传来的阵阵寒意。浅色织锦扶手椅显然专门为了这次会客而揭掉了椅套，而壁炉架上的镀金装饰品和以古雅雕花画框裱起的庚斯博罗的《安吉莉卡·迪拉克夫人》依然罩在白纱之中。

亨廷顿创作的范德卢顿夫人画像（以黑色丝绒和威尼斯针织花边绘制）与她漂亮的女祖先画像相对而立，大家都称“可以媲美卡巴内尔”，虽然已绘成二十年，却依然“活灵活现”。的确，坐在画像下倾听阿切尔夫人说话的范德卢顿夫人就像画中人的孪生姐妹——画里的女士皮肤白皙、容貌年轻，懒洋洋地坐在绿色窗帘前的镀金扶手椅上。范德卢顿夫人在社交场合时——或者说，当她打开大门迎接客人时（因为她从不外出吃饭）——依旧身穿黑色丝绒和威尼斯针织花边。她的金发没有花白，只是褪色了，依然在前额处平整交错地分成两边，浅蓝色眼睛之间笔挺的鼻子只在鼻翼处比画像中皱缩了一点儿。实际上，纽兰德·阿切尔总觉得她是被可怕地密封保存在一种完美无瑕的环境中，像一具因常年埋藏在冰川中而依旧红润的尸体。

和家人一样，他敬重并且钦佩范德卢顿夫人。但他发现她虽温顺柔美，却比他母亲阴森年迈的姨母们更难以亲近。那群苛刻的老姑娘还没听清别人的请求便早早本着原则说“不”。

范德卢顿夫人的态度不置可否，但好像永远倾向于宽容大度，然后薄薄的嘴唇露出微笑，几乎从不例外地说：“我需要先和我丈夫商量一下。”

她和范德卢顿先生是如此相像，阿切尔经常想，在经历了四十年亲密无间的夫妻生活后，两个如此融合的个性如何还能区分彼此，进行商量这项有争议的活动。由于夫妻两人从来没有在私下斟酌前做出决定，阿切尔夫人便和儿子说明来意，静心等待那句熟悉的话语。

鲜有惊人举动的范德卢顿夫人此刻却伸出修长的手拉响铃绳。

她说：“我想让亨利听听你刚刚告诉我的事情。”

一名男仆出现了，她庄严地吩咐：“如果范德卢顿先生已经读完报纸，请麻烦他过来一下。”

她说“读报纸”时的语气就像一名大臣的妻子在说“主持内阁会议”一样——并非因为高傲，而是出于长期的习惯。朋友和亲戚的态度也让她觉得范德卢顿先生的一举一动都像祭司那般重要。

她举止的迅速说明她和阿切尔夫人一样认为事态紧急，但是为了避免让人认为她未经讨论便做出承诺，她又无比温和地说：“亨利见到你总是很高兴，亲爱的艾德琳。他也希望能亲自祝贺纽兰德。”

双扇门重新庄严地打开，亨利·范德卢顿先生出现了。他高大消瘦，穿着双排扣长礼服，金发已泛白。和妻子一样，他鼻子笔直，眼神有着同样的冷峻温柔，但颜色是淡灰色而非浅蓝色。

范德卢顿先生兄长般亲切地问候阿切尔夫人，用和妻子一样的措辞以低沉的声音祝贺纽兰德，然后像统治君主一样自自然然地坐进一张织锦扶手椅中。

“我刚刚读完《纽约时报》，”他说，修长的十指指尖相对，“在城里的时候，早上事情太多了，午饭后读报更方便。”

“啊，你说得很对，我记得我的埃格蒙特叔叔以前总说他发现晚饭后再读晨报没那么烦躁。”阿切尔夫人回应道。

“是的，我亲爱的父亲讨厌做事忙乱。可现在我们的生活却总是相当匆忙。”范德卢顿先生从容不迫地说。他和蔼地思索着，一边打量被罩起来的房间。对阿切尔来说，这个房间完全是它主人的写照。

“我希望你已经看完报纸了，亨利？”他的妻子插话道。

“看完了——看完了。”他安慰她。

“那我想让艾德琳跟你说说——”

“噢，其实是纽兰德的事。”他母亲微笑着说，然后复述了一遍洛弗尔·明戈特夫人遭受耻辱的可怕故事。

“当然了，”她最后说，“奥古斯塔·韦兰和玛丽·明戈特都认为，你和亨利应该知道这件事，尤其是考虑到纽兰德已经订婚了。”

“啊——”范德卢顿先生说，深深吸了一口气。

大家都不说话，白色大理石壁炉架上的镀金大钟滴答作响，就像致哀礼炮一样发出隆隆响声。阿切尔敬畏地注视着这两个瘦削枯槁的人，他们像总督一样正襟危坐，被命运强迫着行使某种古老遥远的权威，可他们更愿意过着与世隔绝的朴素生活，在斯凯特克里夫完美的草坪上拔掉无伤大雅的杂草，晚上一起玩玩纸牌游戏。

范德卢顿先生首先开腔。

他转向阿切尔问道：“你真的觉得这是由于劳伦斯·莱弗茨在——在故意使坏？”

“我确定，先生。拉里[16]最近比往常更起劲了——如果路易莎表姨妈不介意我说起来的话——他正和他们村里邮政局长的妻子还是什么人私通，每当可怜的格特鲁德·莱弗茨起疑心时，他害怕引起麻烦，就会挑起这种是非来证明他是多么的高尚，并且高声谈论邀请他妻子去见他不希望她认识的人有多么不合适。他只是利用奥兰斯卡夫人作掩护，我以前经常见他这样做。”

“莱弗茨那两口子！——”范德卢顿夫人说。

“莱弗茨那两口子！——”阿切尔夫人附和道，“埃格蒙特叔叔会怎么看劳伦斯·莱弗茨对其他人的社会地位高谈阔论呢？这说明上流社会都变成什么样了。”

“希望还没有糟糕到那种程度。”范德卢顿先生坚定地说。

“啊，真希望你和路易莎多出来走走！”阿切尔夫人叹息道。

但她马上意识到了自己的错误。范德卢顿一家对任何批评他们与世隔绝的指责极其敏感。他们是上流社会的仲裁者和终审法院，他们也深知这一点，因此听从了命运的安排。但他们为人含蓄，深居简出，对他们的职责没有天然的喜好，于是尽可能地生活在斯凯特克里夫隐蔽葱茏的树林之中。每次进城，他们都会以范德卢顿夫人的健康为由拒绝一切邀约。

纽兰德·阿切尔替母亲圆场：“纽约的每个人都知道你和路易莎代表什么，正因这样明戈特夫人才认为不该未经咨询你们便对奥兰斯卡伯爵夫人所受的轻慢置之不理。”

范德卢顿夫人看了丈夫一眼，他也看着她。

“我不喜欢的是这种原则，”范德卢顿先生说，“在一个有名望的家族中，只要那名家族成员得到了家族的支持，这件事就算——尘埃落定了。”

“在我看来是这样的。”他夫人说，仿佛提出了一个新的想法。

“我不知道，”范德卢顿先生继续说，“原来事情已经如此棘手。”他顿了顿，再次看着妻子。“我想起，亲爱的，奥兰斯卡伯爵夫人已经是亲戚了——通过梅多拉·曼森的第一任丈夫。但无论如何，当纽兰德结婚后她也会是亲戚的，”他转向年轻人，“你有读今早的《纽约时报》吗，纽兰德？”

“当然有了，先生。”阿切尔说。他早上喝咖啡时通常会看五六份报纸。

夫妻二人再次对视。他们浅色的眼睛久久地彼此凝视，进行严肃交流。然后，范德卢顿夫人脸上闪过一抹浅笑。很明显，她已经猜到他的意思，也同意了。

范德卢顿先生转身面向阿切尔夫人。“如果路易莎的健康允许她外出就餐的话——我希望你能告诉洛弗尔·明戈特夫人——她和我很乐意，呃，填补劳伦斯·莱弗茨一家的空缺，出席她的晚宴，”他停下来，好让大家体会他话中的讽刺，“但你也知道，这是不可能的。”阿切尔夫人理解地表示赞同。“不过，纽兰德告诉我他读过今天早上的《纽约时报》，因此他大概知道路易莎的亲戚，圣·奥斯特里公爵下周搭乘‘俄罗斯号’抵达。他这次来是要带他的新帆船‘桂妮薇儿号’参加明年夏天的国际杯比赛，同时在特里文纳打猎，抓几只潜鸭。”范德卢顿先生再次顿了顿，然后更加仁慈地说：“在带他到马里兰州之前，我们打算邀请几位朋友来与他见面——举办一个小晚宴——饭后还有酒会。如果奥兰斯卡伯爵夫人愿意接受我们的邀请，路易莎和我肯定会很高兴的。”他站起来，修长的身体僵硬而友好地向表妹鞠了一躬，说：“我想我能代表路易莎说，她将马上亲自驾车出门寄出邀请函，以我们的名义发出邀请——当然是以我们的名义。”

阿切尔夫人知道这意味着那辆从不久候的高大栗马马车已经停在大门了。她站起身，忙不迭地一再道谢。范德卢顿夫人像以斯帖王后向亚哈随鲁说情[17]时那样满脸笑容地看着她，但她的丈夫举起手抗议。

“不需要感谢我，亲爱的艾德琳，完全不需要。纽约绝不允许发生这种事，只要我有办法，这种事就不会出现。”他庄重而温柔地宣告，一边将表妹领向大门。

两小时后，所有人都知道范德卢顿夫人一年四季出门时乘坐的马车停在了明戈特老夫人的门前，并递交了一个方形大信封。当晚在歌剧院里，西勒顿·杰克森先生便声称信封里装着一张请柬，邀请奥兰斯卡伯爵夫人参加范德卢顿夫妇为他们的表兄圣·奥斯特里公爵所设的晚宴。

听到这个消息，包厢里的几个年轻人相视一笑，斜眼看着劳伦斯·莱弗茨。他正无拘无束地坐在包厢前端，抚摸着长长的金色小胡子，在女高音停下时郑重地说：“除了帕蒂[18]，没人能唱好《梦游女》。”

第 8 章

在纽约，人们大都认为奥兰斯卡伯爵夫人已经“容颜不再”。

她第一次在纽兰德·阿切尔的童年出现时是一名大概九岁或十岁的漂亮女孩，人们都说她“应该被画成画像”。她的父母常年流连在欧洲大陆。婴儿时期的她四海为家，在失去双亲后由姑妈梅多拉·曼森收养。这位姑妈同样热衷游荡，此番正打算回纽约“安定下来”。

可怜的梅多拉屡次丧夫，总是要回家安定下来（住的房子一次不如一次豪华），还总是带着一位新丈夫或领养的孩子。但几个月后，她总是毫不例外地与丈夫分道扬镳，或与监护人争吵，将房子贱卖后重新出发游荡。由于她的母亲是拉什沃思家人，她又在上一段不幸的婚姻中嫁给了一位疯疯癫癫的奇弗斯家人，因此纽约对她的怪异举止十分纵容。但当她带着无父无母的小侄女回国时（虽然孩子的父母喜欢旅行让人遗憾，但仍然相当受人喜爱），人们都十分可惜这个漂亮的孩子落到了这种人手上。

每一个人都想对小埃伦·明戈特好，即使她黝黑的红脸蛋和紧密的鬈发让她看起来兴高采烈，与一个本应为父母服丧的孩子身份格格不入。误入歧途的梅多拉有许多怪癖，公然违抗美国服丧不可更改的规矩就是其中之一。当她走下轮船时，家人诧异地发现她为兄长所戴的黑色面纱居然比为嫂嫂戴的短了七英寸，而小埃伦则穿着深红色的羊毛衫，戴着琥珀珠链，活像一个吉普赛弃儿。

但纽约早已对梅多拉听之任之，除了几位老夫人对埃伦俗丽的打扮摇头外，其他亲戚都被她的气色和活泼征服了。她是一个无所畏惧、无拘无束的小家伙，总爱问让人为难的问题和说一些与年龄不相符的话，还有着异域的才艺，例如会跳西班牙披肩舞、在吉他伴奏下演唱那不勒斯情歌等。在姑妈（她的真名是索利·奇弗斯夫人，但在接受教皇授予爵位后沿用了首任丈夫的父名，自称曼森侯爵夫人，这样她就能在意大利将名字改写为孟佐尼）的调教下，小姑娘接受了昂贵但并不连贯的教育，包括人们从不曾想象的“对着模特画画”，还有与专业音乐家一起演奏钢琴五重奏。

当然，这样做没什么好结果。几年后，可怜的奇弗斯终于死在精神病院里，他的遗孀（身穿怪异的丧服）又一次大举搬家，带着埃伦离开。此时的埃伦已出落成一个高挑瘦削、眼神明亮的姑娘。有一段时间，她们毫无音讯，之后有消息传来，说埃伦嫁给了一位极其富裕、有着传奇名望的波兰贵族。她是在杜伊勒里宫的一个舞会上认识他的，据说他在巴黎、尼斯和佛罗伦萨都有奢华的宅邸，在考兹有一艘游艇，还在特兰西瓦尼亚有好几平方英里的狩猎场。正当传言沸腾之时，她却销声匿迹了。几年后，梅多拉再次回到纽约，萎靡贫困，刚失去第三任丈夫，正在寻找比以往更小的房子。人们都好奇她那富裕的外甥女为何不伸出援手。直到消息传来，埃伦自身的婚姻以灾难告终，她自己也将回国，在亲友中寻求栖息和忘却。

一周后的盛大晚宴上，当纽兰德·阿切尔看见奥兰斯卡伯爵夫人走进范德卢顿家的会客厅时，他想起了以上种种。场面相当庄重，他有点不安地想她将会如何应对。她来得很迟，一只手还没戴手套，正往手上戴手镯。会客厅中汇聚了纽约最高贵的人，让人心生敬畏，但她走进厅中时没有表现出丝毫的匆忙和窘迫。

她在客厅中停下来环顾四周，双唇紧闭，眼含笑意。那一刻，纽兰德·阿切尔否定了人们对她容貌的评价。的确，她早年的光彩已不复存在。红扑扑的脸蛋已经变得苍白，她消瘦、疲弱，显得比实际年龄老一些，一定接近三十岁了。但她身上有一种神秘而自信的美，落落大方，眉目坚定，毫不做作，让他觉得她受过高度训练，充满了自制的力量。与此同时，她的仪态比在场的大部分女士都要轻松，许多人（他后来听简妮说）都对她的打扮不够“时髦”而大失所望——纽约最看重的就是时髦。阿切尔想，这大概是因为她早年的活泼生气已经消失了，她变得如此安静——举手投足十分低调，言语声调也相当低沉。对一个有如此过往的年轻女子，纽约本以为她的声音会洪亮得多。

某种程度上，这个晚宴让人难以招架。与范德卢顿一家进餐本已不可怠慢，与他们贵为公爵的表兄一起则更像宗教仪式一样庄严。阿切尔欣然想到，只有老纽约人方能辨别一位普通公爵和一位与范德卢顿家有亲戚关系的公爵有何不同（对纽约而言）。纽约对漂泊不定的贵族早已司空见惯，甚至对他们（斯特拉瑟斯之辈除外）带有一种不信任的盛气凌人。但当他们表明身份时，却受到了传统的热忱款待，让他们误以为这全应归功于他们在《贵族年鉴》中的地位。正是由于这种差别，年轻人在嘲笑他的老纽约时依然对其十分珍惜。

范德卢顿一家竭力强调宴会的重要性，摆出了迪拉克家族的塞夫勒瓷器和特里文纳家的乔治二世银盘，还有范德卢顿家族的“洛斯托夫特”（东印度公司）瓷器以及达戈内特家族的皇冠德比瓷器。范德卢顿夫人看起来比以往更像卡巴内尔画中的人物，而阿切尔夫人戴着她祖母的小颗珍珠项链和绿宝石，让儿子想起了伊沙贝笔下的小画像。所有的女士都穿戴着最名贵的珠宝，但大部分都相当传统老气，很符合这所房子和这个场合的特点。被说服出席宴会的老兰宁小姐甚至戴上了她母亲的浮雕宝石和浅金色的西班牙披肩。

奥兰斯卡伯爵夫人是在场唯一的年轻女士。然而，当阿切尔看着一个个穿戴着钻石项链和华丽鸵鸟毛的人和一张张光滑圆润而衰老的脸时，他居然觉得她们比她更显稚气。想到造就那样的眼神她所需要经历的一切，他不寒而栗。

坐在女主人右手边的圣·奥斯特里公爵自然是当晚的主角。但如果说奥兰斯卡伯爵夫人比预期的低调一些，那公爵便更是毫不起眼了。作为一个富有教养的人，他并没有（像另一位最近到访的公爵一样）穿着打猎服出席晚宴，但他的晚礼服既破旧又宽大，他的打扮又有一种乡巴佬的气质，以至于看起来（他弯腰坐着，大胡子严严实实地盖着胸衣）没有一点穿着晚礼服的样子。他矮小驼背，晒得黝黑，鼻子肥厚，眼睛细小，笑容友善，但寡言少语，而且说话时声音低沉，即使餐桌上的客人经常静下来等待他开口，也只有他的邻座能听清他的话。

晚宴后男士们加入女士的谈话，公爵径直走到奥兰斯卡伯爵夫人跟前，两人在一角坐下，热烈攀谈起来。他们都没有意识到公爵本应先向洛弗尔·明戈特夫人和黑德利·奇弗斯夫人致意。伯爵夫人也与住在华盛顿广场的那位和蔼的臆病患者厄本·达戈内特先生交谈起来，后者为了能有幸见到她，不惜打破不在一月至四月间外出就餐的铁律。两人聊了近二十分钟后，伯爵夫人站起身，独自穿过宽阔的会客厅，坐在纽兰德·阿切尔身旁。

一位女士起身从一位绅士身旁走到另一位绅士身边做伴的做法并不符合纽约社交场合的规矩。礼节规定她必须像一尊玩偶般留在原地等待，让有意交谈的男士轮番上前。但伯爵夫人显然不知道自己破坏了规矩，她自自然然地坐到阿切尔身旁的沙发一角，温柔地看着他。

“我想你跟我说说梅的事。”她说。

他并没有回答她，而是说：“你之前就认识公爵？”

“噢，是的——我们在尼斯的时候每年冬天都会见他。他很喜欢赌博——以前经常到家里来。”她淡淡地说，仿佛只是在说“他很喜欢野花”。过了一会儿，她真诚地说：“我觉得他是我见过最无趣的人。”

她的同伴被逗乐了，以至于忘记了她的前一句话让他惊讶。能够认识一位认为范德卢顿家的公爵无聊，并且胆敢直抒己见的女士无疑令人兴奋。他禁不住想向她提问，听她漫不经心地描述她的生活，让他大开眼界。但他害怕触碰那些令人痛苦的回忆，未及开口，她又回到了原先的话题上。

“梅真是让人疼爱。我在纽约还没有见过这么漂亮又聪明的女孩。你是不是很爱她？”

纽兰德·阿切尔脸红了，笑了起来：“一个男人能爱一个女人多深，我便爱她多深。”

她揣摩着他，仿佛不想错过话中的任何含义。“那么你认为这是有限度的？”

“爱一个人吗？如果有限度的话，我还没找到呢！”

她满脸红光地表示赞同：“啊——那你们的爱真的是爱情了？”

“最浪漫的爱情！”

“真好啊！这全是你们自己找到的——完全不是别人替你安排的吧？”

阿切尔难以置信地看着她。“你难道忘记了，”他微笑着问她，“在我们国家是不允许包办婚姻的？”

一层淡淡的红晕漫上她的脸，他马上后悔自己说的话了。

“是的，”她回答道，“我已经忘记了。你一定要原谅我有时候会犯这些错误。我有时候会忘了这里的一切都是好的——在我来的地方却是坏事。”她低头看着那把维也纳式鹰毛扇子，他看见她嘴唇颤抖着。

“对不起，”他脱口而出，“但你要知道，现在你的身边都是朋友。”

“是的——我知道。无论我到哪里，都有这种感觉。这也是我回家的原因。我希望能忘记其余的一切，重新成为一个彻底的美国人，就像明戈特家和韦兰家的人一样，还有你和你和善的母亲，以及今晚在这里的所有善良的人们。啊，梅来了。你一定想要赶快去她身边吧。”她又说，但是并没有动身。她的目光从大门转回来，落在年轻人脸上。

晚宴后，客人渐渐塞满了会客厅，阿切尔顺着奥兰斯卡夫人的目光看见梅·韦兰正和她母亲一起走进门。身材高挑的她穿着银白色礼服，头上别着银色的花环，就像刚狩猎完毕的狄安娜。

“噢，”阿切尔说，“我的情敌太多了，你看她已经被包围了。他们正把公爵介绍给她。”

“那就多陪我一会儿吧。”奥兰斯卡夫人低声说，羽毛扇子碰到了他的膝盖。动作非常轻，却像抚摸一般让他激动不已。

“好的，我留下来。”他以同样的声调回答，几乎不知道自己说了什么。这时范德卢顿先生走上前来，身后跟着厄本·达戈内特老先生。伯爵夫人庄重地微笑着接见他们，阿切尔感受到男主人对他劝诫的眼神，于是起身让出了座位。

奥兰斯卡夫人伸出手，仿佛在与他告别。

“那么，明天五点后——我等着你。”她说，转身给达戈内特先生腾出空位。

“明天——”阿切尔默默重复她的话，他们之间并没有约定，她在谈话过程中也没有暗示希望再次见到他。

他走开时看见身材挺拔、衣着华丽的劳伦斯·莱弗茨牵着妻子上前等待引荐，还听见不知缘由的格特鲁德·莱弗茨满脸笑意地对伯爵夫人说：“我记得我们小时候曾一起上过舞蹈学校——”她身后的人都等待着向伯爵夫人做自我介绍，阿切尔在其中留意到几对之前拒绝到洛弗尔·明戈特夫人家中与她见面的顽固夫妻。阿切尔夫人说，只要范德卢顿夫妇愿意，他们就能给大家一个生动的教训。让人不解的是他们甚少愿意这样做。

年轻人感到有人碰到他的手臂，看见是穿着华贵的黑色丝绒和祖传钻石首饰的范德卢顿夫人正低头看着他。“亲爱的纽兰德，你能全心无私地帮助奥兰斯卡伯爵夫人真是太好了。我和你表姨父亨利说他必须帮她一把。”

他下意识地对她笑了一下，她高高在上地对天性内敛的阿切尔说：“我从没见过梅这么美艳，公爵认为她是会客厅里最漂亮的女孩。”

第 9 章

奥兰斯卡伯爵夫人说了“五点后见”。在五点半的时候，纽兰德·阿切尔按响了她的门铃。她从居无定所的梅多拉手中租下了这座西二十三街南端的房子，房子的灰泥外墙已经剥落，摇摇欲坠的铸铁栏杆上爬满了大片的紫藤。

她在这个街区安顿下来确实奇怪。她的近邻都是些小裁缝、鸟类标本家和“写作的人”。走在凋敝的街道上，阿切尔认出铺就的道路尽头一栋陈旧破烂的木房子，一位他以前不时碰面的名叫温赛特的作家和记者曾提过他住在这里。温赛特从不邀请别人到家里做客，但有一次晚上散步时他曾将自己的房子指给阿切尔看，后者不无惶恐地自问，其他大城市里的人们是否也都如此卑微地活着。

奥兰斯卡夫人的住所也是同样外表的翻新房屋，只在窗框处多刷了一点油漆。当阿切尔找到这个破落的门面时，他暗想，那位波兰伯爵在摧残她梦想的同时一定把她的财富也夺走了。

年轻人的这一天过得并不顺心。他与韦兰一家吃午餐，希望饭后能带梅到公园里散步。他想与她独处，告诉她前一晚她是多么的美艳动人，告诉她他有多么自豪，并且催促她尽快举行婚礼。但韦兰夫人坚定地提醒他需要拜访的家族尚未过半，当他暗示要将婚礼日期提前时，她责备地扬起了眉毛大声叹气：“每样东西都要十二打——全是手工缝制的——”

他们挤坐在自家马车里，逐家逐户登门拜访。结束下午的拜访后，阿切尔与未婚妻分别，心中感觉自己就像被巧妙捕获的野生动物一样在人前展示。他想，这是因为他读过人类学的书籍才会如此粗俗地看待这种单纯自然的家族情感表露。但想起韦兰一家计划明年秋天才举行婚礼，想象着婚礼之前的生活，他不禁陷入了惆怅。

“明天，”韦兰夫人在身后叫道，“我们去奇弗斯家和达拉斯家。”他意识到她是按字母的排序来走访这两个家族，这还只是字母表的前四分之一。

他本打算将奥兰斯卡夫人的请求——其实是命令——告诉梅，说他下午将去拜访她，可在他们短暂独处的时候，他有更紧迫的事情要说。何况，提及此事不免有些荒唐。他知道梅十分希望他能善待表姐，他们提前宣布订婚不就是因为这个原因吗？一想到如果不是伯爵夫人到来，他可能仍然单身，或至少不会被无法撤销的婚约束缚，他便有一种奇怪的感觉。但这是梅的意愿，他也感到自己将来的责任减轻了——因此，只要他愿意，他尽可拜访表姐而不用告诉梅。

他站在奥兰斯卡夫人的门前，心中满是好奇。他对她招呼他来的语气感到困惑，断定她并不像看起来那么简单。

一个皮肤黝黑、外国人模样的女仆开了门，颜色鲜艳的领巾下胸脯高耸。他猜她大概是西西里人。她露出一口白牙欢迎他，对他的问题只是摇摇头表示不明白，然后领他穿过狭窄的门厅，走进生着火的低矮会客厅。厅里并无他人，女仆将阿切尔留在厅中好一会儿，久得让他怀疑她不知是去通知女主人了，还是根本不明白他来访的目的，并以为他只是来给大钟上发条的——他留意到厅里唯一看得见的钟已经停了。他知道南方的种族会通过手势沟通，因此当他发现自己并不明白她耸肩和微笑的含义时感到十分羞愧。过了许久，她提着灯回来了，阿切尔用但丁和彼特拉克的诗句拼凑出一个句子，然后得到了她的回答："La signora è fuori; ma verrà subito."他将此理解为："她出门了——但你很快就能见到她。"

与此同时，他借着灯光观察这个褪色阴暗的房间与众不同的魅力。他知道奥兰斯卡伯爵夫人随身带来了一些私人物品——她称之为小破烂——他猜就是厅里那几张细长的黑木小桌，壁炉架上的一个精美的希腊小铜像，以及钉在褪色墙壁上的一块红色锦缎，被衬在一对以旧画框裱起的意大利风格画像底下。

纽兰德·阿切尔颇以自己熟知意大利艺术为荣。他童年时便浸润在拉斯金的作品当中，还阅读过所有最新的书籍：约翰·阿丁顿·西蒙兹的著作，浮龙·李的《欧福里翁》，P.G. 哈默顿的散文，以及瓦尔特·帕特尔新出的一册好书《文艺复兴》。他能对波提切利的作品娓娓道来，说起弗拉·安杰利科时略带轻蔑。但眼前这些画作让他困惑，因为它们与他在意大利旅行时经常看见（因而得以欣赏）的杰作截然不同。也可能是因为身处一所显然没有人恭候他的陌生空房里，他的观察力变弱了。他后悔没有和梅·韦兰说起奥兰斯卡伯爵夫人的请求，想到未婚妻可能前来探望表姐，他便感到烦躁不安。如果梅看见他在黄昏时刻独自坐在一位女士家中的火炉边，她会对这个场景暗示的亲密作何感想呢?

但他既然来了便打算等下去，于是坐进椅子里，伸长双腿搭在木柴边。

这样把他招来却又忘记了他真是十分奇怪，但是阿切尔感到的更多是好奇而不是羞辱。房间的气氛与他到过的任何地方都不相同，一种冒险的感觉取代了不安。他以前也到过挂着红色锦缎和“意大利流派”画作的会客厅，但这里却让他眼前一亮：梅多拉·曼森租来的房子寒酸破旧，寒碜的墙上陈列着蒲苇草和罗杰斯的小雕塑，却在精心摆设下摇身一变而成一所温馨的、富有“异国情调”的房子，隐约让人想起传统浪漫的场景和情愫。他试着研究当中的窍门，于是观察桌椅的摆放方式，看到手边的细长花瓶里只插着两枝红蔷薇（没有人会买少于十二枝的蔷薇），还嗅到弥漫着的香水，不是人们喷在手帕上的那种香味，而是某种遥远市集里混合着土耳其咖啡、龙涎香和玫瑰干花的味道。

他的思绪飘到了梅的会客厅里，想象那会是什么模样。他知道韦兰先生出手“非常大方”，已经相中了东三十九街上一座新建的房子。那个街区很偏远，房子以一种极其丑陋的黄绿色石头建成——年轻的建筑师们纷纷开始使用这种石头，以抗议纽约那些淋过冻巧克力酱一样的褐砂石建筑的千篇一律——但房子的水暖无可挑剔。阿切尔本想外出旅行，暂不用考虑房子的问题。但韦兰家虽然同意延长欧洲的蜜月旅行（甚至可能在埃及过冬），却坚持认为夫妻俩回国后必须有一所房子。年轻人感到他的命运已经被锁定了：他的余生将每晚从铸铁栏杆之间走上黄绿色的台阶，穿过庞贝式前厅，来到带抛光黄木护墙板的门厅。但他的想象只能到这里为止。他知道楼上的会客厅有一个弓形窗，但想象不出梅会怎么处置。她满心愉快地接受了韦兰家会客厅的紫色绸缎和黄色簇绒，还有仿镶嵌木桌和摆满新式德国瓷器的镀金玻璃橱窗。他找不到任何理由认为她会对自己的家做任何改动。他唯一的慰藉就是想到她大概会让自己按喜好布置书房——当然，里面会摆放“如假包换”的伊斯特莱克家具和没有玻璃门的简式新书柜。

丰满的女仆走进来拉上窗帘，把木柴堆好，安慰他说：“快来了——快来了。”她走了以后，阿切尔站起来四处走动。他应该继续等吗？他的境况慢慢变得尴尬起来。或许他误会了奥兰斯卡夫人的意思——或许她根本就没有邀请他来。

安静的鹅卵石街上传来一阵马蹄声，停在了房前，他听见马车门打开的声音，拨开窗帘，看见窗外暮色渐起。他的前面是一盏街灯，他看见灯光下朱利叶斯·博福特那辆由一匹杂色马拉着的小型英式马车，银行家从车上下来，扶着奥兰斯卡伯爵夫人下车。

博福特手里拿着帽子站着，嘴里说了些什么，他的同伴似乎并不同意。他们握了手，他跳上马车，她则走上台阶。

她进门时看见阿切尔并不意外。意外似乎是她最不耽溺的情感。

“你觉得我这可笑的房子怎么样？”她问，“对我来说，它就是天堂。”

她一边说话一边解开丝绒小软帽，与长斗篷一起扔到一边，站在那里若有所思地看着他。

“你布置得很漂亮。”他回答，意识到自己的话干巴巴的，却改不掉说话简单精辟的传统习惯。

“噢，这里又小又破，我的亲戚都瞧不起它。但至少这里没有范德卢顿家阴森。”

这句话仿佛给了他一下电击，毕竟没有几个叛逆者敢以“阴森”二字形容范德卢顿家宏伟的大宅。那些有幸进入的人战战兢兢，称其“富丽堂皇”。但他忽然间很庆幸她说出了大家的心声。

“很精致——你对这里的布置。”他再次重复。

“我喜欢这所小房子，”她承认，“但我想我真正喜欢的是它在这里，在我自己的国家，在我自己的城市，可以容我独处。”她声音小得他几乎听不清最后一句话。但他仍窘迫地接过话头。

“你这么喜欢独处？”

“是的，只要朋友们别让我寂寞就行，”她在火炉旁坐下，说，“纳斯塔西亚马上就把茶端过来。”并示意他坐到扶手椅上，又说：“看来你已经选好位置了。”

她靠在椅背上，双手在脑后交叉，垂着眼看着炉火。

“我最喜欢这个钟点——你说呢？”

他的自尊使他回答：“我还以为你已经忘记时间了。博福特一定很吸引人吧。”

她被逗乐了。“怎么——你等了很久吗？博福特先生带我看了几所房子——因为看来我不能继续住在这里了。”她似乎一时忘记了博福特和阿切尔，继续说：“我从来没到过一个如此抗拒生活在偏远街区的城市。一个人生活在哪里有什么要紧呢？他们跟我说，这条街道可是相当体面的。”

“但是不时髦。”

“时髦！你们都认为这很重要吗？为什么不能创造自己的风格呢？但我想我一直生活得太独立了。不管怎样，我想和你们做一样的事情——我想有被关怀和安全的感觉。”

他深受触动，正如前天晚上她谈及需要指引时一样。

“你的朋友正是希望你有这种感觉。纽约是一个非常安全的地方。”他略带揶揄地说。

“是啊，不是吗？我感受到了，”她大声说，没有听出他话中的嘲讽，“在这里就像是——像是——一个乖小孩完成功课后被带去享受假期。”

这个比喻本是出于好意，却没有让他高兴。他不在乎自己轻言纽约，却不喜欢听见其他人采用同样的论调。他怀疑她还没有发现这台机器是多么的强大，差一点便将她碾碎。通过各种社交关系匆忙拼凑起来的洛弗尔·明戈特家晚宴本应让她看清自己得以逃脱是何其侥幸，但她要不是根本没有意识到自己躲过一劫，便是在范德卢顿家晚宴大获成功后得意忘形。阿切尔倾向于第一种想法。他猜，在她眼中，纽约依然没有分为三六九等，这个推测让他恼火。

“昨晚，”他说，“纽约向你敞开了怀抱，范德卢顿一家不遗余力地帮助你。”

“是的，他们真好！晚会真不错。每个人好像都十分尊敬他们。”

这个描述轻描淡写，好像只是在评论可爱的老兰宁小姐的茶会一般。

“范德卢顿一家，”阿切尔说道，感到十分自负，“是纽约社交界最具影响力的人物。很不幸——因为她健康的原因——他们很少接待客人。”

她松开了脑后的双手，深思地看着他。

“或许这就是原因？”

“原因——？”

“他们有影响力的原因，因为他们让自己显得很稀罕。”

他的脸稍稍红了，目不转睛地看着她，然后忽然感受到那句话的穿透力。她只轻轻一戳，范德卢顿夫妇的形象便土崩瓦解。他笑了起来，没有再为他们辩解。

纳斯塔西亚端来了茶、没有杯柄的日式茶杯和罩起来的小点心。她把托盘放在矮桌上。

“但你要跟我解释这些事情——你要告诉我所有我该知道的事情。”奥兰斯卡夫人继续说，弯腰把杯子递给他。

“其实是你在告诉我，是你让我睁开眼睛看那些我早就习以为常的事物。”

她从其中一条手镯上解开一个金色的小烟盒递给他，自己也拿了一根香烟。烟囱上都是长长的点火木屑，可以点烟。

“啊，那我们就可以互相帮助了。但我更需要帮助。你必须告诉我该怎么做。”

他几乎脱口而出：“不要被人看见和博福特一起上路——”但他深深沉浸在厅中的氛围里——那是她的氛围，向她提出那种建议，就等于对在撒马尔罕[19]为玫瑰油讨价还价的人说在纽约过冬必须准备防水套鞋一样。此刻，纽约似乎比撒马尔罕更加遥远，如果他们真的要互相帮助，那她对他的第一次帮助就是让他客观地看待他土生土长的城市。像从显微镜的另一端观察一样，纽约看起来既小又遥远，让人不安，但的确，从撒马尔罕看纽约就是这样的。

火星从木柴上溅开，她弯腰伸出瘦弱的双手靠近炉火，火焰在她圆圆的指尖映出一圈淡淡的光晕。光亮将她发辫中散落的一圈圈棕发染成黄褐色，她苍白的脸看起来更没有血色了。

“有很多人可以教你应该怎么做。”阿切尔回答，暗暗感到嫉妒。

“噢——我的姑妈们吗？还有我亲爱的奶奶？”她不偏不倚地考虑了一下，“她们对我自立门户都不太高兴——尤其是可怜的奶奶。她想把我留在身边，但我必须要自由——”他为她如此淡然地说起令人生畏的凯瑟琳所折服，同时深有感触地想是什么让奥兰斯卡夫人对最孤独的自由仍然抱有渴望。但一想到博福特，他便如坐针毡。

“我想我能理解你的感受，”他说，“不管怎样，你的家人都能给你建议，给你解释各种不同，为你指明道路。”

她扬起了细长的黑色眉毛。“纽约真的像迷宫一样吗？我以为道路都是直来直去的——跟第五大道一样。而且所有交叉的大街都是以数字命名的！”她似乎看出了他略有不悦，于是难得地面露喜色说道：“你不知道我有多喜欢那样——街道直上直下，每样东西上还贴着诚实的大标签！”

他的机会来了。“可能每样东西都被打上了标签——但并不是每个人都如此。”

“可能吧。也许我想得太简单了——但你要提醒我，”她从火炉旁转过身来看着他，“这里只有两个人让我感觉他们能明白我的话，而且能向我解释事情：那就是你和博福特先生。”

听到她把他和博福特放在一起，他皱起了眉头。但他很快调整过来，进而理解她、同情她并且可怜她。她过去一定生活在恶魔的爪牙之中，才会在他们的环境中反觉更自由。但既然她感觉他也理解她，那他的任务就是让她看清博福特的为人和他所代表的一切——并对之深恶痛绝。

他轻声回答：“我明白。但先不要放弃老朋友的援手，我是指老夫人们——你奶奶明戈特夫人、韦兰夫人和范德卢顿夫人。她们喜欢你，钦佩你——她们想帮助你。”

她摇摇头，叹了口气：“噢，我知道——我知道！但前提是他们没有听到任何令人不快的消息。我想跟她们谈的时候韦兰姑妈就是这么说的……阿切尔先生，这里难道没有人想知道真相吗？生活在这些善良的人中间，他们却只会叫我伪装，这才是真正的孤独！”她举手掩面，他看见她瘦弱的肩膀随抽泣而抖动。

“奥兰斯卡夫人！——噢，不要这样，埃伦。”他高呼道，一下子站起来走到她身边。他拿下她的一只手，一边像对小孩子一样揉搓，一边低声安慰她，但她很快挣脱开来，扬起被泪珠打湿的眼睫毛看着他。

“这里的人也不会哭吗？不过我想的确没有必要，毕竟这是在天堂。”她说，一边笑着梳理松散的发辫，弯腰倒茶。他意识到自己刚刚称呼她为“埃伦”——还叫了两次，她却并未留意。从这个倒转的望远镜里，他隐约看见梅·韦兰身穿一袭白衣的身影——那是在纽约。

忽然，纳斯塔西亚探头进来以浓重的意大利口音说了些什么。

奥兰斯卡夫人一边整理头发，一边以意大利语大声应诺——短促的“好了——好了”——随后圣·奥斯特里公爵走进门来，还领着一位高大的女士，她头戴夸张的黑色假发和红色羽毛，穿着一身张扬的皮毛。

“我亲爱的伯爵夫人，我带了一位老朋友来见你——斯特拉瑟斯夫人。她没有被邀请参加昨天的晚宴，但她希望能认识你。”

公爵满面笑容地看着大家，奥兰斯卡夫人迎上前，低声欢迎这对奇怪的男女。她似乎不觉得他们这对组合有多奇特，也不认为公爵带来同伴有多冒失——平心而论，阿切尔感觉公爵自己也毫不察觉。

“我当然想认识你了，亲爱的。”斯特拉瑟斯夫人高声说，她的声音圆润婉转，与她那大胆的羽毛和粗重的假发十分般配。“我想认识所有年轻、有趣又有魅力的人。公爵告诉我你喜欢音乐——对吗，公爵？我听说你还是一位钢琴家？那你希望明天晚上到我家听萨拉萨蒂的演奏吗？我每个周日晚上都会举办活动——纽约的人们不知道该怎么打发这天，所以我说：‘来找点乐子吧。’公爵也觉得你会对萨拉萨蒂感兴趣。你还会见到几位朋友。”

奥兰斯卡夫人喜形于色。“真好啊！公爵能想到我实在是太好了！”她将一张椅子挪到茶几旁，斯特拉瑟斯夫人欣然坐下，“我当然很乐意参加。”

“很好，亲爱的。把你这位年轻人也带上吧，”斯特拉瑟斯夫人友好地向阿切尔伸出一只手，“我想不起你的名字了——但我肯定见过你——我见过这儿、巴黎和伦敦的所有人。你不是在外交部工作吗？所有的外交家都来过我家。你也喜欢音乐吗？公爵，你一定要把他带上。”

公爵隔着厚厚的胡子说“当然”，阿切尔僵硬地鞠了一躬后就离开了，像一个难为情的学童身处毫无顾忌而且不加留意的成年人中一样充满勇气。

他对这次拜访的结局并不感到遗憾，他只希望这个结局能早点到来，他便不用浪费感情。他走进冬天的夜色中，眼前的纽约再次变得广阔起来，梅·韦兰就是这里面最可爱的女人。他拐进相熟的花店给她寄每天的铃兰，迷迷糊糊地发现今天早上居然忘记了。

他一边在卡片上写字等待信封，一边环顾郁郁葱葱的花店，目光随之落在一丛黄玫瑰上。他从没见过如此金黄的玫瑰，第一反应就是把铃兰换成它们送给梅。但它们并不像她——它们像火焰一样美丽，过于灿烂，过于浓烈。他转念一想，几乎无意识地示意花店主人把玫瑰放进另一个长盒子里，然后将卡片塞进另一个信封中，在信封上写上奥兰斯卡夫人的名字。他转身准备离开时，又把卡片拿出来，把空信封留在盒子里。

“现在就送走吗？”他指着玫瑰问。

花店主人向他保证马上寄出。

第10章

第二天，他说服梅在午饭后到公园里散步。在遵守圣公会传统的纽约，她通常需循例于周日下午陪同父母到教堂做礼拜，但韦兰夫人容许她离开了，因为那天上午，她刚刚说服梅同意延长婚约，以便有时间准备足够数量的手工刺绣作嫁妆。

这天天气宜人，中央公园林荫大道上光秃秃的树木被琉璃壁般的碧空笼罩，如拱顶覆盖在像碎水晶一样闪闪发光的积雪上。好天气让梅容光焕发，就像霜雪中的小枫树一般火红。阿切尔对投射在她身上的目光感到自豪，他对占有她感到单纯快乐，这将内心的复杂情感一扫而光。

“太芬芳了——每天早上在房里醒来都能闻见铃兰的香味！”她说。

“它们昨天到晚了，我早上没来得及——”

“但你每天都记得给我送花，这比你长期订购更让我喜欢。而且它们每天早上都准时送到，像音乐教师一样——我知道格特鲁德·莱弗茨和劳伦斯订婚的时候就是这样。”

“啊——他们的确会这样！”阿切尔笑道，被她敏锐的观察力逗乐了。他从一旁看着她有光泽的脸庞，感觉充实又安心，说道：“我昨天下午给你寄铃兰的时候看见一些很漂亮的黄玫瑰，就包起来寄给奥兰斯卡夫人了。这样做对吗？”

“你太有心了！这种事情总能让她快乐。奇怪的是她没有提起来，她今天中午和我们一起吃饭，说起博福特先生给她送了漂亮的兰花，亨利·范德卢顿表姨父也从斯凯特克里夫送去一整篮康乃馨。她收到花似乎很惊讶，难道在欧洲人们都不送花吗？她觉得这种习俗十分美好。”

“哦，怪不得我送的花被博福特的比下去了。”阿切尔烦躁地说。但他随即想起那天没有在玫瑰花里放上卡片，不由得懊恼自己提起这件事。他本打算说：“我昨天去看了你表姐。”但又犹豫了。如果奥兰斯卡夫人没有说起他的拜访，那他提起来未免尴尬。但不这么做又有一种遮遮掩掩的感觉，让他很不喜欢。为了摆脱这个问题，他开始谈论他们自己的计划、未来，以及韦兰夫人坚持延长婚约的事。

“你觉得这算长吗！伊莎贝尔·奇弗斯和雷吉订婚后两年才结婚，格雷丝和索利的订婚期也有将近一年半。我们这样有什么不好的呢？”

她的质问依旧文雅沉稳，他为自己觉得她幼稚而羞愧。她无疑只是重复别人对她说过的话而已，但她即将度过二十二岁生日，他很好奇，“好”女人到什么年纪才会说出自己的想法。

他沉思：“如果我们不允许的话，她们大概永远不会有主见。”又想起那次对西勒顿·杰克森先生怒吼：“女人应该和我们一样自由——”

现在，他的任务就是把蒙在这个姑娘眼上的布条拿开，让她看看世界。但是，有多少一代又一代和她一样出身的女人沦为了家族的傀儡？他哆嗦了一下，想起科技书中一些新的想法，还有被经常引用的肯塔基洞穴鱼的例子，这些鱼由于不需要使用视力，眼睛已经停止发育了。如果他让梅·韦兰睁开眼睛看世界，她是否只会茫然地看着一片空白？

“但我们可以过得更好。我们可以一直在一起——我们可以去旅行。”

她露出欢喜的神色。“那太棒了。”她承认，她很想去旅行，但母亲不会理解他们如此出格的做事方式。

“出格还不足以形容呢！”她的追求者坚持。

“纽兰德！你的想法真独特！”她喜出望外。

他心里一沉，因为他发现自己说了那个情形下任何年轻男子都会说的话，而她也按本能和传统的教导一一作答，甚至还说他想法独特。

“独特！我们就像用折起来的纸剪出来的纸偶一样雷同，像墙上模印的图案一样相似。你和我就不能特立独行一点吗，梅？”

他讨论到兴头上，停下来面向她。她定睛看着他，眼神中充满了明亮清澈的爱慕。

“我的天啊——我们要私奔吗？”她笑道。

“如果你愿意——”

“你果然爱我，纽兰德！我好高兴。”

“既然如此——何不让我们更高兴呢？”

“我们总不能像小说里的人物那样行事，不是吗？”

“为什么不能——为什么不能——为什么不能？”

她看上去对他的坚持有点不耐烦。她深知他们不能私奔，但要找一个理由却又十分麻烦。“我不够聪明和你争论。但那种事情相当——庸俗，不是吗？”她提议道，如释重负地找到了一个肯定能终结话题的词语。

“你就那么害怕庸俗吗？”

她显然被问了个措手不及。“我当然讨厌庸俗——你也会的。”她有点恼怒地答道。

他一言不发地站着，手杖不安地敲打着靴子表面。她觉得自己确实找到了结束讨论的办法，于是轻松地继续说：“噢，我有跟你说我把戒指给埃伦看了吗？她说那是她见过最漂亮的式样了。她说，在和平街[20]也找不到比得上它的。我真爱你，纽兰德，你太有艺术眼光了！”

第二天下午，阿切尔在晚饭前坐在书房中抽着闷烟，简妮进门发现了他。他从事务所回家的路上没能到俱乐部一趟。在事务所里，他是一名律师，和他阶层里许多富裕的纽约人一样闲散地工作。他情绪不佳，还有点脾气。每天在同样的时间做同样的事情，这种挥之不去的恐惧感攫住了他。

隔着玻璃窗看见那些戴着高帽、无所事事的熟悉身影，他喃喃自语：“一成不变——一成不变！”这个词语像无休止的调子般一直盘旋在他脑海中。他通常在这个钟点踏进俱乐部的门，今天他却回家了。他不仅知道他们很可能会讨论什么，还知道每个人会在哪个部分发表己见。当然，公爵会是他们讨论的主要对象，但第五大道上一位金发女士出现在由一对黑色矮脚马拉的淡黄色小马车里（大家都认为这是博福特所为）无疑也会被深入讨论。这种“女人”（人们这样称呼她们）在纽约并不多见，自己驾驶马车的更是凤毛麟角，因此范妮·林小姐在社交时间出现在第五大道上深深刺痛了上流社会。就在前一天，她的马车经过洛弗尔·明戈特夫人的马车，后者马上摇响了手旁的小铃，命令车夫载她回家。“如果这件事发生在范德卢顿夫人身上可怎么办啊？”人们惊恐地互相问道。阿切尔仿佛听见劳伦斯·莱弗茨正对四分五裂的上流社会侃侃而谈。

他不耐烦地抬头，看见妹妹简妮进门，又马上低头继续看书（斯温伯恩刚出版的《蔡斯特拉德》），像没看见她一样。她扫了一眼堆满书的写字台，翻开一卷《都兰趣话》，对着书中的古体法语做了个怪脸，叹气说：“你看的东西可真高深！”

“怎么了——？”他问，她像卡珊德拉[21]一样地在他眼前晃动。

“母亲非常生气。”

“生气？生谁的气？为什么？”

“苏菲·杰克森小姐刚刚来过，说她哥哥会在晚饭后到访。她不愿意过多透露，因为他不准她说，他希望能亲自讲述所有细节。他正和路易莎·范德卢顿表姨妈在一起。”

“老天爷，我亲爱的妹妹，请你再说一遍吧。只有无所不知的神灵才知道你在说什么。”

“现在可不是冒犯神灵的时候，纽兰德……母亲对你不去教堂已经够难过的了。”

他嘟囔了一声，继续埋头看书。

“纽兰德！听清楚了。你的朋友奥兰斯卡夫人昨晚参加了勒姆尔·斯特拉瑟斯夫人的聚会，她是跟公爵和博福特先生一起去的。”

听见这宣言的最后一句，年轻人的心中升腾起一股无声的怒火。但他压制住怒气，笑道：“那又怎样？我知道她本来就有这个打算。”

简妮脸色发白，瞪着眼睛。“你知道她本来就有这个打算——

你居然没有阻止她？没有警告她？”

“阻止她？警告她？”他又笑了，“我又不是要娶奥兰斯卡伯爵夫人！”听见自己这句话，他觉得十分不可思议。

“你可是要和她的家族联姻的。”

“噢，家族——家族！”他揶揄道。

“纽兰德——你难道不在乎家族吗？”

“一点儿也不在乎。”

“也不在乎路易莎·范德卢顿表姨妈会怎么想？”

“一点都不——如果她非要像个老姑娘那样胡思乱想的话。”

“母亲可不是老姑娘。”他未婚的妹妹抿着嘴说。

他很想大喊：“是的，她是，范德卢顿一家也是，在现实面前，我们所有人都是老姑娘。”但看见她皱起了温柔的长脸流下眼泪，他又为自己所施加的毫无意义的痛苦而羞愧。

“去他的奥兰斯卡伯爵夫人！别像个胆小鬼，简妮——我不是她的监护人。”

“没错，但你的确有让韦兰家提前宣布你们的婚事，好让我们都支持她。如果不是因为那样，路易莎是绝不会邀请她参加公爵的晚宴的。”

“好吧——那邀请她又有何妨？她是宴会上最好看的女人。是她让范德卢顿家的晚宴变得不像以前那么悲壮了。”

“你知道亨利是为了讨你高兴才邀请她的，是他说服了路易莎。而现在他们很不高兴，打算明天就回斯凯特克里夫。纽兰德，我想你最好下楼一趟。你大概体会不到母亲的感受。”

纽兰德在会客厅里找到了母亲。她从针线活中抬起头来，皱着眉问：“简妮告诉你了吗？”

“是的，”他努力让自己的声调和母亲一样平稳，“但我不觉得这是个严重的问题。”

“冒犯了路易莎和亨利还不严重？”

“他们居然会被这种琐事冒犯，就因为奥兰斯卡伯爵夫人到一位他们视为普通人的女人家里做客。”

“视为——！”

“好吧，她的确是个普通人，但她也懂得欣赏好音乐，周日晚上整个纽约都死气沉沉的，她能给大家带来娱乐。”

“好音乐？我只知道那里有一个女人站在桌子上唱歌，人们只有在巴黎的一些地方才会唱那种歌，还有人吸烟、喝香槟。”

“啊——那种事在其他地方也会发生，世界依然照旧。”

“亲爱的，你不会真的为法国人的周日说话吧？”

“母亲，我们在伦敦的时候我也经常听你抱怨英国人的周日。”

“纽约可不是巴黎，也不是伦敦。”

“噢，不，纽约不是！”她儿子低吼。

“你的意思是，这里的上流社会不够光鲜？我敢说你是对的，但我们属于这里，人们来到我们这里时也应尊重我们的生活方式。对埃伦·奥兰斯卡来说更是如此，她回来正是为了逃离那些光鲜社会里的生活。”

纽兰德没有吱声，过了一会儿，他母亲试探说：“我准备戴上帽子，让你陪我在晚餐前去见一见路易莎。”他皱着眉头，她继续说：“我觉得你应该跟她解释你刚说的话，外国的上流社会是不同的……人们没有那么讲究，奥兰斯卡夫人可能并没有察觉到我们对这些事情的看法。你知道，亲爱的，”她熟练地带着无辜说道，“这样做是为了奥兰斯卡夫人好。”

“亲爱的母亲，我真的不明白我们为什么要在乎这种事。是公爵带奥兰斯卡夫人到斯特拉瑟斯夫人家的——事实上，是他先带斯特拉瑟斯夫人拜访奥兰斯卡夫人的。他们上门时我也在。假如范德卢顿夫妇想为此争执的话，那罪魁祸首就在他们家中。”

“争执？纽兰德，你有见过亨利与人争执吗？再说了，公爵是他的客人，又是陌生人。陌生人是看不出区别的，他们怎么会呢？奥兰斯卡伯爵夫人是一个纽约人，应该尊重纽约人的感受。”

“好啊，那如果必须有一名受害者的话，我允许你把奥兰斯卡夫人献祭给他们，”她的儿子怒火中烧地高声说，“我自己——或者是你——可都不会自告奋勇地为她赎罪。”

“噢，你当然只会替明戈特家说话。”他母亲激动地回应，这是她最接近生气的表达了。

阴郁的管家拉开会客厅的门帘通报：“亨利·范德卢顿先生。”

阿切尔夫人放下手中的针线，心烦意乱地推开椅子。

“多加一盏灯。”她对正要退下的仆人喊道，简妮俯身整理母亲的便帽。

范德卢顿先生高大的身形出现在门口，纽兰德·阿切尔上前迎接表姨父。

“我们正在谈论您，先生。”他说。

听到这句话，范德卢顿先生似乎吃了一惊。他脱下手套与女士们握手，小心地抚平高礼帽，简妮端来一张扶手椅，阿切尔又说：“还有奥兰斯卡伯爵夫人。”

阿切尔夫人脸色发白。

“啊——一位迷人的女士。我刚去见过她，”范德卢顿先生洋洋自得地挑着眉毛说。他坐进椅子里，老套地把帽子和手套放在身旁的地板上，继续说，“她对插花很有天赋。我从斯凯特克里夫给她寄去一些康乃馨，看到那些花时我惊呆了。她没有像我们的大园丁那样整束地把花插上，而是零星地处处放几枝……我也说不清她是怎么办到的。公爵对我说：‘去看看她是怎么巧妙地布置会客厅的。’她的布置的确很妙。我真希望能带路易莎去见她，要不是那个街区如此地——令人不舒服。”

范德卢顿先生难得一番高谈阔论后，大家一片沉寂。阿切尔夫人从篮子里取出她刚才忙乱塞进去的针线，纽兰德则靠着壁炉，手里玩弄着一片蜂鸟毛帘子。第二盏灯送来了，他看见灯光下简妮目瞪口呆的面容。

“事实上，”范德卢顿先生接着说，一边抚摸他穿着灰裤子的长腿，没有一点血色的手上戴着沉重的大庄园主图章戒指，“事实上，我顺道拜访她，感谢她在收到花后写给我的漂亮字条。还有——但这当然只能在我们之间说——善意地提醒她要注意公爵带她参加聚会的事。我不知道你有没有听说——”

阿切尔夫人摆出宽容的笑容。“公爵带她参加聚会了吗？”

“你知道这些英国大公的，他们都一个样。路易莎和我都很喜欢我们的表哥——但我们完全不指望这些适应了欧洲宫廷生活的人会费心了解我们共和主义的小小不同。公爵总是哪里有乐子便到哪里去，”范德卢顿先生停下来，但没有人说话，“是的——他昨晚似乎带她到勒姆尔·斯特拉瑟斯夫人家里去了。西勒顿·杰克森刚来跟我们说了这件荒唐事，路易莎感到很不安。所以我想最直接的办法就是向奥兰斯卡伯爵夫人解释——你知道的，以最隐晦的方式——我们在纽约对某些事情的看法。我觉得我能办得到，而且不至于不得体，因为与我们进餐的那天晚上她暗示……她让我看出她很感激能获得指引。而她的确是的。”

范德卢顿先生四下打量着房间，他的表情放在一个趣味庸俗的人身上可以算是自鸣得意，但在他脸上却变成了一种温和的友善，阿切尔夫人脸上也给予了恰当的回应。

“亲爱的亨利，你们真的太好了——永远如此！纽兰德尤其感激你们为亲爱的梅和他新结交的亲戚所做的一切。”

她向儿子投去训诫的一瞥，他说：“非常感激，先生。但我肯定你会喜欢奥兰斯卡夫人的。”

范德卢顿先生无比温柔地看着他。“我亲爱的纽兰德，”他说，“我从不邀请我不喜欢的人到家里来。我刚才也正是这么跟西勒顿·杰克森说的。”他看了一眼钟，起身说道：“但路易莎还在等我，我们要提早吃饭，带公爵去歌剧院。”

门帘在来访者身后庄严地落下，阿切尔家中一片寂静。

“天啊——多浪漫啊！”简妮终于大声叫道。没有人知道是什么激发了她这些简短的评论，她的亲戚也早已放弃理解它们了。

阿切尔夫人摇摇头叹了一口气。“如果一切都能圆满结束，”她说，语气却暗示她知道并不会这样，“纽兰德，今晚西勒顿·杰克森来访时你必须留下来见他，我真的不知道要和他说什么了。”

“可怜的母亲！他不会来的——”她儿子笑了，弯腰亲吻她皱着的眉。

第 11 章

大约两周后，纽兰德·阿切尔正无所事事地坐在“莱特布莱尔-兰姆森-洛律师事务所”的私人隔间里，事务所的头儿忽然把他叫去。

莱特布莱尔老先生是一名权威的法律顾问，有着三代纽约贵族血统，此刻正一脸困惑地端坐在红木书桌后。他抚摸着修剪整齐的白色胡须，又揉着突出的眉头上凌乱的灰发。他那位不敬的新合伙人暗想，他可真像一位正为无法断定病人症状而发愁的家庭医生。

“我亲爱的先生——”他总是称呼阿切尔为“先生”——“我派你调查一件小事，希望暂时向斯基普沃思先生或者雷德伍德先生保密。”他提到的这两位先生是事务所的另外两位资深合伙人。和纽约所有老牌律师协会一样，事务所信笺抬头上的合伙人早就不在人世了。比如，现在这位莱特布莱尔先生准确来说应该是他的孙子。

他向后靠在椅子上，眉头紧锁。“出于家族的原因——”他继续说。

阿切尔抬起头。

“明戈特家族，”莱特布莱尔先生微笑着点了点头，解释道，“曼森·明戈特夫人昨天让我过去一趟。她的孙女奥兰斯卡伯爵夫人希望与丈夫离婚。我手里已经拿到了几份文书。”他停下来，手指敲打着书桌：“鉴于你即将成为家族的一员，我想在采取进一步行动前先咨询你的意见——与你一起讨论案件。”

阿切尔感到血液涌上了太阳穴。自那次拜访之后，他只见过奥兰斯卡伯爵夫人一次，之后便是在歌剧院中的明戈特家包厢里。这段时间里，她的形象逐渐不再鲜活，也不再萦绕心间了，她退出了他的心头，梅·韦兰则重新占据了这个位置。自从简妮第一次随口提到她离婚的事后，他再没有听人们谈起，便将其打发为没有根据的闲言碎语。理论上讲，他和母亲一样反感离婚这件事。对于莱特布莱尔先生（无疑受到了凯瑟琳·明戈特的怂恿）如此明显地打算将他牵扯进来，他大为恼火。毕竟，可以承担这项工作的明戈特家男人很多，何况他还未通过婚姻成为明戈特家的一员。

他等着资深合伙人往下说。莱特布莱尔先生打开一个抽屉的锁，拿出一包东西：“请你过目一下这些文件——”

阿切尔皱起了眉头：“很抱歉，先生，正是因为即将成为亲戚，我希望你能咨询斯基普沃思先生或者雷德伍德先生的意见。”

莱特布莱尔先生看上去很吃惊，有点受到了冒犯。像这样一开口就被新合伙人拒绝可不常见。

他点点头：“我明白你的顾虑，先生，但这一次为了周密，你必须按我说的办。其实这个建议是曼森·明戈特夫人和她儿子提出的，并不是我的意思。我已经见过洛弗尔·明戈特，也见过韦兰先生。他们都指名让你帮忙。”

阿切尔血气上涌。过去两周他无精打采地参加活动，希望在梅漂亮的脸蛋和活泼的性格中忘掉明戈特家强人所难的要求。但明戈特老夫人的请求让他意识到家族认为他们有权对未来的女婿指手画脚。他被这个角色激怒了。

“这件事应该由她的叔伯们处理。”他说。

“他们一直在处理。这件事已经在家族中讨论过了。他们反对伯爵夫人的想法，但她十分坚定，坚持咨询法律意见。”

年轻人沉默不语。他还没有打开手中的文件包。

“她打算再次结婚吗？”

“有人这么认为，但她否认了。”

“那么——”

“阿切尔先生，你能帮忙先看看这些文件吗？之后我们讨论案子时我会给你我的意见。”

阿切尔很不情愿地拿着那叠不受欢迎的文件退出房间。自从上一次见过奥兰斯卡夫人后，他便不自觉地参加各种活动，以期将她忘却。他与她在壁炉边独处的一个小时让他们短暂地亲密相处，而随着圣·奥斯特里公爵和勒姆尔·斯特拉瑟斯夫人的不请自来以及伯爵夫人对他们的欣然接待，这种亲密被天意破坏了。两天后，阿切尔出席了她重获范德卢顿夫妇青睐的喜事。他不无刻薄地想，一位女士知道如何感谢一位无所不能的老绅士善意送来的鲜花，那她既不需要私下的安慰，也不需要他这个能力有限的年轻男子对她公开支持。以这种角度看待事情使他自身的问题变简单了，而且意外地让他重新理解了所有模糊的家庭美德。他无法想象梅·韦兰在任何紧急情况下宣扬她的困难，并向陌生男人大肆分享自己的秘密。在接下来的一周，梅比往常更加美丽动人。他甚至答应了她延长婚约的愿望，因为面对加快婚礼的请求，她已经找到了那个让他息怒的应对方法。

“你知道，在重要的事情上你父母自小就顺着你意。”他争辩道。她异常坚定地回答：“没错，正是因为如此，我很难拒绝他们最后一次把我看作小女孩时提出的要求。”

这就是老纽约的调子，这就是他希望妻子永远会做出的那种答案。如果一个人习惯了呼吸纽约的空气，那么稍欠清冽的空气便会让他感到窒息。

他回到办公室阅读的文件并没有给他提供什么信息，却让他陷入一种几近窒息、气急败坏的状态当中。文件主要是奥兰斯基伯爵的律师与一家法国律师事务所之间的往来信件，伯爵夫人向这家律师事务递交了财务结算的申请。里面还有一封伯爵写给妻子的短笺，纽兰德·阿切尔读毕后起身，将报纸塞回信封，重新走进莱特布莱尔先生的办公室。

“这是那些信件，先生。如果你希望的话，我愿意见奥兰斯卡夫人。”他以克制的语调说。

“谢谢——谢谢，阿切尔先生。有空的话今晚与我一起吃晚餐吧。假如你打算明天拜访我们的客户，我们可以饭后讨论这件事。”

那天下午，纽兰德·阿切尔又一次径直走回家。这是一个天朗气清的冬天傍晚，皎洁的新月悬挂在房顶上空。他想让自己的心灵充满纯净的光芒，在和莱特布莱尔先生饭后闭门交谈之前，他不想与任何人说话。他别无他法，只能这样做：他必须亲自去见奥兰斯卡夫人，而不是让她的秘密赤裸裸地呈现在众人面前。一阵怜悯卷走了他的冷漠和急躁，眼前的她暴露无遗，楚楚可怜，等待着他不惜一切代价的拯救，以免她因疯狂对抗命运而再一次伤害自己。

他记起她曾说过，韦兰夫人不希望听到任何有关她的“令人不快”的经历，并畏惧地想或许正是因为这种心态，纽约的空气才会一直如此纯净。他想：“我们到头来都只是一群伪善者吗？”他本能地厌恶人类的邪恶，又同样本能地怜悯人类的脆弱，试图调和这两种本能让他感到十分困惑。

他第一次意识到，他一直遵守的原则是多么的原始。表面上他是一个从不害怕风险的年轻人，他也知道他与可怜又愚蠢的索利·拉什沃思夫人之间的风流韵事并不是什么秘密，这多少给他一种冒险的感觉。但拉什沃思夫人是“那种女人”：天性愚笨、虚荣、偷偷摸摸，与其说是为他的魅力和品质着迷，倒不如说是被私通的隐秘和危险所吸引。意识到这一点时，他几乎伤透了心，但现在看来这似乎是他浪子回头的机会。总之，这种绯闻是多数与他年纪相仿的年轻男子经历过的，他们带着平静的良心和坚定的信念全身而退，相信他们深爱、尊重的女人与他们享受、同情的女人有天渊之别。在这种观念上他们是被母亲、姨母和其他年长的女亲属所刻意教唆的。她们都与阿切尔夫人一样，认为当“这种事情发生”时，男人无疑是愚蠢的，但不知为何，犯错的一方永远是女人。阿切尔认识的所有年长的女士都认为轻率恋爱的女人寡廉鲜耻、工于心计，而头脑简单的男人则在她们的控制之下茫然无助。因此唯一能做的事就是尽早说服他娶一位好姑娘，将他托付给她照顾。

阿切尔不禁猜测，在复杂古板的欧洲社会里，爱情问题大概没有这般简单，也不能轻易地归类。富裕、懒散、只有象征意义的上流社会一定会催生更多这样的情形，甚至可能出现这种情况：一个天生敏感高傲的女人被形势所迫，因孤立无援和空虚寂寞而被卷进一段传统标准视为不可饶恕的关系当中。

到家后，他给奥兰斯卡伯爵夫人写了一行字，询问她第二天什么时候方便见面，然后交给信童。信童很快回来了，转告说她明早要去斯凯特克里夫与范德卢顿夫妇共度周日，但晚饭后会独自在家。字条写在半张凌乱的纸上，既没有日期也没有地址，但她的笔迹刚劲而挥洒。想到她将在庄严而孤独的斯凯特克里夫度过周末，他不禁觉得有趣，但随即感到在所有地方中，她在那里最能感受那些对“不愉快”之事三缄其口的思想是多么的冰冷。

他七点钟准时来到莱特布莱尔先生家中，庆幸找到了晚饭后马上告辞的借口。他对交托给他的文件已经有了自己的意见，并不想与他的资深合伙人讨论这件事。莱特布莱尔先生是一位鳏夫，他们独自进餐，慢慢享用丰盛的菜式。饭厅昏暗破落，挂着已经泛黄的《查塔姆之死》和《拿破仑一世加冕大典》。餐具柜上，谢拉顿式的带槽刀架之间放着两个醒酒瓶，一个盛有红颜容[22]，另一个装着兰宁家的陈年波特酒（一位客户送的礼物），那是不肖子汤姆·兰宁在旧金山神秘羞耻地去世前一两年低价卖掉的——比起他的死，出售酒窖更让家族蒙羞。

浓稠的牡蛎汤之后上的是鲱鱼配黄瓜，然后是烤嫩火鸡和玉米煎饼，之后是潜鸭配醋栗冻和芹菜蛋黄酱。莱特布莱尔先生午饭时只吃了三明治和茶，因此从容专心地享用晚餐，并坚持让他的客人也这样做。终于，在结束的仪式完成后，他们撤下桌布，点燃雪茄，莱特布莱尔先生往后靠在椅子上，把波特酒往西边推了推，背靠着炉火舒服地伸展，说：“整个家族都反对离婚。我觉得他们是对的。”

阿切尔发现自己马上站在反驳的一方：“但是为什么，先生？如果真的立案的话——”

“哎——这有什么用呢？她在这里——他在那里，中间隔着大西洋。除了他自愿归还给她的钱，她一个子儿也别想多拿——他们那该死的跨国婚姻契约早就这么定好了。至于那边，奥兰斯基已经表现得相当慷慨了，他本来可以不出一分钱就将她扫地出门的。”

年轻人自知理亏，默不作声。

“但我知道，”莱特布莱尔先生继续说，“她不看重钱财。所以，正如家族所说，事情还过得去不就够了吗？”

阿切尔一小时前到达时，还完全赞同莱特布莱尔先生的观点，但一经这位自私自利、脑满肠肥、极端冷漠的老头子之口说出来，这个观点忽然变成了上流社会的伪善声音，一心只想防范令人不快之事。

“我想这得由她来决定。”

“唔——你有考虑过她决定离婚的后果吗？”

“你是指她丈夫信中的威胁吗？那有什么重要性吗？不过是一个流氓怒气冲冲的无端指责罢了。”

“是的，但如果他真的要为诉讼辩护的话，可能会成为令人不快的谈资。”

“令人不快——！”阿切尔勃然大怒。

莱特布莱尔先生扬起眉毛看着他表示质疑，年轻人意识到解释自己的想法根本没有用，于是鞠了一躬以示服从。他的长辈继续说：“离婚总是令人不快的。”

莱特布莱尔先生默默等待他说话，然后重新开口：“你同意我的说法吗？”

“当然。”阿切尔说。

“好啊，那么说，我能指望你帮忙，明戈特家也能靠你用影响力劝她改变主意了？”

阿切尔踌躇了一下，最后说：“在见到奥兰斯卡伯爵夫人之前我不能做出保证。”

“阿切尔先生，我真不懂你。你想成为一个头上顶着离婚诉讼丑闻的家族的女婿吗？”

“我不认为这与案子有任何关系。”

莱特布莱尔先生放下酒杯，警惕而忧虑地盯着年轻的合伙人。

阿切尔知道他冒着被调离任务的风险，不知为何十分痛恨这个可能性。这个工作既然已经塞到他手中，他便不打算放弃。为了预防这个可能性，他明白自己必须让这位毫无想象力、代表着明戈特家法律良知的老头放心。

“请放心，先生，在向你汇报之前我是不会表态的。我刚才的意思是，在听到奥兰斯卡夫人要说的话之前，我不便发表意见。”

莱特布莱尔先生点头赞许这种过分的谨慎——这可称得上是纽约最优秀的传统了。年轻人看了一眼表，声称有约在身便告辞了。

第 12 章

古板的纽约人会在七点吃晚饭，饭后拜访的习惯虽然受到阿切尔的圈子嘲笑，却依然盛行。年轻人从韦弗利广场街出发沿着第五大道慢慢走着，长长的大道上人烟稀少，只有雷吉·奇弗斯家（正为公爵设宴）门前停着好几辆马车，偶然一位穿着厚大衣戴着围巾的年长绅士走上褐石台阶后消失在点着煤气灯的门厅里。阿切尔穿过华盛顿广场时注意到迪拉克老先生正上门探望他的表亲达戈内特一家。拐过西十街的街角时，他又看见与他同一家律师事务所的斯基普沃思先生正要去拜访两位兰宁小姐。沿第五大道稍往北走，博福特出现在自家门前，他背着光，身影昏暗地走下台阶，坐进私家马车，驶向一个大概不宜明说的神秘地点。这晚不是歌剧之夜，也没有人举办晚会，因此博福特的外出无疑有点偷偷摸摸的味道。阿切尔脑海中联想到列克星敦大街外的一所小房子，刚刚挂上缎带窗帘，还摆出了花箱，新刷漆的门前经常能看见范妮·林小姐的浅黄色马车在守候。

组成阿切尔夫人的世界的那个小而湿滑的金字塔外面，是一个地图上几乎没有任何标记的街区，里面住着艺术家、音乐家和“写作的人”。这群散兵游勇从来没有表现出想要融入社会阶层的意愿。尽管人们都说他们行事古怪，但他们大多数人其实品格高尚，只是不喜交际。梅多拉·曼森风光时曾经开办过一个“文人沙龙”，但不久便因文人不愿参加而式微。

其他人也曾尝试过，例如在布伦科尔家中——这里住着热情健谈的母亲和三个模仿她的邋遢女儿——能认识埃德温·布思、帕蒂和威廉·温特、新任莎士比亚演员乔治·里格诺和一些杂志编辑以及音乐文学评论家。

阿切尔夫人和她的圈子对这些人感到胆怯。他们稀奇古怪、飘忽不定，生活的背景和思想中都有人们不了解的东西。文学和艺术在阿切尔的圈中深受重视，阿切尔夫人一直不厌其烦地对儿女说，上流社会曾有着华盛顿·欧文、菲茨格林·哈勒克以及写下《犯罪的仙女》的诗人等人，当时的社会多么令人惬意和富有教养。那个年代最受推崇的作家都是“绅士”，或许他们的后继者也有绅士风度，但无论是出身、外表、发型，还是对舞台和歌剧的熟悉，传统的纽约标准都不适用于他们了。

“当我还是个女孩时，”阿切尔夫人总是说，“我们认识炮台区至运河街之间的每一个人，也只有我们认识的人才有马车。那时候判断一个人的身份非常容易，现在却无从辨别了，我也不想去尝试。”

只有不持道德偏见、几乎像暴发户一样漠视细微差别的老凯瑟琳·明戈特才有可能弥补这道鸿沟。但她从来没有看过书、没有赏过画，喜欢音乐也纯粹是因为这让她想起了在“意大利人”夜总会的狂欢夜晚和杜伊勒里宫里的风光日子。胆量与她匹敌的博福特也许能成功融合，但他的大宅和穿丝绸长筒袜的男仆却成了非正式社交路上的一道障碍。况且，他和明戈特老夫人一样胸无点墨，只将“写作的家伙”看作收了钱供富人消遣的人，而那些富有得足以影响他意见的人也从来没有质疑过他。

纽兰德·阿切尔自记事起便知道这些事情，也将其作为自己世界结构的一部分接受了。他知道在一些上流社会里，人们像对待公爵一样竞相追逐画家、诗人、小说家、科学家，甚至伟大的演员。他经常想，生活在大谈梅里美（他的《与不知名少女的通信录》是阿切尔爱不释手的书籍之一）、萨克雷、勃朗宁和威廉·莫里斯的氛围里会是怎么样。但在纽约，这种事情是不可思议的，光想想便令人不安。阿切尔认识大部分“写作的家伙”、音乐家和画家：他是在世纪俱乐部和一些渐渐冒头的音乐俱乐部、小剧院里认识他们的。他喜欢与他们在那里相处，但在布伦科尔家中却对他们感到厌烦——他们与热情懒散的女人混迹，这些女人将他们像收集来的新奇玩意一样传来传去。即使与奈德·温赛特进行了激动人心的谈论后，他在离开时也总有一种感觉：如果他的世界很小，那他们的世界也大不到哪里去，将两个世界放大的唯一办法就是找到一个自然融合的相处模式。

他之所以想到这些，是因为他试图想象奥兰斯卡伯爵夫人生活过、受过苦，而且可能体会过神秘快乐的上流社会是什么样的。他记起她忍俊不禁地告诉他明戈特祖母和韦兰一家反对她生活在被“写作的人”占领的“波西米亚”[23]街区里。她家人反感的并不是那里的危险，而是那里的贫穷。但她摆脱了这种阴影，她猜，他们觉得文学会让名声受累。

她自己并不害怕文学，她会客厅中四处散布的书（人们大都认为在会客厅里放书是“放错了地方”）虽然大多是虚构小说，但保罗·布尔热、于斯曼和龚古尔兄弟这些新鲜的名字吸引了阿切尔。他反复琢磨着这些事情，走到了她门前，又一次意识到她奇妙地扭转了他的价值观，也意识到如果要帮助她解决当前的麻烦，他需要以一种前所未有的方式思考。

纳斯塔西亚打开门，脸上带着神秘的微笑。门厅的长椅上放着一件貂皮大衣，一顶折起来的亚光丝大礼帽，衬里上印着烫金的J.B.，还有一条白色的丝质围巾——毫无疑问，这些贵重物品是朱利叶斯·博福特的财产。

阿切尔很生气，几乎要在他的卡片上胡乱写几个字然后离开。但他想起给奥兰斯卡夫人写信时因出于谨慎，并没有说希望能私下见她。因此，她打开大门接待其他客人，他也只能责怪自己。他走进会客厅，下定决心要让博福特感觉到他碍手碍脚，并且要留得比他晚。

银行家正斜靠着壁炉架站着，壁炉架上挂着一条旧织布，用插着黄色教堂蜡烛的黄铜烛台压好。他挺着胸，肩膀靠在壁炉架上，全身重量都撑在一只穿漆皮鞋的大脚上。阿切尔进门时，博福特正微笑着低头看女主人，她坐在与烟囱摆成直角的沙发上。沙发后摆放着一张摆满鲜花的桌子作屏风，奥兰斯卡夫人背靠兰花和杜鹃半躺着，年轻人认出鲜花是产自博福特家温室的礼物。奥兰斯卡夫人一只手撑着头，宽大的袖子滑落到手肘，露出了手臂。

晚上接待客人的女士通常会穿着所谓的“简便晚宴服”：一件鲸须丝紧身衣，领口微微敞开，缝隙处缝有蕾丝褶边，紧绷的袖口饰有荷叶边，仅露出戴着伊特鲁里亚式金手镯或丝绒手带的手腕。但奥兰斯卡夫人不顾传统，穿上了红丝绒长袍，正面缝着光滑的黑色皮毛直到下巴处。阿切尔记得上次在巴黎时看见一名叫卡罗勒斯-杜兰的新晋画家所作的画像（他的画作在沙龙[24]里引起轰动），画中的女士穿着一件紧身衣一样的醒目长袍，下巴托在皮毛上。晚上在温暖的会客厅中穿着皮毛、戴着围巾却露出手臂给人一种反常、挑逗的感觉，但不可否认，效果十分讨喜。

“好家伙——在斯凯特克里夫整整三天！”阿切尔进门时博福特正大声讥笑道，“你最好把所有的皮毛带上，还有热水袋。”

“为什么？房子有这么冷吗？”她问，一边向阿切尔伸出左手，神秘地暗示他应该亲吻她的手。

“不，但女主人很冷漠。”博福特说，漫不经心地朝年轻人点了点头。

“但我觉得她人很好。她亲自来邀请我。奶奶说我必须赴约。”

“奶奶当然会这么说。而按我说，你要错过下周日我在德尔莫尼科餐厅为你准备的牡蛎晚宴实在可惜，卡姆帕尼尼、斯凯尔奇和许多有趣的人都会出席。”

她将信将疑地看看银行家，又看看阿切尔。

“啊——我的确很感兴趣！除了在斯特拉瑟斯夫人家的那天晚上，我到这里来后还没有认识一位艺术家呢。”

“什么样的艺术家？我认识一两位画家，非常好的人，如果你允许的话我可以带他们来见你。”阿切尔冒失地说。

“画家？纽约也有画家吗？”博福特问，语气中暗示既然他没有买过他们的画作，那纽约肯定没有画家。奥兰斯卡夫人庄重地微笑着对阿切尔说：“那实在太好了。但我真正想认识的是戏剧艺术家、歌唱家、演员和音乐家。我丈夫的家中总不缺少这些人。”

她说起“我丈夫”时，仿佛与这几个字并没有任何不幸的联系，语气几乎像在哀叹婚姻生活里逝去的快乐。阿切尔不解地看着她，不知道她是因为心态轻松还是故作镇静才能在与过往一刀两断、几乎名誉扫地的时候自如地谈论过去。

她继续对两位男士说："我的确认为出其不意的事情能增加快乐。每天见同样的人可能是一个错误。"

"不管怎么说，这样非常没意思。纽约无趣得要死，"博福特嘟囔着，"每当我尝试帮你活跃气氛时，你都拒绝我。来吧——再好好想想！周日是你最后的机会了，因为卡姆帕尼尼下周就要到巴尔的摩和费城去。我有一个包间和一台施坦威钢琴，他们将整晚为我演唱。"

"真诱人啊！让我考虑考虑，明早写信告诉你好吗？"

她友善地说着，语气中却略带打发的意味。博福特明显感受到了，他并不习惯被打发，只是站在那里盯着她，固执地皱眉。

"为什么不能现在说呢？"

"现在太晚了，不能决定如此重要的事情。"

"你认为现在很晚吗？"

她冷冷地迎着他的目光："是的，因为我还要跟阿切尔先生谈一会儿事情。"

"啊。"博福特恶声恶气地说。她的语气不带半点商量的余地，他轻轻耸了耸肩，又恢复了镇静，老练地牵起她的手亲吻，然后走到门边喊道："我说，纽兰德，如果你能说服伯爵夫人进城的话，当然也欢迎你来参加晚宴。"然后迈着重重的脚步傲慢地走出会客厅。

有一瞬间，阿切尔觉得莱特布莱尔先生一定已经跟她说过他要拜访的事，然而她的下一句话却与此毫不相关，又改变了他的想法。

"这么说，你认识画家？你住在他们的圈子里？"她眼神中充满兴趣。

“噢，其实并不是。我不知道这里有艺术圈子，任何一种艺术也是。他们更像是一层稀薄的边缘。”

“但你喜欢这些东西？”

“非常喜欢。我在巴黎和伦敦时从不错过任何展览。我尽量跟上潮流。”

她低头看着长长的裙摆下露出来的缎靴鞋尖。

“我以前也非常喜欢，我过去的生活充满了这些玩意儿。但现在我不想这样了。”

“你不想这样了？”

“是的，我想抛弃我所有的过往，变得和这里的所有人一样。”

阿切尔红了脸。“你永远不会和所有人一样。”他说。

她微微挑起了笔直的眉毛：“啊，别这么说。你不知道我多讨厌与众不同！”

她的脸变得像戴上了悲剧面具一般冷峻。她身子前倾，瘦弱的手紧紧抓住膝盖，眼光从他身上移开，看着遥远而黑暗的远方。

“我想要逃离这一切。”她坚持说。

他等了一会儿，清了清喉咙：“我知道，莱特布莱尔先生跟我说了。”

“啊？”

“这也是我来的原因。他让我——你知道，我在律师所工作。”

她看起来有点吃惊，然后眼中露出光芒：“你是说你能替我张罗？我可以跟你谈，而不是跟莱特布莱尔先生？噢，这可就简单多了！”

她的声调感染了他，他也随着志得意满而自信起来。他觉得她跟博福特说要谈事情只是为了把他支走，能够打败博福特怎么说也是一种胜利。

“我是来这里谈那件事的。”他重复道。

她默不作声地坐着，手臂靠在沙发椅背上，仍然支着头。她的脸色苍白无神，仿佛在艳红的礼服映衬下黯淡无光。忽然之间，阿切尔觉得她是一个可怜，甚至可悲的人物。

他想：“现在我们要谈残酷的事实了。”并意识到自己本能地退缩了，像自己经常责备的母亲和她的同辈那样。处理不寻常的情况他可没有什么经验！这里面的语言对他而言十分陌生，听起来就像小说和舞台剧里的台词。面对即将到来的情形，他像一个小男孩一样笨拙和尴尬。

奥兰斯卡夫人顿了顿，出人意表地忽然激动地说：“我想要自由，我想要清除所有的过去。”

“我明白。”

她的脸色和缓下来：“那么说你愿意帮我？”

“首先——”他犹疑了一下，“我可能需要掌握更多内容。”

她有点吃惊。“你知道我的丈夫——知道我跟他的生活？”

他做了一个承认的手势。

“那——好吧——还有什么要说的？在这个国家里这种事情是可以被容忍的吗？我是一名清教徒——我们的教会并不禁止这种情况下的离婚。”

“当然不会。”

两人再次陷入沉默。阿切尔感到奥兰斯基伯爵的信就像一个面容扭曲的幽灵悬浮在他们之间。那封信只写了半页，内容跟他向莱特布莱尔先生描述的一样：一个流氓怒气冲冲的无端指责。但背后究竟有多少是真相？只有奥兰斯基伯爵的妻子才知道了。

“我已经看过你给莱特布莱尔先生的文件。”他终于说。

“啊——还有什么比这更可怕的东西吗？”

“没有。”

她轻微调整了一下姿势，抬起的手挡住了眼睛。

“当然，你知道，”阿切尔继续说，“如果你丈夫选择上诉——像他威胁的那样——”

“嗯——？”

“他会说一些——说一些可能令人不——让你不愉快的事情：在公开的场合，好把话传开以伤害你，即使——”

“即使——？”

“我的意思是：不管这些话有多么站不住脚。”

她沉默了很长一段时间，他不愿一直看她被挡住的脸，因而有足够的时间深深记住她放在膝盖上另一只手的模样，记住了她无名指和小指上三只戒指的每一个细节。他留意到这里面没有婚戒。

“这些指责，即便他公开，对在这里的我有什么伤害呢？”

他几乎想不假思索地高呼：“我可怜的孩子——比你在其他任何地方的伤害都大！”但相反，他用一种自觉像莱特布莱尔先生的嗓音说：“与你之前生活的社会相比，纽约的上流社会是一个非常小的世界。虽然看起来并非如此，但它其实是由几个——唔，思想相当守旧的人统治的。”

她没有吱声，他继续说：“我们关于结婚和离婚的想法尤其传统。我们的立法赞同离婚——但我们的社会习俗却不然。”

“从不？”

“唔——是的，不管这个女人受到多少伤害、多么清白无辜，只要有一丁点对她不利的表现，或因为一些特立独行的行为而被——被含沙射影地批评——”

她的头垂得更低了，他再次等待，强烈地希望她会勃然大怒，或至少高喊一声以示否认。但什么都没有发生。

一只小钟在她身边低声滴答走着，一块木柴裂成两半，升起一阵火花。整个房间安静而压抑，似乎在与阿切尔一起静默地等待。

“是的，”她最终沉吟道，“我的家人是这么跟我说的。”

他有点畏缩：“这并非不正常——”

她纠正道：“是我们的家人。”阿切尔脸红了。她轻声说：“因为你马上就会成为我的表妹夫。”

“我希望如此。”

“你也认可他们的观点？”

听到这句话，他站起身，在房里踱步，眼神空洞地盯着红色旧锦缎上的一幅画，又犹豫不决地走回她身边。“是的，如果你丈夫所指属实，你又无法证明他是错的话。”这句话他又怎么能说出口？

他正要开腔，她打断了他：“老实说——”

他低头看着炉火：“老实说——你可能——你绝对会听到许多可憎的流言，你又能得到什么好处来弥补呢？”

“我的自由啊——这难道不重要吗？”

那一瞬间，他的脑海中闪过一个念头，信中的控诉是真的，她的确希望与她那位同谋结婚。假如她真的对这个计划抱有希望，他该如何告诉她，国家的法律对此坚决反对？他只不过是怀疑她有那种想法，便不由得对她苛刻、焦躁起来。“难道你不是已经无比自由了吗？”他反驳，“谁能伤害你呢？莱特布莱尔先生跟我说财务的问题已经解决了——”

“噢，是的。”她冷淡地说。

“既然这样，为了可能一直让你讨厌、痛苦的事冒险，这真的值得吗？想想报纸会怎么说——他们是多么的恶毒！全是愚蠢、狭隘和不公正的言论——但一个人是不可能撼动社会的。”

“是不能。”她勉强同意。她的声调如此微弱凄凉，他忽然为自己严苛的想法感到愧疚。

“在这些情况下，个人几乎总是为所谓的集体利益牺牲：人们坚守传统来保持家庭和睦——如果有子女的话则是保护子女。”他滔滔不绝地说着所有他能想起的陈词滥调，急切地想要掩盖她的沉默所暴露的丑恶现实。既然她不会说，也不能说那句消除误会的话，他便不想让她觉得他在打探她的秘密。他宁可遵守老纽约审慎行事的习惯浅尝辄止，也不愿冒着风险揭开一道他无法治愈的伤疤。

“你知道，”他继续说，“我的任务是帮助你像最疼爱你的人一样看清事态，就像明戈特家、韦兰家、范德卢顿家，还有你所有的朋友和亲戚：如果我没有实事求是地告诉你他们是如何评断这些问题的，那我就不公平了，不是吗？”他恳切地说着，几乎像在哀求她，急切地想掩饰这让人困顿的沉寂。

她慢慢说：“是的，是不公平。”

炉火渐渐变成灰白色，一盏台灯发出咯咯的声响想吸引注意。奥兰斯卡夫人起身将灯拧紧，然后回到火炉边，却没有坐下。

她一直站着，似乎表明他们之间已经无话可说，阿切尔也站起来。

“很好，我会如你所愿去做。”她唐突地说。血液涌上他的额头。她的忽然投降让他大为吃惊，他笨拙地握住她的双手。

“我——我真的想要帮助你。”他说。

“你的确有帮助我。晚安，表妹夫。”

他低头亲吻她冰冷、毫无生气的双手。她抽出手，他转身走向大门，在门厅微弱的煤气灯光下找到他的外套和帽子，一头扎进冬夜里，心中充满了因不善言辞而迟来的滔滔话语。

第 13 章

瓦莱克剧院这晚人潮涌动。

正在上演的话剧是《浪子》，由迪恩·布希科领衔主演，哈利·蒙塔古和艾达·戴斯则扮演那对恋人。这个令人钦佩的英国剧团正广受追捧，上演《浪子》时永远座无虚席。顶层楼座的观众热情洋溢，正厅前座和包厢中的人们对陈腐的情感和哗众取宠的情节莞尔一笑，也和顶层的观众一样享受这部话剧。

有一场戏特别吸引着全场观众。哈利·蒙塔古与戴斯小姐悲伤地简短作别，他向她说再见后转身要走。站在壁炉架旁的女演员低头看着炉火，她穿着灰色的羊绒礼服，没有时髦的环扣和修剪装饰，在她高挑的身上十分合体，长长的线条一直垂至脚边。她脖子上缠绕着细长的黑丝绒绸带，绸带的两端垂在身后。

她的追求者转身离开时，她手臂靠在壁炉架上，双手掩面。他在门前停下看着她，然后折身而返，拿起绸带的一端亲吻，未等她听见动静和改变主意便离开了房间。在这幕静寂的分别中，帷幕徐徐落下。

纽兰德·阿切尔向来都是为了这一幕而去看《浪子》。他觉得蒙塔古和艾达·戴斯的道别就像他看过的克鲁瓦赛特和布雷桑特在巴黎道别以及马奇·罗伯逊与肯德尔在伦敦道别一样感人。比起最负盛名的感情迸发，这种沉默寡言和无声悲伤更能打动他。

这晚，这幕戏平添了一份辛酸，因为这让他想起了——他也说不清为什么——他与奥兰斯卡夫人的分别，他们私下交谈已经是快十天前的事了。

两种情形之间几乎没有雷同，人物的相貌也并不相似。纽兰德·阿切尔无法自诩像这位年轻英国演员般浪漫帅气，戴斯小姐也是一个身材壮硕的高个子红发女人，苍白丑陋的脸蛋十分讨喜，与埃伦·奥兰斯卡活泼的容颜截然不同。阿切尔与奥兰斯卡夫人也并不是一对在令人心碎的沉默中分手的恋人，他们是律师和客户的关系，两人分别前的谈话让律师对客户的案件留下了最糟糕的印象。那么，究竟是何种相似让年轻人在怀缅的时候心脏激烈地跳动呢？原因似乎在于奥兰斯卡夫人的神秘天赋，能让人想起日常生活之外的各种悲伤动人的可能性。她几乎没有对他说过什么能产生这种感觉的话。这是她自身的一部分——或许是对她神秘的异国背景的反映，又或许是她内心充满戏剧性、热情洋溢、不同寻常性格的表现。阿切尔总是倾向于认为，在塑造人性上，机遇和境况发挥的作用很小，更重要的是人们逆来顺受的内心倾向。他从一开始就在奥兰斯卡夫人身上感受到这种倾向。这个安静、几乎消极的女子给了他一种感觉：不管如何努力挣扎，竭力避免，她就是那种注定会发生事情的人。让人触动的是，她一直生活在充满戏剧性的氛围当中，以至于她引发这些事件的自身倾向显然早已难以察觉。正是她身上这种少有的处变不惊让他感觉她曾躲过一场大劫：那些她认为理所当然的事情恰恰证明了她曾奋力反抗的事情有多么严重。

阿切尔离开她的时候深信奥兰斯基伯爵的指责并非毫无依据。那个以“秘书”身份出现在他妻子过往中的神秘人物大概因帮助了她逃脱而获得回报。她所逃离的境况是不能忍受、难以启齿、难以置信的：她很年轻，她受到了惊吓，她绝望无助——还有什么比感激她的拯救者更顺理成章的事吗？可惜的是，无论在法律还是世俗的眼光中，这种感激将她与她可怕的丈夫放在同等的位置。阿切尔让她明白了这个道理，他必须这样做。他还让她明白，纯洁善良的纽约——她本以为在这里能获得更多施舍——正是她最不应该奢求宽容的地方。

要向她解释这个事实——并且目睹她听天由命地接受——对他来说痛苦难忍。他感到自己因莫名的妒忌和怜悯而被她吸引，就好像她沉默坦诚的错误将她置于他的控制之中，让她变得谦卑却又平易近人。他很高兴她向他倾诉了秘密，而不用面对莱特布莱尔先生的冷漠审视或家人的尴尬目光。他马上视为己任，向双方保证她已经放弃了离婚的想法，她做出这个决定是因为她已经明白诉讼是没有意义的。他们大大地松了一口气，不再关注她本会给他们带来“令人不快”的事。

“我就知道纽兰德能办妥。”韦兰夫人骄傲地表扬未来女婿，明戈特老夫人则召他进行私下询问，称赞他聪明机灵，并迫不及待地说：“真是小傻瓜！我告诉过她那是多么无稽的事情。她有幸做一名已婚妇女和伯爵夫人，居然还想以埃伦·明戈特的身份做一个老姑娘！”

这些事情让他与奥兰斯卡夫人上一次对话的记忆异常清晰，以至于当帷幕在两名道别的演员身上落下时，年轻人的眼中噙满了泪水。他起身离开剧院。

他走向歌剧院后部时，看见心中所想的那位女士正与博福特夫妇、劳伦斯·莱弗茨和另外一两名男士坐在包厢中。自那晚后，他没有单独与她交谈过，也竭力避免与她一起出现在公众场合，但此时他们四目交汇，博福特夫人也认出了他，懒洋洋地招呼他过去，他没有办法，只得走进包厢。

博福特和莱弗茨为他让路。阿切尔跟总喜欢打扮得漂漂亮亮而不爱聊天的博福特夫人交谈了几句后，在奥兰斯卡夫人身后坐下。包厢里除了西勒顿·杰克森先生外再无别人，他正压低声音跟博福特夫人秘密地说着勒姆尔·斯特拉瑟斯夫人上周日的酒会（据说有人在酒会上跳舞）。博福特夫人一丝不苟地微笑倾听他的详尽描述，头部的角度正好让前座的人看见她的侧脸。在这个掩护下，奥兰斯卡夫人扭过头来低声向他说话。

“你觉得，”她瞄着舞台问，“他明天早上会给她送一束黄玫瑰吗？”

阿切尔红了脸，心中一惊。他只上门拜访过奥兰斯卡夫人两次，每一次都会寄去一盒黄玫瑰，但每一次都没有附上卡片。她从来没有提及这些鲜花，他也以为她从来不知道花是他送的。现在她忽然承认收到礼物，还与台上温柔的道别联想在一起，让他既不安又快乐。

“我也在想这个问题——我正要离开剧院，好记住这一幕。”他说。

让他吃惊的是，她的脸慢慢蒙上一层朦胧的绯红。她低头看着戴着光滑手套的手中的珍珠母望远镜，顿了顿，说：“梅不在的时候你做什么？”

“我专心工作。”他回答，对这个问题感到一丝不悦。

韦兰一家遵循一直以来的习惯，上周出发前往圣·奥古斯丁[25]。考虑到韦兰先生可能十分敏感的支气管，他们总会在那里度过冬末。韦兰先生性格温和，沉默寡言，缺乏主见却有诸多习惯。没有人能干预他的这些习惯，其中一个习惯要求他的妻女每年陪伴他到南方过冬。不受打扰的居家生活对他的心境平静至关重要。如果韦兰夫人不在身旁指点，他根本不知道梳子在哪里，或怎样往信上贴邮票。

所有的家庭成员都相亲相爱，韦兰先生是他们爱慕的中心，他的妻子和梅从来没有想过让他独自前往圣·奥古斯丁，他的两个儿子都从事法律工作，冬天时不能离开纽约，总会在复活节前来陪他，然后一起踏上回程。

关于梅是否有必要陪伴父亲，阿切尔是无力干涉了。明戈特家族医生的声誉很大程度上与韦兰先生从未患上肺炎有关，因此，坚持前往圣·奥古斯丁的决定不容有变。起初，他们打算等梅从佛罗里达州回来后才宣布她的婚约，虽然后来提前宣布了婚约，但这也不能改变韦兰先生的计划。阿切尔本想加入他们的旅行，与未婚妻享受几周的阳光，一起划船，但他也受到了习俗和惯例的约束。虽然他的工作任务并不繁重，但如果提议在隆冬时节休假，整个明戈特家族都会指责他行事轻率。于是他顺从地接受了梅的离开，并逐渐意识到顺从会是婚姻生活的一个重要组成部分。

他感觉到奥兰斯卡夫人低垂着眼看他。“我已经按照你的希望——你的建议做了。”她忽然说道。

“啊——我很高兴。”他回答，为她此时提出这个话题而尴尬。

“我明白——你是正确的，”她有点喘着气说，“但有时候生活很艰难……很复杂……”

“我知道。”

她最后说：“我想告诉你，我的确觉得你是对的，我很感激你。”此时包厢的门开了，博福特洪亮的声音打断了他们，她马上拿起望远镜放到眼前。

阿切尔起身走出包厢，离开了剧院。

就在前一天，他收到了梅·韦兰的来信，信中她以特有的坦诚嘱咐他在他们离开期间“对埃伦好一些”。“她那么喜欢你，仰慕你——你也知道，虽然她没有表现出来，但她依然十分地孤独和不快乐。我想外婆和洛弗尔·明戈特舅舅都不理解她。他们确实以为她比实际上更世故，也更热衷社交。虽然家人不愿意承认，但我看得出来纽约对她来说很沉闷。我想她已经习惯了许多我们没有的东西，精彩的音乐、画展和名人——艺术家、作家以及所有你仰慕的聪明人。外婆不明白她除了各种晚宴和服装还有什么需要的——但我知道你是纽约唯一一个能和她谈论她真正想要什么的人。”

他聪慧的梅——这封信让他多么爱她啊！但他并不打算采取行动。首先，他太忙了；再者，作为已经订婚的男人，他也不愿意太显眼地充当奥兰斯卡夫人的护花使者。他有一种想法：她比天真的梅想象中更清楚如何照顾自己。她让博福特拜倒在她的石榴裙下，又让范德卢顿先生像保护神一样围着她转，不远处还有一众候选人（劳伦斯·莱弗茨就是其中之一）等待机会。然而，每次看见她或与她交谈时，他都感觉梅的天真几乎就是一种占卜的天赋。埃伦·奥兰斯卡的确十分孤独，而且并不开心。

第14章

阿切尔走到大厅时碰见了朋友奈德·温赛特，在被简妮称为“聪明人”的人中，他是唯一一个阿切尔愿意深入交谈的人，他们的对话比在俱乐部和小饭馆里的一般插科打诨更加深刻。

他的目光穿过歌剧院，看见了略微驼背的温赛特那衣着寒酸的背影，并马上发现他望向博福特的包厢。两位男士相互握手，温赛特提议到街角的一个德国小餐馆喝啤酒。但阿切尔没有心情谈论他们在那里一般会进行的对话，以家中还有工作为由拒绝了。温赛特说：“噢，其实我也有工作，那我也去当勤奋的学徒好了。”

他们一起慢慢走着，温赛特说：“听着，我想知道你们那漂亮包厢里黑衣女士的名字——她和博福特夫妇一起，对吧？那位让你的朋友莱弗茨神魂颠倒的女士。”

阿切尔莫名地有些生气。奈德·温赛特到底为什么想知道埃伦·奥兰斯卡的名字？更重要的是，他为什么要把她的名字与莱弗茨放在一起？对这种事情好奇不像温赛特的作风。但阿切尔想起，他终究是一名记者。

“我希望你不是要采访她吧？”他笑着说。

“唔——不是给报纸的，只对我有用，”温赛特回答，“其实她是我的邻居——这样一位美人会住在那种街区真是奇怪——她对我的儿子非常友善。他在她家附近追小猫时摔倒了，伤得很严重。

她没戴帽子就冲进门来，双手抱着他，将他的膝盖包扎得很好。她很有同情心，长得又漂亮，我妻子只顾着惊叹，忘记问她名字了。”

阿切尔心中涌起一阵愉悦。这件事没有什么不同寻常之处，任何女人都会为邻居的孩子这么做。但他觉得，不戴帽子跑上门来，把男孩抱在怀中，让可怜的温赛特夫人赞叹得忘记问她是谁——这正像埃伦的作风。

“那是奥兰斯卡伯爵夫人——明戈特老夫人的孙女。”

奈德·温赛特吹了一声口哨：“咻——伯爵夫人！唔，我不知道原来伯爵夫人也能如此平易近人。明戈特家人可不会这样。”

“他们会的，只要你给他们机会。”

“啊，好吧——”“聪明人”顽固地拒绝与时髦的人群交往是他们向来争论不休的话题，两人都知道继续讨论下去毫无意义。

“我在想，”温赛特忽然说，“一个伯爵夫人怎么会住到我们的贫民区里？”

“因为她毫不在乎住在哪里——也根本不理会我们的社交标准。”阿切尔说，为他心目中她的形象而暗暗自豪。

“唔——见过世面的，我想，”温赛特评论道，“啊，我要在这里拐弯了。”

他无精打采地穿过百老汇，阿切尔站在那里看着他的背影，思索着他最后一句话。

奈德·温赛特不时有着敏锐的洞察力，这是他最有趣的地方，也总让阿切尔好奇，在大部分男人仍苦苦挣扎的年纪，这种洞察力如何能让他无动于衷地接受失败。

阿切尔早就知道温赛特有妻儿，但从来没有见过他们。两位男士总是在世纪俱乐部或者一些记者和搞戏剧的人常去的地方见面，例如温赛特提议去喝啤酒的那个餐馆。他给阿切尔一种他的妻子行动不便的感觉，那位可怜的女士可能的确如此，但这也可能仅仅表示她缺少社交天赋或晚装，或两样都缺。温赛特本身对社交仪式深恶痛绝：阿切尔在晚上穿衣打扮是因为他觉得这样更干净、更舒适，却从来没有停下来想过干净和舒适是囊中羞涩的人最昂贵的两项开支。他将温赛特的态度看作一种无趣的“波西米亚式”矫揉造作，相比之下，上层人士总显得比其他人简单自然，因为他们经常换衣服却从不提及，也不会喋喋不休地谈论家中仆人的数量。然而，他总能受到温赛特的激励，每当看见记者长着胡须的瘦削脸庞和忧郁眼神时，他都会拽着温赛特离开他的角落，畅谈一番。

温赛特当上记者并非出于自愿。他是一个纯粹的文人，生不逢时地出现在一个不需要文学的世界里。他出版了一本短小精悍的文学鉴赏，卖出了120册，赠送了30册，出版商（按照合同）最终销毁了余下的册数以让位给更好卖的书。他于是放弃了真正的事业，在一份女性周报担任副编辑，周报里时装图样和纸版与新英格兰的爱情故事及无酒精饮料广告轮番出现。

对于《炉火》（那份周报的名字），他总有说不完的趣事，但玩笑之下隐藏着这位尝试过并放弃了的年轻人死气沉沉的苦闷。他的话总能让阿切尔审视自己的生活，并感到这种生活多么空虚。但无论如何，温赛特的生活更加贫乏，虽然两人共同的知识兴趣和求知欲望让他们的交谈兴味盎然，但他们观点的交流却通常只限于可怜的浅薄涉猎。

“事实上，生活对我们两人来说都不是什么易事，”温赛特曾经说，“我贫困潦倒，没有什么办法补救了。我只能生产一种物品，这里却没有市场，我有生之年也不会有。但你自由而且富有。

你为什么不试一试呢？你只有一种办法实现，那就是进入政坛。”

阿切尔仰头大笑。人们在这里能窥见温赛特这样的人和其他人——阿切尔之类的人——无法逾越的差别。上流社会的每一个人都知道，在美国，“绅士是不能参政的”。但因为他不能向温赛特坦白，于是闪烁其词地回答：“看看美国政界那些老实人的政治生涯吧！他们不想要我们。”

“‘他们’是谁？你们为什么不团结起来，成为‘他们’？”

阿切尔的大笑变成了一种俯就的微笑。继续讨论这个话题没有意义：每个人都知道，那屈指可数的几位赌上清白身家踏足纽约市、纽约州政界的绅士大多命途坎坷。那种事情尚有可能的日子已一去不复返了：政客和移民的命运掌握在国家手里，正派人只能依靠体育或文化为生。

“文化！如果我们有文化的话，是的！但这里只有几块小田小地，已经满目疮痍，因为缺乏——唔，锄耕和交替施肥：你们祖先带来的欧洲传统就仅剩这些了。但你们属于那可怜兮兮的少数：你们没有中心，没有竞争，没有观众。你们就像一座废弃房子墙上的画：《一个绅士的画像》。你们永远不会成大器，没有一个人可以，除非你卷起袖子踩进泥里。要么就是移民……老天！如果我能移民的话……”

阿切尔在内心耸了耸肩，将话题重新引至书本上。在这方面温赛特虽然不算可靠，却总是十分有趣。移民！好像一名绅士能抛弃自己祖国似的！这样做就跟卷起袖子踩进泥巴里一样不可行。一名绅士只能留在家中，选择弃权。但温赛特这样的人不会明白这个道理，因此，充满了文学俱乐部和异国餐厅的纽约乍一看像一个万花筒，可到头来却只是一个小盒子，内里的花样比组成第五大道的点滴更单调乏味。

第二天早上，阿切尔在市中寻找更多的黄玫瑰却无功而返。他因而迟到了事务所，却发现这样做对任何人来说都没有差别，一下子对自己精致却无用的生命感到愤怒。他此刻为什么不能在圣·奥古斯丁的沙滩上与梅·韦兰在一起？他假装忙于工作，却没有骗到任何人。莱特布莱尔先生领导的这种老派的律师事务所主要参与大型地产和“保守”投资的管理，当中总有两三个相对富裕的年轻人，对工作没有抱负，每天坐在办公桌前几个小时完成琐碎的任务，或者只是看看报纸。虽然他们必须有一份差使才算体面，但赤裸裸的挣钱依然被视为有失身份，作为职业，法律被认为比经商更适合绅士。但这些年轻人无一有望在工作中有所作为，也没有这种志向。在他们许多人身上，敷衍了事的绿色霉菌已经显著蔓延。

想到这种霉菌可能也蔓延到自己身上，阿切尔不禁惶然。当然，他也有其他爱好和兴趣。他假期时到欧洲旅行，结识梅口中的“聪明人”，并正如他急切地向奥兰斯卡夫人描述的那样，努力“紧跟潮流”。可一旦结了婚，他真正体验过的这个狭缝中的生活会变成怎样？他已经见过许多和他一样怀揣梦想的年轻人，他们虽然没有他这般热忱，却无一例外地逐渐陷入他们前辈那平静、奢侈、一成不变的生活中。

他在事务所让信使给奥兰斯卡夫人送去一张便条，询问能否下午拜访，并恳求她将答复寄至俱乐部。但他在俱乐部里没有收到任何回复，第二天也没有收到任何信件。这意外的沉寂让他感到羞辱，即使第二天早上在花店橱窗里看见一丛娇艳的黄玫瑰，他也只是径直走过。直至第三天早上他才收到奥兰斯卡伯爵夫人寄来的一行字。让他意外的是，信是从斯凯特克里夫寄来的，范德卢顿夫妇将公爵送上他的蒸汽船后便马上回到那里。

“我逃跑了，”写信人开篇很突兀（没有平常的铺叙），“在剧院遇见你的第二天，这些善良的朋友收留了我。我想安静一下，好好考虑事情。你告诉我他们很善良，你是对的。我在这里感到很安全。我希望你也和我们在一起。”她在信末循例署以“你真诚的”，并没有提及归程的日期。

便笺的语气很让年轻人惊讶。奥兰斯卡夫人要逃离什么，她又为什么需要感到安全？他最先想到的是某个来自国外的恶毒恐吓，然后又想起自己并不熟悉她写信的风格，也许她有用词生动夸张的倾向。女人总喜欢夸张，而且她对英语应用得并不自如，说话经常像法语翻译而来的一样。开篇一句就是如此，这表明她可能只想躲过一连串沉闷的约会。这很有可能，因为他觉得她任性无常，很容易对当下的享乐感到厌烦。

一想到范德卢顿一家带她再次造访斯凯特克里夫，而且这一次归期不定，他便觉十分有趣。斯凯特克里夫很少开门迎客，即使打开也是不情不愿的，为数不多的幸运儿顶多只能度过一个冷冰冰的周末。但阿切尔上次到巴黎时看过拉比什精彩的戏剧《贝吕松先生的旅程》，他记起贝吕松先生对他从冰川中救出的年轻男子有一种坚持到底、从不气馁的感情寄托。范德卢顿夫妇将奥兰斯卡夫人从一个几乎同样冰冷的厄运中拯救出来。虽然被她吸引还有许多其他原因，但阿切尔知道，他们所有人内心深处都有一种温柔和坚定的决心，要继续拯救她。

得知她不在，他感到一阵强烈的失望，又随即想起他一天前刚刚拒绝了雷吉·奇弗斯夫妇，他们邀请他到哈德逊河边、斯凯特克里夫往南几英里路的房子度周日。

他早就受够了高岸举行的吵闹热烈的派对，受够了在岸边航行、冰上划艇、拉雪橇、踏雪而行，以及大家都喜欢的轻松调情和无伤大雅的玩笑。他刚从伦敦的书商处收到一箱新书，宁愿在家中与他的珍宝一起度过一个宁静的周日。但此刻，他走进俱乐部的书房，匆匆写了一封电报，吩咐仆人马上寄出。他知道雷吉夫人并不介意客人临时改变主意，她宽敞的家中也总能空出一个房间。

第 15 章

纽兰德·阿切尔周五晚上来到奇弗斯夫妇家，并在周六时尽职尽责地完成了高岸周末所包含的全部礼节。

上午，他与女主人和几个勇敢的客人在冰上划艇，下午与雷吉一起“穿越农场”，在精心装饰的马厩里听了一场关于马匹的漫长而精彩的演讲。喝过茶后，他在炉火燃烧的门厅一角与一位年轻的女士交谈，她坦承在听到他宣布婚约时伤心欲绝，但现在十分希望告诉他她对婚姻的期望。最后，午夜时分他协助将一条金鱼放在一位客人的床上，在一名神经兮兮的姨母的浴室里扮成盗贼，还在凌晨时加入到枕头大战当中，从保育室打到地下室。但周日吃过午餐后，他就借来一驾轻便雪橇，开到斯凯特克里夫去。

人们一直听说斯凯特克里夫的这所房子是一幢意大利式别墅。那些从没到过意大利的人深信不疑，一些到过意大利的人也这么认为。房子是范德卢顿先生年轻时建造的，他刚结束“大旅行”回来，准备与路易莎·达戈内特小姐结婚。这是一所方正的木质大房子，带有榫舌和沟槽的墙壁漆成了浅绿色和白色，有一条科林斯式柱廊，窗户之间还有带凹槽的壁柱。从房子伫立的高地上，一个个围着栏杆和瓮的露台像钢板雕刻一样自上而下排列着，一直通到形状不规则的小湖旁。湖边铺着沥青，栽着罕见的垂枝针叶树。这个因没有杂草而闻名的草地左右两侧种满了“标本”树木（每一棵树都分属不同的种类），在长长的草坪上铺开，草坪上以精巧的铸铁装饰。而在下面的山谷中，是一座有四个房间的石房子，这是第一任大庄园主于1612年在授予他的土地上建起来的。

在皑皑白雪和灰蒙蒙的冬日天空映衬下，这座意式别墅看起来相当阴郁，即使在夏天也让人望而却步，连最勇敢的锦紫苏丛也止步于它肃穆的门前三十英尺。此刻，阿切尔按响门铃，长长的铃声仿佛在墓园中回荡，管家过了很久才来应门，脸上惊讶得像被从长眠中唤醒一般。

可幸的是，阿切尔是家中一员，因此虽然不常到访，却有权得知奥兰斯卡伯爵夫人出门了，她四十五分钟前与范德卢顿夫人一起驾车去参加下午的礼拜。

管家继续说："范德卢顿先生在家，但我想他还在午睡或正在阅读昨天的晚邮报。我听见他早上从教堂回来时说打算午餐后阅读晚报，先生。如果您愿意的话，先生，我可以到书房门前听一听——"

但阿切尔谢过他，说准备去见女士们，管家明显放下心来，庄重地在他身后关上了门。

一位马夫将雪橇拉到马厩，阿切尔穿过公园走到大道上。斯凯特克里夫所在的村庄离这里只有一英里半，但他知道范德卢顿夫人从不步行，他必须紧跟大路才能遇到她们的马车。不过，不出多久，他就从穿过大路的小径下来时看到一个穿着红色斗篷的模糊身影，一只大狗跑在前面。他快步上前，奥兰斯卡夫人马上停下脚步，脸上带着欢迎的微笑。

"啊，你来了！"她说，从暖手笼中抽出手。

红色斗篷让她看起来快乐而活泼，就像以前的埃伦·明戈特一样。他握着她的手，笑着回应："我来看看你在逃避什么。"

她的脸蒙上一层阴霾，但回答道："啊，这个——你很快就会知道了。"

这个答案让他困惑。"怎么——你是说你发生什么事了吗？"

她耸了耸肩，像纳斯塔西亚那样做了一个小动作，以轻松一点的语调回答："我们走着说好吗？我在布道后觉得好冷。而且既然现在你来保护我，又有什么要紧呢？"

血液涌上了他的太阳穴，他抓住她斗篷的一角："埃伦——是什么事？你必须告诉我。"

"噢，现在——我们先来赛跑，我的脚快冻坏了。"她大声喊道，揽起斗篷在雪地上跑开了，狗兴奋地吠叫着在她身边跑跳。阿切尔站了一会儿，看着雪地上闪烁的红色流星心生欢喜，然后跟在她身后跑了起来。他在公园入口的小栅门处赶上了她，两人喘着气大笑。

她抬头看着他，微笑着说："我就知道你会来！"

"这证明你希望我来。"他回答，对他们的嬉闹感到异常快乐。白色的树木闪烁着，让空中充满了神秘的光亮，他们走在雪上，大地仿佛在脚下歌唱。

"你从哪里来的？"奥兰斯卡夫人问。

他告诉了她，又补充说："因为我收到了你的便笺。"

她停了一下，语气明显冷淡下来，说："梅嘱咐你来照顾我。"

"我不需要别人嘱咐。"

"你的意思是——我的无助和脆弱有这么明显吗？你们一定都觉得我是个可怜人！但是这儿的女人似乎并不——似乎从来没有这种需求：就像天堂里幸福的人儿一样。"

他放低声音问："什么样的需求？"

"啊，不要问我！我和你没有共同语言。"她任性地反驳。

这个回答犹如当头一棒，他站在小径上一动不动，低头看着她。

"如果我们没有语言，那我为什么要来？"

"噢，我的朋友——！"她轻轻将手放在他的手臂上。他诚恳地请求："埃伦——你为什么不告诉我发生了什么事？"

她又耸了耸肩："天堂里会发生什么事吗？"

他没有说话，他们一言不发地走了几码路。她终于说："我会告诉你的——但是在哪里说，在哪里，在哪里？在那所神学院一样的房子里根本没有一分钟独处时间。所有的门都敞开着，总有仆人端来茶、生火的木块或报纸！美国的房子里难道没有一个可以单独待着的地方吗？你们如此私密，却又毫无隐私。我总觉得又到了修道院里——或到了舞台上，面对着一群礼貌得可怕而且从不鼓掌的观众。"

"啊，你不喜欢我们！"阿切尔惊呼。

他们正经过老庄园主的房子，矮墙和小方窗紧凑地围在中央烟囱四周。百叶窗大开着，阿切尔透过一扇刚粉刷过的窗户看见火炉里的火光。

"怎么——房子开放了！"他说。

她站着不动。"没有。只是今天开放而已。我想看看房子，范德卢顿先生便让人生了炉子开了窗，这样我们今早从教堂回家的路上就能在这里歇歇脚，"她跑上阶梯，试了试门，"锁还是开着的——运气真好！进来，我们安静地说说话。范德卢顿夫人驾车去见她在莱茵贝克的老姨们了，我们在房子里待一个小时也不会有人来找。"

他跟着她走进一条狭窄的过道，他听见她刚才的话而陡然失落，现在却又忽然雀跃起来。这个温馨的小房子坐落在这里，窗玻璃和黄铜器在火光中闪闪发亮，像被魔法变出来欢迎他们一般。厨房烟囱里那年代久远的吊臂上挂着一个铁茶壶，茶壶下的一大片炉灰仍隐约闪着火光。镶着瓷片的壁炉两边相对放着垫着灯芯草的扶手椅，墙边架子上摆着一排一排的代夫特陶碟。阿切尔弯腰往灰烬上扔了一段木头。

奥兰斯卡夫人褪下斗篷，坐在其中一张椅子上。阿切尔靠在烟囱旁看着她。

“你现在笑了，可你给我写信的时候是不快乐的。”他说。

“是的，”她顿了顿，“但你在身边的时候我没法感到不快乐。”

“我不会在这里很久。”他回答说，嘴唇因欲言又止而变得僵硬。

“对，我知道。但我没有先见之明，我高兴时只会活在当下。”

这句话像诱惑一样在他身体里蔓延开。为了阻止这种感觉，他从壁炉旁走开，站在那儿远眺映衬在白雪上的黑色树干。她仿佛也挪动了位置，他仍能看见他和树木之间，她懒洋洋地微笑着弯腰拨弄炉火。阿切尔的心不受控制地跳动。莫非她要逃离的人正是他，她要等到他们在这座秘室中独处时才告诉他实情？

“埃伦，如果我真的能帮到你的话——如果你真的希望我来——那么告诉我出了什么问题，告诉我你要逃离的是什么。”他不屈不挠地问。

他说话时没有变换位置，甚至没有转身看着她：如果事情要发生的话，就让它这样发生吧，他们之间隔着整个房间，而他依然盯着窗外的白雪。

她一直默不作声，在此期间，阿切尔想象，甚至几乎听见她悄悄走到他身后，伸出瘦弱的双臂搂着他的脖子。就在他身心悸动地等待奇迹来临时，他的双眼机械地看见一个身穿厚重大衣、皮毛领子立起的男人身影，正沿着小径走向房子。这个男人正是朱利叶斯·博福特。

“啊——！”阿切尔大叫，爆发出一阵笑声。

奥兰斯卡夫人一下子站起来，走到他身边，将手伸进他手中。但往窗外看了一眼后，她脸色发白，后退一步。

“所以就是这件事吗？”阿切尔嘲弄道。

“我不知道他在这里。”奥兰斯卡夫人嗫嚅道。她依然握着阿切尔的手，但他抽出手，出门走到过道上，猛地打开大门。

“你好啊，博福特——这边请！奥兰斯卡夫人正恭候着你。”他说。

第二天上午返回纽约时，阿切尔疲惫而清晰地回想他在斯凯特克里夫的最后时刻。

博福特发现阿切尔与奥兰斯卡夫人一起时虽然明显不悦，却一如往常地目空一切以作应对。他无视那些给他带来不便的在场者，如果他们敏感的话，会因这种无视而产生一种被轻视、可有可无的感觉。当三人穿过公园慢慢往回走时，阿切尔察觉到这种古怪的脱离感。虽然这损害了他的自尊，却也让他有一种诡异的优势，能够进行观察而不被发现。

博福特带着惯有的轻松自信走进小屋，但微笑并不能掩饰他双眼间那道直直的皱纹。很明显，虽然奥兰斯卡夫人对阿切尔说的话暗示有这个可能性，但她并不知道博福特要来。不管怎样，她离开纽约时显然没有告诉博福特她要到哪里去，她的不辞而别激怒了他。表面上，他出现在这里是因为前一晚发现了一所未出售的“完美小屋”，像是为她量身定做一般，如果她不出手的话便会马上被人抢去。他假装大声地责备她，怪她在他找到房子时却跟他玩起了捉迷藏。

“如果那种通过电线说话的新玩意儿能完美一点的话，我就能在城里俱乐部的火炉前烤着双脚告诉你这个消息，而不用踩着雪跟在你身后。”他嘟囔着，以此掩饰真正的不悦。听到这个开场白，奥兰斯卡夫人转而谈论他们有朝一日可能与另一条街道甚至另一个城市的人聊天——真是令人难以置信的梦想啊！这让三人说起了埃德加·坡和儒勒·凡尔纳，还有那些最聪明的人在讨论未来和新发明（天真的人才会过早相信这些发明）时自然说出的陈词滥调。电话这个话题让他们安全地回到了大房子里。

范德卢顿夫人还没有回家，阿切尔辞别后去取雪橇，博福特则跟随奥兰斯卡伯爵夫人进屋。虽然范德卢顿一家不欢迎不请自来的访客，但他可以指望被邀请共进晚餐，并且被送回车站赶九点的火车。但他的待遇仅此而已，因为他的主人无法想象一个不带行李出行的绅士希望在此过夜，还认为向博福特这种他们不愿热诚相待的客人作此提议令人反感。

博福特心里十分清楚，也一定早料到了。为了这么小的奖赏而不惜远道而来，可见他耐性有限。无可否认，他正在追求奥兰斯卡伯爵夫人，而博福特在追求漂亮女人时眼中只有一个目标。他那乏味、没有孩子的家早已让他生厌，除了寻求长期的慰藉，他也总在自己的圈子里追逐爱情历险。奥兰斯卡夫人公然逃离的正是这个男人：问题是她逃离的原因是他的胡搅蛮缠让她不快，还是因为她并不完全相信自己能抵受他的不依不饶。除非，她口口声声要逃离只是一个幌子，她的离开仅仅是一个计谋而已。

对此，阿切尔并不完全相信。虽然很少看见奥兰斯卡夫人，但他逐渐觉得自己能读懂她的神色，或者听懂她的话语，她看见博福特突然出现时无论是神色还是话语都流露出厌烦甚至沮丧。但不管怎样，这样难道不比她离开纽约只为与他见面更糟糕吗？如果她那样做了，她便不再是追逐的目标，而沦为了最可耻的伪善者：与博福特有一段风流韵事无可挽回地将她“定性”了。

不，如果她评判或者鄙视博福特，却又被他身上那些其他男人没有的优势而吸引——他有着两个大洲和两个上流社会的习性，与艺术家、演员和见过世面的人私交甚笃，还对当地的偏见漠然置之——那么情况还要糟糕一千倍。博福特为人粗鄙，不学无术，财大气粗，但他生活的境况和某种天生的精明让他比许多品行端正、交游广阔的男人更值得交谈，后者的视野只局限于炮台区和中央公园而已。试问一个来自更广阔的世界的人怎会察觉不到这种差别并为之着迷？

奥兰斯卡夫人一时激愤，向阿切尔说他和她没有共同语言，年轻人也知道在某些方面的确如此。但博福特能听懂她话中的每个转折，并且驾轻就熟地掌握这种语言：他的生活观，他的语气，他的态度，全都与奥兰斯基伯爵在信中展现的内容一致，只不过更粗俗而已。看起来这是他在奥兰斯基伯爵妻子面前的劣势，但阿切尔很聪明，明白埃伦·奥兰斯卡这样的女子不会在每件让她想起过往的事情面前都畏缩不前。她或许觉得自己对其深恶痛绝，但那些曾吸引过她的东西依然吸引着她，即使这样做有违她的意愿。

于是，年轻人在痛苦中保持公正，为博福特和他的受害者找到了开脱的理由。他强烈地想要启发她，有时候还想象她所期盼的就是得到开悟。

那天晚上，他拆开了伦敦寄来的书。箱子里全是他焦急等待的书籍。一本赫伯特·斯宾塞的新书，又一套多产的阿尔丰斯·都德所著的精彩故事集，还有一本名为《米德尔马契》的小说——最近的评论文章已对这本书有一些有趣的评价。为了享受它们，他已经推掉了三个晚宴，但即使他像爱书之人一样赏心悦目地翻着书页，他却不知道自己在读什么，手中的书换了一本又一本。忽然，他从书堆里发现一本薄薄的诗篇：《生命之屋》，他是被它的名字吸引而预订的。他拿起书，发现自己突然陷入一种看书时从未感受过的氛围当中。如此温暖，如此丰满，却又是如此难以言喻的柔和，让这个人类最基本的享受带上了一种崭新的、难以忘怀的美。整个晚上，他都在让人沉醉的书页里追寻一位有埃伦·奥兰斯卡面容的女子的幻象。然而，当他第二天早上醒来后看着窗外对面的褐石房子时，他想起了他在莱特布莱尔先生事务所里的办公桌，想起了恩典教堂的家族长凳，他在斯凯特克里夫公园中的时光变得如同昨夜的幻象般遥远而缥缈。

早餐桌上众人喝着咖啡，简妮说："天啊，你看起来真苍白，纽兰德！"他的母亲又说："纽兰德，亲爱的，我最近留意到你一直咳嗽。我希望你没有工作过度吧？"两位女士都深信阿切尔的资深合伙人严酷专制，年轻人在他们手下总是忙于最劳碌的苦差事——他也从没想过要向她们解释。

之后的两三天过得缓慢而沉重。日常生活对他而言味同嚼蜡，有时候他觉得自己正被未来活埋。他没有听到奥兰斯卡伯爵夫人和那间完美小屋的消息，虽然他在俱乐部里见过博福特，但两人只在惠斯特牌桌上点头致意而已。直到第四天晚上到家后他才发现有一张字条等待着他。“明天晚点过来，我必须对你解释。埃伦。”字条上只有这寥寥几行。

年轻人正准备外出吃晚饭，将字条塞进口袋里，对信中带着法语味的“对你”二字莞尔。晚饭后他去看了一场话剧，直到午夜后回到家才再次拿出奥兰斯卡夫人的信件，仔细地重读了好几遍。他有几种方法回信，整个晚上焦躁不安地斟酌每一种方法。当天已破晓时，他终于决定往旅行皮箱里塞几件衣服，跳上当天下午开往圣·奥古斯丁的船。

第 16 章

经人指点，阿切尔沿着圣·奥古斯丁那布满沙砾的主街走向韦兰先生住的房子，看见梅·韦兰站在一棵木兰树下，阳光洒在头发上，他心想自己为何等了这么久才来这里。

这里就是真相，这里就是现实，这里就是属于他的生活。他以为自己鄙视那些专制的约束，却因为人们可能对他偷偷度假颇有微词而一直不敢离开办公室！

她一见面便惊呼："纽兰德——发生什么事了吗？"他意识到，如果她能立即从他眼神中读懂他前来的原因，那会是更"女性化"的举动。但当他回答"是的——我发现我必须见你"时，她脸上冷冰冰的惊讶被欢快的绯红取代。他发现自己能轻而易举地获得原谅，不消多久连莱特布莱尔先生的不以为然也会很快被宽容的家族一笑置之。

天色尚早，主街上的人们仍以正式的礼节互相致意，阿切尔渴望与梅独处，向她倾诉所有的柔情与热切。离韦兰家较晚的早餐还有一个小时，她并没有邀请他进屋，而是提议散步到城外的一座老橘园。她刚刚从河里划船回来，笼罩在粼粼波光上的金色阳光将她包裹起来。被风吹起的头发如银丝般掠过她微烫的褐色脸庞，她的双眼年轻而平静，颜色浅得近乎苍白。她大步流星地走在阿切尔一侧，脸上茫然而安详，像一座年轻运动员的大理石雕像。

对阿切尔紧绷的神经来说，此情此景就像湛蓝的天空和平缓的河流一样令人放松。他们坐在橘树下的长椅上，他一手搂着她，亲吻她。这种感觉就像啜饮阳光下的清泉一般，但或许因为他用力比自己料想的还要重，她脸色通红，抽身而出，仿佛被他吓到了。

“怎么了？”他微笑着问。她惊讶地看着他，回答说：“没什么。”

两人之间隐隐有点尴尬。她将手从他手中抽出。这是他们在博福特家温室里短暂的拥抱后唯一一次接吻，他发现她心神不宁，失去了男孩子般的冷静沉稳。

“跟我说说你每天都做什么。”他说，双臂在后仰的脑后交叉，将帽子往前推以遮挡炫目的日光。让她谈论熟悉、简单的事情是他继续独立思考最容易的办法。他坐在那儿，听她流水账似的讲述游泳、扬帆和骑马，偶尔有军舰靠港时便在简陋的旅店中跳舞。一些从费城和巴尔的摩来的友善游客在旅店野餐。塞尔弗里奇·梅里一家已经来了三周了，因为凯特·梅里患了支气管炎。他们打算在沙滩上架设一个草地网球场，但只有凯特和梅有球拍，大部分人甚至还从来没有听说过这项运动。

这些事情让她非常忙碌，阿切尔前一周寄给她的牛皮纸小书（《葡萄牙人抒情十四行诗集》）她也只能粗略一瞥。但她将《他们如何把好消息从根特送到艾克斯》熟记于心，因为这是他最初为她朗读的作品之一，她乐不可支地跟阿切尔说凯特·梅里从未听说过一位叫罗伯特·勃朗宁的诗人。

她忽然站起来，惊呼他们吃早餐要迟到了，于是两人匆忙回到那座摇摇欲坠的房子里。这座安顿韦兰一家过冬的房子门廊没有刷漆，百花丹和粉色天竺葵树篱也缺乏修剪。在这座邋里邋遢的南方客栈中，韦兰先生很不自在，他那深居简出的敏感习惯受到了限制。面对几乎无法解决的困难，韦兰夫人付出了巨大的代价，不得不年复一年地临时收拾出一处居所，由不乐意的纽约仆人和当地的非洲仆人服务。

“医生希望我的先生能像在家中一般自在，否则他会十分难受，这里的气候也只会雪上加霜。”她每年冬天都会向深表同情的费城和巴尔的摩客人如此解释。此刻，早餐桌上奇迹般地摆满了丰富多样的佳肴，坐在餐桌对面的韦兰先生满面春风地对阿切尔说：“你看，亲爱的朋友，我们是在野营——我们真的是在野营啊。我对妻子和梅说，我想教会她们怎样凑和着过。”

和女儿一样，韦兰先生和韦兰夫人对年轻人的突然到来感到吃惊，但阿切尔忽然想到解释说他觉得自己快要患上重感冒了，这个理由对韦兰先生来说足以放下任何工作。

“你必须十分小心，尤其是快开春的时候，”他一边说，一边往盘子上堆满淡黄色的热煎饼，并浇满了金色的糖浆，“如果我在你的年纪也这么谨慎的话，梅现在就能在聚会上跳舞，而不是陪一个行动不便的老家伙在荒野中过冬了。”

“噢，但是我很喜欢这里，爸爸，你知道的。如果纽兰德能留下来的话，我会喜欢这里胜过纽约一千倍。”

“纽兰德一定要留在这里，直到感冒痊愈。”韦兰夫人宽容地说。年轻人笑了，说他还有工作要考虑。

但与事务所通过电报后，他得以以感冒为由请了一周的假。这不免让事情多少带点讽刺，莱特布莱尔先生如此宽容，一部分原因是这位优秀的年轻合伙人令人满意地解决了奥兰斯基夫妇离婚的棘手问题。莱特布莱尔先生已经知会韦兰夫人，称阿切尔先生为整个家族“提供了一次宝贵的服务”，曼森·明戈特老夫人尤其满意。有一天，趁着梅与父亲驾着那个地方唯一的一辆马车出行，韦兰夫人得以讨论一个在女儿面前总是回避的话题。

“我恐怕埃伦的想法和我们都不一样。当梅多拉·曼森带着她回欧洲时她才刚满十八岁——你还记得她穿着黑色礼服出现在自己进入社交界的舞会上时那阵哗然吗？那又是梅多拉的古怪念头——这一次几乎像是预兆一样！那至少是十二年前的事了，自那以后，埃伦再也没到过美国。也难怪她已经完全欧化了。”

“但欧洲社会不流行离婚，奥兰斯卡伯爵夫人认为追求自由是符合美国人想法的。”这是年轻人离开斯凯特克里夫后第一次说出她的名字，他感到自己渐渐脸红了。

韦兰夫人慈祥地笑了：“这正是外国人喜欢给我们捏造的怪事。他们以为我们会在两点吃饭，而且容忍离婚！所以我觉得，他们来纽约时我们还款待他们真是太愚蠢了。他们接受我们的殷勤，回国后又重复那些老掉牙的故事。”

阿切尔不予置评，韦兰夫人继续说：“但是我们无比感激你劝说埃伦放弃这个想法。她祖母和洛弗尔叔叔都拿她没办法，他们两人都写信来说她会改变主意完全是受你影响——实际上她也是这么对她祖母说的。她对你无限仰慕。可怜的埃伦——她一向是个倔强的孩子。不知道她的命运会是怎样？”

他很想说：“会是我们所有人谋划的那样。如果你们全都宁愿她去当博福特的情妇而不是一个正人君子的妻子，那你们无疑已经走对方向了。”

他很好奇，如果他真的说出这些话而不仅是想想而已，韦兰夫人会作何回应。他能想象她坚毅平静的表情忽然花容失色，毕生处理琐事让这张脸有一种做作的威严。她的五官残存着一丝和女儿一样活泼美丽的痕迹。他不禁自问，梅的脸庞是否也终将模糊地变成这副愚昧无知的中年女性模样。

啊，不，他不希望梅有这种愚昧，这种将头脑与想象隔绝、将心灵与体验割裂的愚昧！

“我深信，”韦兰夫人继续说，“这件可怕的事情如果出现在报纸上会对我丈夫带来致命的打击。我对细节一概不知。就像埃伦想跟我讨论时我告诉她的那样，我唯一的请求就是让她别这么做。我要照顾一个行动不便的人，必须保持头脑清醒愉快。但韦兰先生很不高兴，我们每天早上等候消息时他都会发低烧。他是害怕女儿知道这些事居然有可能发生——但当然，亲爱的纽兰德，你也有这种感受。我们都知道你心里惦记着梅。”

“我无时无刻不惦记着梅。”年轻人回答，站起来结束对话。

他原想利用与韦兰夫人单独谈话的机会催促她提前婚礼日期。但他想不出任何说服她的理由，看见韦兰先生和梅驾车停在门前，他松了一口气。

他唯一的希望就是再次恳求梅，于是在离开前一天和她散步走到西班牙教堂的废弃庭园里。庭园的背景让他想起了欧洲的景色。梅戴着宽边帽，看起来非常漂亮，她专注地听阿切尔讲述格拉纳达和阿尔汉布拉宫，清澈的双眼闪闪发亮，帽檐神秘地在她眼上蒙上阴影。

“我们今年春天就能把它们全都看遍——甚至在塞维利亚参加复活节庆典。”他怂恿着梅，提出夸张的要求以换取更大的让步。

“在塞维利亚过复活节？可是下周就是大斋节了！”她笑道。

“我们为什么不能在大斋节结婚？”他回答，但她震惊的表情让他意识到自己错了。

“我当然不是那个意思，亲爱的，我是说复活节后马上结婚——这样我们就能在四月底坐船出航。我知道我一定能跟事务所安排好。”

她微笑着想象这个提议，但他看得出来，对她而言光是想象就足够了。这就像听他大声朗读诗篇里那些现实生活中不可能发生的美好事物一样。

“噢，继续说，纽兰德，我很喜欢听你描述。”

“可这为什么这些只能是描述呢？我们为什么不能把它变成现实？”

“我们一定会的，亲爱的，明年。”她缓缓说道。

“你不希望早点实现吗？我就不能说服你改变想法吗？”

她低下头，借着帽檐避开了他。

“为什么我们要在想象中再浪费一年呢？看着我，亲爱的！你难道不明白我多么希望你成为我的妻子吗？”

她一动不动地坐了一会儿，然后抬头看着他，清澈的眼神中写满失望，他不由得放松了搂着她腰的手。但她的神情忽然变得深邃起来，让人难以捉摸。“我不确定我听明白了，”她说，“这是——这是因为你不确定你还喜欢我吗？”

阿切尔猛地从座位上站起来。“我的天——可能吧——我不知道。”他恼怒地大声说。

梅·韦兰也站了起来。他们面对面站着，她的体态变得更妩媚，也更高贵了。两人都沉默了一阵，仿佛为即将说出的话而沮丧。她低声说：“如果是这样的话——是不是还有另外一个人？”

“另外一个人——在你和我之间？”他慢慢重复着，仿佛听不懂她的问题，需要重新问自己一遍。她似乎听出了他语气中的犹豫，继续深沉地说："我们坦诚相待吧，纽兰德。我有时候觉得你不同了，尤其是在我们宣布订婚之后。"

"亲爱的——你在胡思乱想！"他恢复了神志，高声说。

对他的争辩，她报以微弱一笑。"如果是这样，那我们谈一谈并没有坏处，"她停了一下，然后高雅地仰起头说，"即使那是真的，我们为什么不能谈论它？你可能一不小心就犯了错。"

他垂下头，盯着脚下洒满阳光的小径和黑色的树影。"犯错总是很容易的，但如果我真的如你所说犯了那种错，我还会恳求你加快婚期吗？"

她也看着地上，费劲地斟酌措辞，阳伞的伞尖打乱了树影的形状。"是的，"她终于开口，"你可能想——一劳永逸地——解决这个问题：这是一种办法。"

她的冷静和清晰让他愕然，但并没有让他误以为她冷漠无情。他看见帽檐下梅苍白的侧脸，她的双唇果断而沉稳，鼻翼在轻微颤抖。

"然后呢——？"他在长椅上坐下问道，抬头看着她，试图半开玩笑地皱着眉。

她重新落座，继续说："你不能认为一个女孩像她父母想象的那样所知甚少。她会听到，也会留意到——她有她的感受和想法。当然，在你告诉我你喜欢我之前，我就已经知道你有意中人。两年前在纽波特，每个人都在谈论这件事。有一次我看见你们在舞会上一起坐在露台上——她回到房子里时表情很悲伤，我为她感到难过。我后来记起来了，在我们订婚的时候。"

她的声音低得像耳语一般，她坐在那里，握着阳伞把柄的双手时而紧握时而松开。年轻人温柔地按着她的手，他的心随着一阵无法言喻的宽慰而放松下来。

“亲爱的宝贝——就是这件事吗？你要是知道真相就好了！”

她马上抬起头：“那么说，有一个我并不知晓的真相？”

他的手依然放在她双手上：“我是指你所说的那个老故事的真相。”

“但我的确想了解那件事，纽兰德——我有权了解。我不能把自己的幸福建立在辜负别人——对别人不公平——之上。我希望对你来说也是一样。否则，我们建立的在这种基础上的生活会是怎样？”

她的脸上流露出一种悲壮而英勇的神色，他几乎要跪倒在她脚边。“有一些话我想说很久了，”她继续说，“我一直想告诉你，如果两个人真心相爱，我知道在有些情况下他们是可以——可以违背公众舆论的。如果你向我们所说的那个人……以任何方式做出了承诺……如果你有任何方法……有任何方法兑现这个承诺……即使要让她离婚……那么纽兰德，请不要为了我放弃她！”

他先是惊讶于她的担忧来自他与索利·拉什沃思夫人那段尘封的遥远韵事，后又叹服于她的宽宏大量。这种出格而不顾后果的态度里有一种超乎人性的东西，如果不是迫于其他问题，他会对韦兰家的女儿鼓动他迎娶旧情人这件奇事惊叹不已。但他还在为他们刚刚躲过悬崖而心有余悸，也对少女的神秘充满了新的敬畏。

他一时间说不出话来，然后说：“我没有做出你想的那种承诺——也没有任何义务。这些事情并不总会——表现得那么简单……但这并不要紧……我喜欢你的宽容，因为我对这些事的想法和你一样……我觉得每件事情都要具体分析……不要去管那些无理的传统……我是说，每个女人都有权享受自由——”他停下来，惊异于自己思路的转折，然后继续微笑地看着她说：“你已经明白这么多道理，亲爱的，就不能再进一步，明白我们遵守这些同样愚蠢的传统是多么的无用吗？如果我们之间没有任何人也没有任何事阻挡，这难道不是我们尽快结婚而不是拖延下去的理由吗？”

她高兴得涨红了脸，抬头等待他的吻。他低下头，看见她眼中噙满快乐的泪水。但下一刻，她似乎又从一个高贵的女人退缩成了无助胆怯的女孩。他明白，她的勇气和动力全是为了别人，丝毫不是为她自己。很明显，她虽然故作镇静，实际上却是竭尽了全力才说出那番话。一听见阿切尔的安抚，她便马上恢复到往常的状态，像一个热爱冒险的孩子在母亲的怀中寻求安慰。

阿切尔已无心继续恳求她。他大失所望，那个脱胎换骨、眼神清澈而深邃地看着他的人消失得无影无踪。梅似乎意识到他的失望，但不知该如何开解。他们站起身，沉默不语地走回家中。

第 17 章

“你不在的时候，你那位伯爵夫人表妹来拜访母亲了。”简妮·阿切尔在哥哥回家的当晚说道。

正与母亲和妹妹进餐的年轻人惊讶地抬起头，看到阿切尔夫人端庄地低头用餐。阿切尔夫人并不认为她与世隔绝就理应被世界遗忘。纽兰德猜，他惊讶于奥兰斯卡夫人来访，母亲对此略感不悦。

“她穿了件缝着黑玉纽扣的黑色丝绒连衫裙，还拿着一个小巧的绿色猴毛暖手笼。我从没见过她打扮得如此时髦，”简妮接着说，“她一个人，周日下午早早就来了，幸好会客厅的壁炉还生着火。她带着那种新式的卡片盒，说想认识我们，因为你对她很好。”

纽兰德笑了：“奥兰斯卡夫人总是这么说她的朋友。她很高兴能重新回到自己人身边。”

“是的，她也这么跟我们说，”阿切尔夫人说，“我不得不说，她似乎十分感激能回到这里。”

“我希望你喜欢她，母亲。”

阿切尔夫人抿着嘴唇：“她的确想方设法地讨人喜欢，即使她拜访的是一位老妇人。”

“母亲觉得她并不简单。”简妮插嘴，她直直地盯着哥哥的脸。

“这只是我老派的感觉而已。亲爱的梅才是我心目中的性格。”阿切尔夫人说。

“啊，”她儿子说，“她们的确并不相像。”

阿切尔带着许多捎给明戈特老夫人的消息离开了圣·奥古斯丁，回到城中一两天后便登门拜访。

老夫人异常热情地欢迎他。她很感谢他说服奥兰斯卡伯爵夫人放弃离婚的念头。当阿切尔告诉她，他没有请假便放下事务所的工作赶到圣·奥古斯丁去，只是因为想见梅时，胖乎乎的老夫人咯咯地笑了，用肉乎乎的手拍了拍他的膝盖。

“啊，啊——所以你摆脱约束了对吗？我猜奥古斯塔和韦兰肯定拉长了脸，好像世界末日来临了一样？但小梅——我想她是明事理的？”

“我希望她是的，但对于我专程去请求她的事情，她始终没答应。”

“她不答应？究竟是什么事？”

“我想让她答应我们在四月结婚。我们再浪费一年又有什么意义？”

曼森·明戈特夫人噘起小嘴模仿一本正经的样子，狡猾地朝他眨眼。“我猜她会说‘去问妈妈’——老套的做法。啊，这些明戈特人——都是一样的！从出生开始就规规矩矩的，你还没办法让他们改变。我要建这所房子的时候，你会以为我要搬到加州去呢！从来没有人在四十街以北建过房子——我说是的，但克里斯托弗·哥伦布发现美洲之前不也没有人在炮台区以北建过房子吗。不，不，他们没有一个人想要与众不同，就跟害怕天花一样躲避不及。啊，我亲爱的阿切尔先生，谢天谢地我只是一个粗俗的斯派瑟家人。但我的孩子没有一个随我，除了我的小埃伦。”她依然眨着眼看他，以老年人稀松平常的口气将话锋一转，问道：“话说，你究竟为什么不跟我的小埃伦结婚？”

阿切尔大笑：“首先，她并没有等着我跟她结婚啊。”

“对——当然没有。太遗憾了，现在已经太晚了，她的人生完了。”她的话中有一种冷血的自满，就像一位为前途似锦的年轻人送殡的老人。年轻人一阵心寒，忙说：“我能请你向韦兰一家施加影响吗，明戈特夫人？我不习惯漫长的婚约。”

老凯瑟琳满意地满脸笑容：“对，我明白。你性子急。你还是小男孩时我就毫不怀疑你总是希望最先获得帮助。”她仰头大笑，下巴上的肉如阵阵波浪般抖动。身后的门帘拉开了，她大声说：“啊，我的埃伦来了！”

奥兰斯卡夫人微笑着走上前。她的脸看起来活泼又快乐。她弯腰亲吻祖母，并轻快地向阿切尔伸出手。

“亲爱的，我正问他，‘你为什么不娶我的小埃伦呢？’”

奥兰斯卡夫人看着阿切尔，脸上笑容依旧：“他怎么回答的？”

“噢，我的心肝，答案留给你来揭晓吧！他刚到佛罗里达去看望他的心上人呢。”

“是的，我知道，”她依然看着他，“我去见你母亲了，去问她你上哪里去了。我给你寄了一张便笺，但你没有回复，我还担心你生病了。”

他含糊地说没想到自己会突然匆匆离开，本来打算从圣·奥古斯丁给她写信的，云云。

“当然，你到了那里就再也没有想过我了！”她一直对他快乐地欢笑，这也可能是精心伪装出来的满不在乎。

他被她的姿态刺痛了，不禁想："如果她还需要我的话，那她是铁了心不让我看出来。"他想感谢她去见母亲，但在老祖宗狡诈的眼神下他发觉自己张口结舌，局促不安。

"看看他——这么着急要结婚，不惜不辞而别，赶到那个傻姑娘身边，跪下来请求她！这就是恋爱中的人啊——英俊的鲍勃·斯派瑟就是这样拐走了我可怜的母亲，我还没断奶他便厌倦了她——虽然他们只需再等八个月！但是啊——你不是斯派瑟家的人，小伙子，这对你和梅来说都是幸事。只有我可怜的埃伦身上还流着他们邪恶的血液，其他人都是模范的明戈特家人。"老太太轻蔑地高声说。

阿切尔意识到，坐在祖母身旁的奥兰斯卡夫人还在若有所思地打量他。她眼中的欢乐已经褪去，无比温婉地说："当然了，奶奶，我们能说服他们满足他的愿望。"

阿切尔起身要走，他握着奥兰斯卡夫人的手时感觉对方正等待他提及那封没有回复的信。

她陪他走向房门时他问："我何时能见你？"

"随时都可以，但如果你还想再看看那所小房子就要快点了。我下周要搬家了。"

他心中一阵剧痛，想起了那间点着灯的低矮会客厅中的点点滴滴。虽然时间不长，却充满了回忆。

"明天晚上？"

她点点头："明天，可以，但早些来。我要出门。"

第二天是周日，如果她要在周日晚上"出门"的话，必定只能是去勒姆尔·斯特拉瑟斯夫人家了。他心中闪过一阵不快，不是因为她要到那里去（他很欣赏她不顾范德卢顿夫妇的目光随心所欲地来去自如），而是因为她在那种地方一定会见到博福特，而且她也一定早就知道会见到他——也许她正是因为这个原因才去的。

“非常好，明天晚上。”他重复道，暗暗下定决心不会早到。只要他晚点到她家，要么就能阻止她到斯特拉瑟斯夫人家去，要么就在她出门后到达——总体而言，这无疑是最简单的方法。

他按响紫藤下的门铃时只是八点半而已，比计划早了半小时——但一种异常的坐立不安驱使他走到她门前。然而，他想起斯特拉瑟斯夫人周日晚上的聚会不同于舞会。她的客人仿佛为了减轻不雅似的，往往到得很早。

他唯一没有料到的是，他一走进奥兰斯卡夫人家的门厅就发现了那里放着帽子和大衣。既然她邀请了客人来吃晚餐，又为什么让他早来呢？纳斯塔西亚把他的衣服放在那些衣物旁，他仔细看了看，怒火逐渐转为好奇。他从来没有在上等人家中见过这么奇怪的大衣，只瞅一眼便能肯定两件都不属于朱利叶斯·博福特：一件是破旧而且乱糟糟的黄色宽松大衣，另一件是老旧褪色的披肩斗篷——有点像法国人称作“麦克法兰”的大衣。这件衣服似乎是为一个身形魁梧的人做的，显然被长年频繁穿着，绿黑色的褶皱发出一阵木屑的霉味，表明曾长期靠在酒吧墙上。大衣上放着一条破烂的灰色围巾和一顶颇像牧师帽子的奇特毡帽。

阿切尔扬起眉毛看着纳斯塔西亚想问个究竟，她也同样扬起眉毛，听天由命地用意大利语说了声“好了！”同时推开了会客厅的门。

年轻人马上发现女主人不在厅里，继而惊讶地看见火炉旁站着另一位女士。这位女士个子高瘦，仪态慵懒，穿着以环扣和流苏精心装饰的衣服，色调简单的格子、条纹和色块拼在一起，让人看不出设计风格。她的头发似要变白，但最终只褪为灰色，上面插着一把西班牙式梳子并裹着黑色蕾丝头巾，患有风湿的双手戴着缝补过的丝质手套。

在她身旁，两件大衣的主人们站在雪茄缭绕的烟雾中。两人都穿着晨礼服，显然早上穿上便再没有脱下。阿切尔诧异地认出其中一人是奈德·温赛特，另一位稍年长者阿切尔并不认识，那庞大的身躯宣告他正是"麦克法兰"大衣的主人。他虚弱、狮子般的头上长着皱巴巴的灰发，正挥舞着双臂夸张地比划，像外行的牧师向下跪的众人施以祝福。

这三个人一起站在壁炉前的地毯上，都注视着一束硕大的深红玫瑰，玫瑰以紫三色堇衬托，放在奥兰斯卡夫人常坐的沙发上。

"在这个季节这束花得多贵啊——不过当然，人们在乎的是它的情意！"阿切尔进门时，那位女士叹着气，断断续续地说。

他的出现让三人惊讶地转过身，那位女士走上前来伸出手。

"亲爱的阿切尔先生——我的半个侄子纽兰德！"她说，"我是曼森侯爵夫人。"

阿切尔鞠了一躬，她继续说："我的埃伦收留我住几天。我刚从古巴回来，在那里和几位西班牙朋友一起过冬——他们真是讨人喜欢的显贵，是老卡斯蒂利亚最尊贵的贵族——我真希望你能认识他们！但我被我们这位好朋友卡弗博士叫走了。你不认识爱之谷社团的创始人阿加顿·卡弗博士吧？"

卡弗博士狮子般的头微微颔首，侯爵夫人又说："啊，纽约——纽约——精神生活传到这里可真少啊！但看来你认识温赛特先生。"

"哦，是的——我认识他有一段时间了，但不是通过那个途径。”温赛特干巴巴地笑着说。

侯爵夫人责备地摇摇头：“你怎么知道呢，温赛特先生？精神随意而吹[26]。”

“随意——噢，随意！”卡弗博士声音洪亮地喃喃自语。

“请坐，阿切尔先生。我们四人刚才高高兴兴地吃了一顿便饭。我的孩子上楼换衣服了。她在恭候你，一会儿就下来。我们正在欣赏这些漂亮的花朵，她回来的时候一定很惊喜。”

温赛特依然站着：“我恐怕必须走了。请转告奥兰斯卡夫人，她弃我们的街道而去我们都十分失落。这所房子就像是一个绿洲。”

“啊，但她不会弃你而去的。诗歌和艺术对她来说跟呼吸一样必不可少。你写的是诗歌对吗，温赛特先生？”

“唔，不是。但我有时候会读诗。”温赛特说，朝大家点了点头，然后悄悄走出房间。

“一个刻薄的人——还有一点野蛮。但非常聪慧。卡弗博士，你觉得他聪慧吗？”

“我从来不想聪慧的问题。”卡弗博士严厉地说。

“啊——啊——你从来不想聪慧的问题！他对我们这些脆弱的凡人真是无情啊，阿切尔先生！但他只靠精神生活而活，今晚他正在构思即将在布伦科尔夫人家举行的讲座。卡弗博士，你出发到布伦科尔家之前有时间向阿切尔先生解释你对‘直接接触’[27]那发人深省的见解吗？哦不，我看已经快九点了，大家都在等你授课，我们不能再耽搁你了。”

卡弗博士对这个结论略显失望，但在拿出他笨重的金表与奥兰斯卡夫人的旅行小钟对过时间后，他还是不情愿地收起他巨大的四肢准备离开。

“我们稍后见，亲爱的朋友？”他向侯爵夫人建议。后者微笑着回应：“埃伦的马车一来我就去加入你们。我希望那时讲座还没开始。”

卡弗博士沉思地看着阿切尔：“如果这位年轻人对我的经历感兴趣的话，或许布伦科尔夫人会允许你带上他一起来？”

“噢，亲爱的朋友，如果有可能的话——我敢说她一定非常乐意。但恐怕埃伦指望着阿切尔先生的陪伴呢。”

“那，”卡弗博士说，“可就太遗憾了——这是我的名片。”他把名片递给阿切尔，后者看见上面用哥特式字体写着：

阿加顿·卡弗

爱之谷社团

基塔斯夸塔密，纽约

卡弗博士鞠了一躬走出房间。曼森夫人或懊恼或释然地叹了一口气，挥手让阿切尔坐下。

“埃伦很快就下来。在她来之前我很高兴能和你静静地待一会儿。”

阿切尔喃喃说着很荣幸能会面。侯爵夫人继续低声吁叹着说：“我全都知道了，亲爱的阿切尔先生——我的孩子跟我说了你为她所做的一切。说了你明智的建议：你勇敢又坚定——谢天谢地，还不算太晚！”

年轻人无比窘迫地听着。他想，奥兰斯卡夫人是否对每个人都赞扬了他为她调停私事？

“奥兰斯卡夫人过奖了，我只是按她的要求提供了一些法律意见。”

“啊，但是这么做——这么做的时候你就不经意地行使了——行使了——我们现代人管‘天意’叫什么来着，阿切尔先生？”女士大声说着，头歪向一边，神秘地半眯着眼，“你不知道，那个时候有人向我恳求，实际上是我是被找上门来——从大西洋的另一边专程而来！”

她扭头看了一眼，仿佛怕被听见一样，然后把椅子拉近了一些，举起一把象牙小扇子挡住嘴巴，低声说：“那是伯爵本人——我那可怜、疯狂又愚蠢的奥兰斯基，他只想让她回去，不管她提出什么条件。”

“我的老天！”阿切尔惊呼道，一下子站起来。

“你被吓到了？是的，当然，我明白。我不会为可怜的斯坦尼斯拉斯说话，虽然他总说我是他最好的朋友。他也不为自己辩护——他拜倒在她脚下，我也在场，”她拍了拍自己瘦弱的胸脯，“我这里有他的信。”

“信？——奥兰斯卡夫人看过吗？”阿切尔结结巴巴地说，听到这个震惊的消息，他头晕目眩。

曼森侯爵夫人轻轻摇了摇头：“时间——时间，我需要时间。我了解我的埃伦——高傲、倔强，要我说的话，还有点不够大度？”

“但是，天啊，原谅是一回事，要回到那个地狱里——”

“啊，是的，”侯爵夫人同意，“她也是这么形容的——我那敏感的孩子！但在物质方面，阿切尔先生，如果你愿意屈尊想想这件事，你可知道她要放弃的是什么？那些沙发上的玫瑰——他在尼斯那无人可比的梯田花园里有好几亩这样的玫瑰，种在玻璃箱中，种在野外！还有珠宝——历史流传下来的珍珠：索别斯基绿宝石——

黑貂皮——但她毫不在乎这一切！艺术和美，那才是她向往的，是她为之而活的，正如我也一直如此。艺术和美也一直围绕在她身边，名画、无价的家具、音乐、畅谈——啊，亲爱的小伙子，原谅我这么说，这都是你在这里无从想象的！而她拥有这一切，还有名门望族的敬重。她告诉我，她在纽约并不算漂亮——我的天啊！她被画过九次肖像，欧洲最伟大的艺术家都乞求有此荣幸为她作画。所有的这些，加上一位深爱她的丈夫的忏悔，难道都无关紧要吗？”

曼森侯爵夫人说到高潮处，脸上因回顾往昔而亢奋不已，要不是阿切尔因惊叹而木讷的话，一定会被此情此景逗乐。

如果有人事先告诉他，他第一次看见可怜的梅多拉·曼森时会以为她假扮作撒旦的信使，阿切尔一定放声大笑。但他现在没有心情笑，他眼中的她就像地狱来的一样，而埃伦·奥兰斯卡才刚刚逃出这个地狱。

“关于这一切——她还一点都不知道？”他唐突地问。

曼森夫人将一只戴紫色手套的手指放在唇上：“不直接知道——但她会怀疑吗？谁知道呢？事实是，阿切尔先生，我一直等着要见你。自从我听说你立场坚定，还影响了她的想法之后，我就希望能依赖你的支持——能让你相信……”

“相信她应该回去？我宁愿看着她死！”年轻人粗暴地高喊。

“啊，”侯爵夫人嗫嚅着，看不出明显的愤恨。她坐在扶手椅上好一会儿，那把可笑的象牙扇子在她戴着手套的指间又开又合。忽然间，她抬起头来倾听。

“她来了，”她语速很快地低声说，然后指着沙发上的花束，“也就是说你宁愿那样，对吗阿切尔先生？婚姻毕竟是婚姻……我的侄女也依然是一位妻子……”

第 18 章

“你们俩在密谋什么呢，梅多拉姑妈？”奥兰斯卡夫人进门时大声说。她的穿着就像要去参加舞会，全身上下闪耀着柔和的光芒，仿佛她的裙子由烛光编织而成。她高昂着头，像一位美人挑战一屋子的竞争者。

“我们在说，亲爱的，这里有些漂亮的东西让你惊喜。”曼森夫人回答，站起身俏皮地指着花朵。

奥兰斯卡夫人忽然停下脚步，看着花束。她的神色没有变，但脸上如夏日闪电般闪过一阵煞白的愤怒。“啊，”她大喊，年轻人从没听过她如此尖锐的声音，“是谁这么荒谬给我送了花束？为什么是花束？为什么唯独选了今晚？我没有参加舞会，也不是已经订婚的女孩。但总是有人如此荒唐。”

她转身走到房门前，开门喊道：“纳斯塔西亚！”

无处不在的女仆马上出现了，阿切尔听见奥兰斯卡夫人为了能让他听懂，故意用不紧不慢的意大利语说：“拿着——扔到垃圾桶里！”纳斯塔西亚表示抗议地瞪着她，夫人又说：“还是算了——这不是可怜的花朵的错。让男仆拿到隔三个门的那户人家里，那是温赛特先生的房子，就是在这里吃晚饭的那位黑皮肤先生。他妻子生病了——这些花可能让她快乐起来……你说男仆出去了？那亲爱的你去吧。来，穿上我的斗篷马上出发。我要这个东西立即离开我家！还有，无论如何也不要说它们是我送的！”

她甩开丝绒夜礼服斗篷披在女仆肩上，转身返回会客厅，用力关上门。她的胸脯在蕾丝下高耸，阿切尔一度以为她要哭出来，但她却爆发出一声大笑，看看侯爵夫人，然后看着阿切尔，忽然说：“你们俩——你们已经成为朋友了！”

“这得由阿切尔先生说了算，亲爱的。你更衣的时候他一直耐心地等待着。”

“是的——我给了你们充足的时间：我的头发盘不起来，”奥兰斯卡夫人说，抬起手摆弄发髻上堆起的发卷，“但这提醒了我，我看到卡弗博士已经走了，你到布伦科尔家要迟到了。阿切尔先生，你能送我的姑妈上车吗？”

她跟着侯爵夫人走进门厅，看着她往身上杂乱地堆上罩靴、围巾和披肩，然后在台阶上叫道：“记住了，马车要十点回来接我！”然后，她回到会客厅中，阿切尔回到厅中时发现她正站在壁炉架旁，端详镜中的自己。在纽约上流社会中，一位女士以“亲爱的”称呼自己的女侍，并让她穿着自己的夜礼服斗篷出门办事可算稀奇。阿切尔满腔情感，品味着身处一个雷厉风行的环境中的愉悦和兴奋。

他走到她身后，奥兰斯卡夫人没有动，有一瞬间他们在镜中四目交汇，她转身一下坐进沙发的一角，大声叹气说：“还有时间抽一根烟。”

他将烟盒递给她，为她点燃了一片纸捻。烟火在她面前升腾，她带着笑意看了他一眼，说：“你觉得我发脾气的时候怎么样？”

阿切尔顿了顿，忽然决绝地说：“它让我理解了你姑妈所说的关于你的事。”

"我就知道她在说我。她怎么说的？"

"她说你已经习惯了拥有一切——显赫、消遣、刺激——说我们这里无论如何也无法为你提供。"

唇边烟雾缭绕的奥兰斯卡夫人微弱地一笑。

"梅多拉真是浪漫得不可救药。这弥补了她许多缺点！"

阿切尔又犹豫了，然后决定再冒一次险："你姑妈的浪漫主义向来准确吗？"

"你是说，她会说真话吗？"她的外甥女考虑了一下，"唔，这么说吧，她所说的几乎每一件事中都有一部分是真的，还有一部分是假的。但你为什么这么问呢？她都跟你说了什么？"

他远远地看着炉火，又重新看着明艳照人的她。一想到这是他们在炉火旁的最后一晚，马车很快便会前来将她接走，他便心头一紧。

"她说——她声称奥兰斯基伯爵让她劝你回去。"

奥兰斯卡夫人没有作声。她坐在那里一动不动，拿着香烟的手半举着。她脸上的表情没有变化，阿切尔想起他以前便留意到她显然从不惊讶。

"那么说，你知道了？"他迸出一句话。

她一直沉默，烟灰从香烟上跌落。她将烟灰掸到地上。"她曾经暗示有一封信：可怜的姑妈！梅多拉的暗示——"

"她是按你丈夫的请求才突然到这里来吗？"

奥兰斯卡夫人似乎也在思考这个问题。"还是那句话，我不好说。她告诉我，她受到了卡弗博士的什么'精神召唤'。她恐怕是要嫁给卡弗医生了……可怜的梅多拉，总有她想嫁的人。但也许古巴的人只是厌倦了她！我想，她陪在他们身边是有偿的。说真的，我不知道她为什么要来。”

“但你的确相信她有一封来自你丈夫的信？”

奥兰斯卡夫人再次沉思，然后说：“归根结底，是该有这么一封信。”

年轻人站起来，走去靠在壁炉旁。他忽然感到一阵焦躁，意识到他们相处的时间所剩无几，他随时都会听见马车回来的车轮声，不禁张口结舌。

“你知道她认为你终究会回去吗？”

奥兰斯卡夫人一下子抬起头。她的脸变得通红，一直蔓延到脖颈和双肩。她很少会脸红，此刻却表情痛苦，仿佛被灼烧一样。

“人们总对我有许多残忍的揣测。”她说。

“噢，埃伦——原谅我，我真是一个傻瓜，一个混蛋！”

她笑了笑：“你太紧张了。你也有自己的麻烦。我知道你认为韦兰家在你婚姻的问题上不可理喻，我当然也同意你的观点。在欧洲，人们不理解我们美国人的漫长婚约。我想他们不像我们这么冷静吧。”她说“我们”的时候略微加重了语气，听起来有点讽刺。

阿切尔听出了这种讽刺，但不敢接话。毕竟，也许她是故意将话题从自己的事情上引开。他的最后一句话明显刺痛了她，他感到自己能做的就是听她的话。但随着时间流逝，他变得越发急切：他不能忍受语言再次成为他们之间的障碍。

“是的，”他不假思索，“我到南方去，让梅在复活节后嫁给我。没有什么理由阻止我们那时候成婚。”

“梅那么喜欢你——你也无法说服她吗？我以为她这么聪明，不会被这些荒唐的迷信缚手缚脚。”

“她的确很聪明——她也没有被缚手缚脚。”

奥兰斯卡夫人看着他："那——我就不明白了。"

阿切尔红了脸，急忙说："我们敞开心扉聊了一下——几乎是第一次这样。她觉得我的急躁是个不好的兆头。"

"老天爷——不好的兆头？"

"她觉得这意味着我不确定自己还喜欢她。简单来说，她觉得我想马上和她结婚是为了逃避一个我——更喜欢的人。"

奥兰斯卡夫人好奇地揣摩这句话。"但如果她这么认为——为什么她不和你一样着急呢？"

"因为她不是那样的人，她要高尚得多。她因此更坚持延长婚约，好让我有时间——"

"让你有时间为了那个女人而放弃她？"

"如果我想的话。"

奥兰斯卡夫人弯腰靠近壁炉，定定地看着炉火。阿切尔听见寂静的街上传来她的马匹走近的马蹄声。

"那的确很高尚。"她说，声音有点走调。

"是的，但那太荒唐了。"

"荒唐？因为你没有喜欢其他人？"

"因为我不打算娶其他人。"

"啊，"接着又是一段长长的间隔。良久，她抬头看着他，问道："这另一个女人——她爱你吗？"

"噢，并没有另一个女人。我的意思是，梅心中所想的那个人是——从来都不是——"

"那么，你到底为什么如此着急？"

"你的马车来了。"阿切尔说。

她半站起身，茫然地四处张望。她的扇子和手套放在身边的沙发上，她机械地拿起来。

“是的，我想我要走了。”

“你要去斯特拉瑟斯夫人家？”

“是的，”她微微一笑，又说，“别人邀请我，我一定要去，不然我会非常寂寞的。你为什么不跟我一起去呢？”

阿切尔感到他必须不惜一切代价将她留在身边，必须让她将余下的整晚都交给他。他没有理会她的问题，继续靠在烟囱旁，直勾勾地看着她拿着手套和扇子的手，仿佛在看是否能让她放下它们。

“梅猜到了真相，”他说，“的确是有另一个女人——但不是她所想的那位。”

埃伦·奥兰斯卡没有回答，也没有动。过了一会，他坐在她身边，拿起她的手，轻轻掰开，让手套和扇子掉在他们之间的沙发上。

她一下子站起来，将手抽出来，走到壁炉的另一端。“啊，不要向我示爱！已经有太多人这样做了。”她皱着眉说。

阿切尔脸色变了，也跟着站起来——这是她能给他最恶毒的指责了。“我从来没有向你示爱，”他说，“今后也不会。但假使我们俩任意一人有可能的话，你就是我要娶的那个女人。”

“我们任意一人有可能的话？”她看着他，毫不掩饰她的震惊，“你居然这么说——不正是你让我们不可能的吗？”

他盯着她，像在黑暗中摸索，一道耀目的光如箭一般划破了漆黑。

“是我让我们不可能——？”

“你，你，就是你！”她大声喊道，嘴唇颤抖着，像一个眼泪夺眶而出的孩子，“难道不是你让我放弃离婚的吗——是你告诉我离婚是多么的自私和邪恶，跟我说我必须牺牲自己来保护婚姻的尊严……来保护我的家族免受舆论和丑闻？因为我的家人即将成为你的家人——为了梅也为了你——我按你所说的去做，做那些你向我证明我该做的事。啊，”她忽然大笑起来，“我完全没有掩饰这么做都是为了你！”

她再次跌坐在沙发上，蜷缩在华服的波纹褶皱里，像一个受挫的假面舞者。年轻人站在火炉旁，一直一动不动地凝视着她。

“天啊，”他呻吟着，“我以为——”

“你以为？”

“啊，不要问我以为什么！”

他依然看着她，看见那灼热的绯红顺着脖子爬上了她的脸。她坐直身子，僵硬而带着尊严地面对他。

“我就是要问。”

“那好：那封你让我读的信中写了一些东西——”

“我丈夫的信？”

“是的。”

“那封信写的东西我一点都不怕，一点都不！我怕的只是给家族——给你和梅——带来坏名声和丑闻。”

“老天爷。”他又发出一声呻吟，将脸埋在手心。

之后是一阵沉默，已经尘埃落定而且无法挽回的事情重重地压在他们身上。阿切尔觉得这些事情像他的墓碑一样将他碾得粉身碎骨，在遥远的未来也看不到有什么能消除他内心的重负。他站在原地一动不动，头依然埋在手中。他被蒙蔽的双眼继续凝望着一片漆黑。

“至少我爱过你——”他终于说。

火炉另一侧，从他猜测她依然蜷缩的沙发一角，他听见一阵小孩般微弱的哽咽。他立即站起来，走到她身边。

“埃伦！你疯啦！你为什么要哭？我们没有做什么无法挽回的事！我依然自由，你马上也会恢复自由身。”他将她搂入怀里，嘴唇亲吻着她那像沾湿了的花朵一般的脸庞，他们徒然的恐惧瞬间像鬼魂碰见日出一样烟消云散。他唯一感到惊奇的是，只需触碰她便能让所有事情简单起来，他却居然和她站在房间两端争吵了五分钟之久。

她热烈地回应他的吻，但过了一会儿他感到怀里的她变得生硬起来，她将他推开，站起来。

“啊，我可怜的纽兰德——我想我们只能这样了。可这根本没有改变任何事情。”她说，这次轮到她从壁炉旁转身低头看着他。

“这改变了我的整个人生。”

“不，不——绝对不可以，不能这样。你与梅·韦兰订婚了，我也结婚了。”

他也站起来，满脸通红，果断坚定。“胡说！现在说这些已经太迟了。我们无权自欺欺人。姑且不论你的婚姻，但你觉得现在这样我还能跟梅结婚吗？”

她一言不发地站着，纤瘦的手肘撑着壁炉架，她的侧脸映照在身后的玻璃上。她发髻上的一束头发已经散落到脖子上。她看起来憔悴，甚至有点苍老。

“我想你不会，”她终于说，“问梅这个问题。对吗？”

他毫无顾虑地耸了耸肩：“现在做其他事都已经太迟了。”

“你这么说是因为现在说这个最容易——并不是因为这是实情。实际上，除了我们俩都已决定的事情，现在做其他的一切都太迟了。”

"啊，我真不懂你！"

她勉强挤出一丝可怜的微笑，笑容扭曲了而不是抚平了她的脸。"你不懂是因为你根本不知道你改变了我的一切。噢，从一开始——在我还不知道你所做的一切时就是如此。"

"我所做的一切？"

"是的。一开始我完全不知道这里的人都躲着我——不知道他们觉得我是一个可怕的人。他们好像还拒绝在晚宴上与我见面。我是后来才发现的，还有你让母亲和你一道去范德卢顿家求情，以及你坚持在博福特的舞会上宣布订婚，这样我身边就有不止一个，而是两个家庭的支持。"

听到这话，他放声大笑。

"想想，"她说，"那时的我多么愚蠢啊，不会察言观色！所有的这些我都一无所知，直到有天奶奶一不小心说了出来。纽约对我来说纯粹意味着和平和自由：我回家了。我遇到的每个人都友好善良，而且很高兴见到我，能在自己人中间我高兴极了。但从一开始，"她继续说，"我就觉得没有人像你这么好，没有人会向我解释，让我明白为什么要做一些起初看起来很困难而且——很无谓的事情。那些善良的人也不能说服我，因为我觉得他们从来没有受过诱惑。但是你知道，你明白，你感受过外面世界那些花花绿绿的诱惑——然而，你厌恶它对一个人的索取，你痛恨以不忠、残忍和冷漠为代价的快乐。这是我以前并不明白的——它比我已经明白的道理还要宝贵。"

她的声调低沉平稳，没有流泪，也没有明显的烦乱。从她嘴里吐出的每一个字都仿佛是烧得通红的铅块，深深地烙印在他的心上。他弓着身子坐着，头埋在双手之间，盯着壁炉地毯和她裙子下露出的绸缎鞋尖。忽然，他跪下来亲吻那只鞋子。

她弯下身子，将双手搭在他肩上，深情地看着他；面对她的凝视，他一动不动。

“啊，不要因为我们而坏了你所做的事！”她大声说，“现在的我已经回不去以前的思考方式了。只有放弃你，我才能继续爱你。”

他张开双臂想要拥抱她，但她躲开了，他们依旧面对彼此，却被她的话所制造的隔阂分割开了。一刹那间，他怒火中烧。

“那博福特呢？他要替代我吗？”

说出这句话时，他已经准备好听到一个愤怒的回答，他也将欣然接受这种火上浇油。但奥兰斯卡夫人的脸色只是变得更加苍白，双手放在身前站着，头微微低下，这是她思考问题时的姿势。

“他正在斯特拉瑟斯夫人家等你，你为什么不去找他？”阿切尔讥讽地说。

她转身按响门铃，对走来的女仆说：“我今晚不出去了，让马车去接侯爵夫人回来。”

门重新关上，阿切尔再次尖刻地看着她：“何必做这种牺牲？既然你跟我说你很寂寞，我就无权阻止你和朋友见面了。”

她眨着被泪沾湿的睫毛笑了笑：“我现在不会寂寞了。我曾经很寂寞，也曾经很害怕，但那种空虚和黑暗都消失不见了。现在我重新做回自己，就像一个走夜路的孩子来到一间永远亮着灯的房间一样。”

她的语气和神态依然将她包裹在一种柔和而不可亲近的氛围当中，阿切尔又大声嘟囔：“我真的不懂你！”

“但是你却懂梅！”

他听见这句反驳红了脸，但依然看着她："梅已经准备好了放弃我。"

"什么？三天前你才跪下来恳求她将婚礼提前！"

"她拒绝了，因此我有权——"

"啊，你教会了我那个字眼是多么的丑陋。"她说。

他别过身去，感到筋疲力尽。他仿佛趴在悬崖峭壁边奋力挣扎了好几个小时，就在他快要爬到顶端时，手却松开了，他一头栽进了漆黑之中。

假如他能再次拥她入怀，也许能压倒她的争辩，但她的神情和态度中有一种莫名的冷漠，她的真诚也将他震慑了，他因此无法接近她。终于，他再一次恳求。

"如果我们这样做，之后只会更糟糕——对每个人来说都是——"

"不——不——不！"她几乎尖叫着说，仿佛被他吓到了。

就在此时，房子里清脆地响起一阵长长的门铃声。他们没有听到马车停在门前的声音，两人站着一动不动，惊恐地看着彼此。

会客厅外，纳斯塔西亚的脚步声穿过门厅，打开大门，不消一会，她拿着一封电报进来，递给奥兰斯卡伯爵夫人。

"那位夫人看到花非常高兴，"纳斯塔西亚说，一边抚平围裙，"她以为那是她丈夫送给她的，还哭了一阵子，说他真傻。"

她的女主人笑着拿过黄色的信封。她撕开信封，拿到灯前。会客厅门关上后，她把电报递给阿切尔。

电报是从圣·奥古斯丁发来的，收信人写着奥兰斯卡伯爵夫人。他看见上面写着："外婆电报成功。爸爸和妈妈同意复活节后婚礼。正给纽兰德发电报。兴奋难言，爱你。感激的梅。"

半小时后，阿切尔打开了自家大门，从门厅桌子上的一堆便条和信件上见到了一个类似的信封。信中消息同样来自梅·韦兰，写着：“父母答应复活节后那个周二的十二点在恩典教堂举行婚礼，八位伴娘，请见牧师，非常高兴，爱你。梅。”

阿切尔把黄色信纸揉成一团，仿佛这个动作能将信中的消息清除得一干二净。然后，他拿出一本袖珍日记本，手指颤抖着翻开。但他没有找到想要的信息，将电报一把塞进口袋，走上楼梯。

简妮用作更衣室和梳妆室的厅房门后亮着灯。她的哥哥急躁地敲打着门框。房门打开了，妹妹站在他面前，穿着那件年代久远的紫色法兰绒睡袍，头发用发卡别起。她的脸看起来毫无血色，忧虑不安。

“纽兰德！希望电报里不是什么坏消息吧？我专门等着，以防——”（他的任何书信都逃不过简妮的眼睛。）

他没有理会她的问题：“听着——今年的复活节是哪一天？”

她似乎被这种不虔诚的无知吓到了：“复活节？纽兰德！当然是四月的第一周了。怎么了？”

“第一周？”他又翻开了日记本，屏着呼吸快速地计算。“你说第一周对吗？”他仰起头，长长地大笑几声。

“我的老天爷啊，究竟什么事？”

“没什么事，只是我一个月后要结婚了。”

简妮搂住他的脖子，紧紧将他抱在紫色法兰绒睡衣的胸前。

“噢，纽兰德，真是太好了！我真高兴！但是亲爱的，你为什么一直在笑呢？小声一点，你会吵醒妈妈的。”

下部 _ *Book 2*

第 19 章

这天天清气朗，清新的春风挟着尘土而来。两个家族的老夫人们都拿出她们褪色的黑貂皮和发黄的白鼬毛，教堂前几排座椅上的阵阵樟脑味几乎盖过了祭坛四周的百合花带来的春天气息。

纽兰德·阿切尔在司事的示意下走出法衣室，与伴郎一起站在恩典教堂的圣坛台阶上。

那个信号表示载着新娘和她父亲的马车已经出现在视线中，但他们一定会在休息室里进行相当长时间的整理和协商，伴娘们早已在那里等候，像一簇盛开的复活节花丛。在这段不可避免的等待里，新郎为了证明他的急切，需要独自接受众人的注视。阿切尔顺从地完成了这个仪式，像他进行其他仪式一样——这些仪式让一个十九世纪的纽约婚礼看起来像远古时期的典礼。在他决心要走的这条道路上，每一件事都同样简单——如果愿意的话也可以说是同样痛苦。和其他新郎一样，他虔诚地遵守了伴郎激动的指示，阿切尔自己也曾带领这些新郎穿过同样的迷宫。

到目前为止，他很确定自己已经完成了所有职责。伴娘们的八束白色丁香和铃兰已经准时送到，同时送来的还有八位迎宾员的黄金和蓝宝石袖扣以及伴郎的猫眼石领带夹。阿切尔花了半个晚上绞尽脑汁地用不同的措辞向送来最后一批礼物的男性朋友和旧情人们表示致谢。支付主教和牧师的费用已经稳稳当当地放在伴郎口袋里，他自己的行李和要换上的旅行服装也已经放在即将举行婚礼早餐的曼森·明戈特夫人家。火车里预留出了一个私人隔间，载着一对新人前往他们未知的目的地——对新婚之夜的地点保密是这个古老典礼最神圣的戒律之一。

“拿好戒指了吗？”小范德卢顿·纽兰德低声说，作为伴郎的他经验尚浅，对身上的重任诚惶诚恐。

阿切尔做了一个他见过众多新郎做的动作：将没有戴手套的右手伸进深灰色马甲的口袋中，确保那个小小的金色戒指（内圈刻着：纽兰德赠梅，4月一，187—）放置妥当。然后，他恢复了之前的神态，左手紧握着高帽和有黑色刺绣的银灰色手套，站在那里看着教堂大门。

亨德尔的进行曲在头顶的仿石穹顶庄严回响，让人想起了许多过往婚礼的画面。他曾在这隆隆的乐声中冷漠地装出兴高采烈的样子，站在同一个圣坛的台阶上看着其他新娘款款走过教堂中殿来到她们的新郎跟前。

看着坐在相同的包厢（不，是长椅）里相同的面孔，他暗想：“这可真像歌剧院的第一个晚上啊！”他又想，当最后的号角吹响时[28]，塞尔福里奇·梅里夫人会不会同样往软呢帽里插上高耸的鸵鸟毛，博福特夫人又会不会戴着一样的钻石耳环，以一样的微笑出现在那里——天国里是否已经为她们准备好合适的幕前座位呢？

在这之后，他仍有时间逐一端详前几排座位上的熟悉面孔，女士们因好奇和兴奋而精神抖擞，男士们则为不得不在午餐前穿上双排扣长礼服和要在婚礼早餐上抢食而闷闷不乐。

新郎能想象雷吉·奇弗斯说：“早餐要设在老凯瑟琳家真是可惜。但我听说洛弗尔·明戈特坚持用自己的厨师，所以如果能抢到的话食物应该还是很不错的。”他还能想象西勒顿·杰克森权威地补充：“我亲爱的朋友，你没有听说吗？早餐要按新英格兰规矩，分成小桌上菜。”

阿切尔的目光流连在左手边的长椅上，挽着亨利·范德卢顿先生手臂走进教堂的母亲正坐在椅子上，躲在法式面纱后轻声哭泣，她的双手插在她祖母的白貂毛暖手笼里。

他看着妹妹，心想：“可怜的简妮！即使挤破了脑袋，她也只能看见前面几排长椅上的人，他们大多是邋遢又土气的纽兰德家和达戈内特家人。”各个家族的座位以白丝带划分，他在座位的另一边看见高大、红脸的博福特正以他高傲的目光仔细观察女人。他的妻子坐在旁边，穿着银色灰鼠呢大衣，别着紫罗兰。丝带的远端，劳伦斯·莱弗茨那梳得油光可鉴的头似乎在监督那位主持典礼、确保一切“合乎礼仪”的隐形神明。

阿切尔很好奇莱弗茨的火眼金睛会在这神圣的仪式上发现多少瑕疵，但他忽然想起自己也一度认为这些事情十分重要。那些曾占据他生活的事情现在看来就像是孩子们滑稽的模仿，又像是中世纪学者为一堆无人能懂的形而上学词语而吵个不停。关于婚礼礼物是否应被“展示”的激烈讨论让婚礼前的几个小时蒙上阴影，阿切尔无法想象成年人会为这些鸡毛蒜皮之事而激动不安，也想象不到这件事会因韦兰夫人愤慨地哭诉“我宁愿向记者敞开家门”而做出定论（被否决了）。然而曾几何时，阿切尔对所有这些问题都抱有明确而积极的主意。那时候对他来说，关于他小圈子里礼仪和习俗的每件事情都像世界大事那么重要。

“大概一直以来，”他想，“真实的人们都生活在其他地方，身上也都发生着真实的事情……”

“他们来了！”伴郎激动地喘着气说，但新郎知道并非如此。

教堂大门小心翼翼地打开只意味着马车行主人布朗先生（他偶尔担任教堂司事，因此穿着黑衣）在指挥他的部队前要先对场地巡视一番。大门再次轻轻关上，又过了一阵，大门重新庄严地打开，教堂中响起窃窃私语：“他们要来了！”

韦兰夫人挽着大儿子的手首先进门。她粉红的大脸庄重得体，紫红色的绸缎礼服两侧装饰着淡蓝色布条，绸缎小软帽上插着蓝色的鸵鸟毛，得到了大家的一致赞美。但她还没来得及拖着沙沙作响的礼服庄重地坐在阿切尔夫人对面的长椅上，观众们便已引颈观望她身后进来的人。前一天谣言早已疯传，称曼森·明戈特夫人虽然身体不便，仍决意要亲自参加典礼。这个想法十分符合她的好动性格，因此俱乐部里对她能否走上教堂中殿并挤进座位的赌注高居不下。人们听说她坚持派自己的木匠前来查看能否拆掉第一排长椅的侧板，还测量了前后座位之间的距离，结果让人大失所望。她的家人一整天提心吊胆地看着她琢磨如何坐在巨大的轮椅中被推着走上中殿，像女王登基般安坐在圣坛的下面。

想到老夫人如此荒唐地出现在大庭广众面前，家人痛苦万分，因此当有人机智地发现轮椅太宽，不能通过遮阳篷的铁支架之间时，他们几乎重金酬谢了他。遮阳篷从教堂大门延伸到路边，拆掉后会将新娘暴露在教堂外争相靠近帐篷的裁缝和报社记者面前，尽管老凯瑟琳曾短暂地考虑过这个主意是否可行，但连她也不敢轻易尝试。当有人向韦兰夫人暗示她母亲的最新计划时，她尖叫起来：“啊，他们可能会给我的孩子拍照，还会登在报纸上！”家族中人无不对这种难以想象的不雅行为瑟瑟发抖。老祖宗只得投降了，但妥协的前提是得到婚礼早餐在她家中举行的保证，尽管（正如住在华盛顿广场的熟人所说）韦兰家的房子只有几步之遥，依然很难跟布朗谈妥价钱，让他驾车将客人从一端送到另一端。

虽然这一切都被杰克森兄妹事无巨细地报道了，但仍有一小撮好事者固执地认为老凯瑟琳会出现在教堂中，因此当众人发现老太太被儿媳取而代之出现时，气氛一下子冷落了不少。和与她年纪、习惯相仿的女士一样，洛弗尔·明戈特夫人因为成功地挤进新礼服而变得脸色红润，眼神明亮。但因她婆婆未能露面的失望逐渐退去后，大家一致认为，洛弗尔·明戈特夫人身上的紫丁香色绸缎、外搭的黑色法式蕾丝和头戴的帕尔玛紫罗兰软帽与韦兰夫人的蓝紫色礼服形成了最鲜明的对比。与之形成更大反差的是随后挽着明戈特先生手臂、迈着碎步进门的枯瘦女士，她全身上下飞舞着凌乱不堪的布条、流苏和飘扬的围巾。当这个幽灵般的人物最后一个出现在眼前时，阿切尔的心猛地一紧，几乎停止了跳动。

他想当然地以为曼森侯爵夫人还在华盛顿，差不多四周前，她动身和侄女奥兰斯卡夫人一起到那里去。人们都知道她们突然离开是因为奥兰斯卡夫人希望姑妈远离那位不怀好意、巧言令色的阿加顿·卡弗博士——他差一点便成功将她招至爱之谷社团中。有鉴于此，没有人想到她们任何一个人会回来参加婚礼。阿切尔站在那里，盯着梅多拉古怪的装扮看了好一会儿，拼命想看她身后跟着谁。但这个小队伍已到尾声，家族中没那么重要的成员也都纷纷落座，八名高大的迎宾员已经像准备迁徙的鸟儿和昆虫一样集合起来，从侧门鱼贯进入休息室。

“纽兰德——你看，她来了！”伴郎低声说。

阿切尔一下子打起精神。

他的心跳显然停止了很长一段时间，因为身穿白色和粉色礼服的队伍已经走到了中殿的中间，主教、牧师和两个穿着白衣的助手正守候在被鲜花围绕的祭坛旁，施波尔交响曲的第一个和弦响起，音符如花朵般飘落到新娘身上。

阿切尔睁开眼（但他真的如他所想的一样闭上眼睛了吗？），感到心脏逐渐恢复了正常的功能。音乐奏鸣着，祭坛上的百合散发着香气，云朵似的薄纱裙和盛开的橙花翩跹而至，阿切尔夫人忽然喜极而泣，牧师低声吟诵着祝福，八位粉衣伴娘与八位黑衣迎宾员按编排的队形行进：所有这些景象、声音和感觉都似曾相识，可此刻它们与他建立了新的关系，又变得莫名陌生、毫无意义起来，这两种感觉夹杂在一起，让他困惑不堪。

“我的天，”他想，“我拿好戒指了吗？”他又重复了一遍新郎紧张的动作。

很快，梅来到了他身边，她浑身散发着光芒，像一股微弱的暖流穿过他麻木的身躯。他站直身体，微笑地注视她的眼睛。

“倾心相爱的人，我们相聚于此。”牧师开始说……

戒指戴在她手上，主教已经授予祝福，伴娘们也准备好回到队伍中，风琴已经就位，预备奏响《门德尔松进行曲》，这首曲子是纽约所有新婚夫妇婚礼上必有的仪式。

“你的手臂——嘿，给她你的手臂！”小纽兰德紧张地低声说，阿切尔又一次意识到自己走神了。他想，是什么把他带到这里来的？也许是因为他从教堂侧翼那些叫不上名字的观众中瞥到了帽子下的一束黑发，却发现那是一位长鼻子的陌生女士，与他联想到的那个人大相径庭，可笑得让阿切尔不禁自问是否产生了幻觉。

此刻，他与妻子踩着门德尔松轻快的乐点缓缓走过中殿，春日在大开的门外向他们挥手致意，韦兰夫人那几匹套着白色大额饰的栗马正在凉棚通道尽头腾跃嬉戏，大出风头。

男仆的翻领上别着更大的白色配饰，他为梅披上白色斗篷，阿切尔跳上马车，坐在她身旁。她转头以胜利的笑容看着他，两人的双手在她的面纱之下紧紧相扣。

“亲爱的！”阿切尔说——忽然之间，那个黑色的深渊在他面前张开了血盆大口，他如堕其中，越坠越深，却仍然平静喜悦地侃侃而谈：“对，我当然以为自己弄丢了戒指。哪个可怜的笨蛋新郎没有经历这件事，婚礼就不完整了。但你知道吗？你让我等了好久！久得让我想到了种种可能发生的可怕的事。”

马车驶上第五大道时，她出人意料地转过身来，伸出双臂搂住他的脖子。“但只要我俩在一起，就再也不会出什么问题了，不是吗，纽兰德？”

当天的每一个细节都经过精心安排，这样小夫妻在婚礼早餐后便有足够的时间换上旅行服装，在欢笑的伴娘和啜泣的父母中间走下明戈特家宽阔的阶梯，并且按照传统经过众人泼撒的稻米和绸缎拖鞋走上马车。他们有足足半个小时的时间驾车到车站，装出资深旅行者的样子在书报亭里买好最后的周票，舒舒服服地坐上为他们预留的车厢，梅的女仆已经在那里放好了她的灰白色旅行斗篷和从伦敦买来的崭新炫目的梳妆袋。

莱茵贝克的迪拉克老姨母们心甘情愿地让出她们的房子给这对新婚夫妇使用，这样一来她们就能在纽约与阿切尔夫人共度一周。阿切尔乐于逃离通常安排在费城或巴尔的摩一间酒店里的“新婚套间”，于是欣然地接受了这个提议。

到乡间去的主意让梅着迷。看到八位伴娘费尽心思猜测他们神秘的隐居地却无功而返，她像孩子般被逗乐了。租用一所乡间房子的做法被认为“十分英式”，这个被普遍视作当年最精彩的婚礼也借着最后机会大放异彩。但除了新郎和新娘的父母之外没有人知道房子在哪里，一对新人被追问时抿紧了嘴唇神秘地说：“啊，他们没有告诉我们——”这显然是真的，因为根本没有这个必要。

待他们在车厢中安顿好，火车甩掉了林木葱郁、无边无际的郊区，扎进春天惨淡的风景里，他们的谈话便变得比阿切尔预想的简单。不管在神态还是语气上，梅依然是以前那个单纯的女孩，急切地跟他交流婚礼上的事情，像伴娘与迎宾员谈论时那样不带偏见地讨论。一开始，阿切尔以为这种淡然是为了掩饰内心的悸动，但她清澈的眼睛流露出的只有一种平静的浑然不知。她第一次与丈夫单独相处，而丈夫只不过是昨日那位迷人的伴侣。没有人能让她如此喜欢，也没有人能让她如此完全信任，订婚和结婚这段愉快历险的点睛之笔就是能像一个成年人——应该说是像一个“已婚女子”一样，与他独自踏上旅程。

正如他在圣·奥古斯丁的教堂花园里发现的那样，如此深厚的感情居然能与如此贫乏的想象共同存在，实在让人惊奇。但他想起即便在那时，他也吃惊地发现她的意识一旦放松下来就恢复了少女般的面无表情。他明白，她这一生会尽最大的努力应付她碰到的每件事情，但除了偷偷一瞥外，她绝不会有更多的准备。

或许正是这种对周遭无法察觉的本事才让她的眼睛如此透明，让她的脸看起来更像一类人而不是一个人，仿佛被选中代言公民道德或模仿希腊女神一样。她白皙的皮肤之下流动的血液可能是一种保鲜剂而不是让她衰老的因素。然而，她无懈可击的年轻模样让她看起来既不生硬也不沉闷，而只是原始而纯洁。在这种深深的沉思当中，阿切尔忽然发现自己像一个吓坏了的陌生人一样盯着她看，于是急忙回忆着说起婚礼早餐以及胖乎乎的明戈特老夫人在早餐上的无处不在，喜气洋洋。

梅于是安定下来，坦然享受这个话题。“但是我很吃惊——你不是吗？——梅多拉姑妈最终还是来了。埃伦写信说她们两人身体不适，不能成行。我真希望痊愈的人是她！你看到她寄给我那精美的老式蕾丝了吗？”

他早就知道这一刻迟早会来，但某种程度上，他一直想象自己能用意志将其控制。

“对——我——没有：是的，很漂亮。”他说，眼神空洞地看着她，心想是否每次听到这两个音节时，他那精心筑建起来的世界都会像纸牌屋一样坍塌在他身上。

“你累吗？我们到了以后能喝点茶就太好了——姨妈肯定已经将一切安排得妥妥帖帖。”他握住她的手说个不停。她的思绪马上想到了博福特夫妇送来的巴尔的摩银器，想到用它们盛装茶和咖啡会是多么精美，它们与洛弗尔·明戈特舅舅的餐盘和小碟又是多么的“般配”。

在春日的霞光中，火车停在了莱茵贝克车站，他们沿着月台走向等候的马车。

一个稳重的人走下马车，向他们走来。阿切尔高呼：“啊，范德卢顿夫妇真是太好了——他们还从斯凯特克里夫派了自家的佣人来接我们。”那个人从女仆手中接过行李袋。

“非常抱歉，先生，”这位使者说，“迪拉克小姐家中发生了一个小事故——水箱漏水了。这是昨天发生的，范德卢顿先生今天早上听说后，派女仆坐早班火车前去打点大庄园的房子。我想你会发现那里非常舒适，先生，迪拉克小姐也派来了她们的厨师，所以你在那里会和住在莱茵贝克一样惬意。”

阿切尔茫然地看着说话的人，对方只得更加歉疚地又说了一遍：“那里会一样惬意，先生，我向你保证——”梅兴奋地叫了起来，声音盖过了这窘迫的沉默：“和莱茵贝克一样？大庄园的房子？这简直是好上几万倍——不是吗，纽兰德？范德卢顿先生能想到这些实在太贴心了。”

于是他们驾车离开，女仆坐在车夫旁边，他们闪闪发亮的新婚行李袋放在面前的座位上，她继续激动地说：“想想看，我还从来没到过里面呢——你呢？范德卢顿夫妇只对很少人开放。但他们好像在那里接待过埃伦，她跟我说那是一个美妙的地方，她说那是她在美国见过的唯一一个让她感到真心快乐的地方。”

“唔——我们也会这样的，对不对？”她的丈夫欢乐地高声说。她露出了男孩般的微笑：“啊，我们的好运气才刚刚开始呢——这种好运一定会永远伴随我们的！”

第20章

“我们当然必须跟卡弗莱夫人吃饭，亲爱的。”阿切尔说。他们下榻的房子里，早餐桌上摆着巨大的不列颠器皿，妻子坐在桌子对面焦急地皱眉看着他。

在整个秋雨绵绵的伦敦城中，纽兰德·阿切尔只认识两个人，而夫妻二人尽量避开了他们。依照老纽约的传统，在异国他乡强行让熟人知道自己到来是不“庄重”的。

阿切尔夫人和简妮在游览欧洲时恪守了这一原则，以一种坚不可摧的保守态度应对旅伴们友善的示好，以至于她们几乎创下了纪录：除了酒店和火车站的工作人员，她们没有跟任何“外国人”说过一句话。对于她们本国的同胞——除了那些早已认识或名声正派的人——她们则更明显地不屑一顾，因此除非遇到奇弗斯、达戈内特或者明戈特家的人，母女俩在国外的数月都从不例外地在私密对话中度过。但有时候即使最严密的防范也不奏效，在博尔扎诺的一个晚上，住在对门房间的两位英国女士之一（简妮早已对她们的名字、衣着和社会地位了如指掌）敲门询问阿切尔夫人是否有药膏，另一位女士——这位不速之客的姐姐卡弗莱夫人——忽然患上了支气管炎。幸好阿切尔夫人出行时向来带着全套家庭药箱，因此能够提供所需的药品。

卡弗莱夫人病情很重，由于她与妹妹哈尔小姐二人单独出行，因此对精心安抚她们并嘱咐勤快的女仆照料病人直至痊愈的阿切尔母女感激不尽。

阿切尔夫人母女离开博尔扎诺的时候，并不知道是否还会再次见到卡弗莱夫人和哈尔小姐。对阿切尔夫人来说，没有什么比强行让偶然帮助过的“外国人”知道自己到来更不“庄重”的事情了。但卡弗莱夫人和妹妹并不知道这种观点，即便知道也会觉得这完全不可理解。姐妹俩对在博尔扎诺善待她们的“好心的美国人”有一种永远的感恩之情。她们怀着令人动容的忠诚，抓住欧洲旅行中的每个机会与阿切尔夫人和简妮见面，并且异常热切地询问母女俩往返美国时何时会途经伦敦。她们变得密不可分，每当阿切尔夫人和简妮在布朗酒店走下马车时，总会有两位热情的朋友守候着她们。与母女俩一样，这两位朋友也会在玻璃箱中种植蕨类，编织流苏花边，阅读本生男爵夫人的回忆录，并且对伦敦几个主要布道坛的讲者有自己的见解。正如阿切尔夫人所说，认识了卡弗莱夫人和哈尔小姐“让伦敦不同以往了”。到纽兰德订婚时，两个家庭之间的联系已经相当紧密，向这两位英国女士派送婚礼请柬已被视为“理所当然”的事情。在收到请柬后，姐妹俩回赠了一束玻璃压制的漂亮的高山花朵。当纽兰德与妻子即将出发到英国时，阿切尔夫人在码头上的最后一句话是：“你一定要带上梅去见卡弗莱夫人。”

纽兰德和妻子从未打算遵从这个嘱咐，但卡弗莱夫人以她一如既往的灵敏找到了他们，并寄来请柬邀请他们进餐。坐在茶和松饼对面的梅·阿切尔正是为这份请柬皱眉蹙额。

“你去见她们当然没问题，纽兰德，你认识她们。但我在一群从没见过的人中间会十分害羞的，而且我要穿什么呢？”

纽兰德往后靠在椅子上，对她微笑。她比以往看起来都要漂亮，也更像狄安娜了。英国湿润的空气似乎让她的脸色越发红润，也柔和了她略显生硬的少女容貌，不然，便纯粹是因为她内心的快乐如同冰下的灯光一样使她光彩耀目。

“穿什么，亲爱的？上周不是有一大箱衣服从巴黎送来吗？”

“是的，没错。我的意思是我不知道要穿哪一件，”她嘟起嘴，“我从来没有在伦敦外出吃饭，我不想看起来很可笑。”

他试着设身处地分析她的困境：“难道英国女士在晚上的穿着和其他人不一样吗？”

“纽兰德！你怎么能问这么可笑的问题？她们去剧院可是会穿旧的舞会礼服，还不戴帽子的。”

“那，她们也许会在家里穿新的舞会礼服吧，但不管怎样，卡弗莱夫人和哈尔小姐不会的。她们会像我母亲一样戴便帽——还有围巾，很柔软的围巾。”

“好，但是其他女士会穿什么呢？”

“她们穿的没有你好看，亲爱的。”他回答，纳闷她为什么忽然像简妮一样对衣服产生了一种病态的兴趣。

她叹了一口气，将椅子推开：“你真好，纽兰德，但这对我没有什么帮助。”

他灵机一动：“为什么不穿你的婚礼服呢？那绝对错不了，对吗？”

“噢，亲爱的！如果礼服在这里就好了！但它被送到巴黎改成明年冬天的衣服了，沃思还没有把它送回来。”

“哦，这样——”阿切尔站起来说，“看——大雾开始散了。如果我们赶到国家美术馆去，也许还能看看画。”

经过三个月的新婚旅行后，纽兰德·阿切尔夫妇踏上了归家的路，梅在写给女朋友的信中淡淡地将其一言概之为“充满喜悦”。

他们并没有到意大利的湖区去：回想起来，阿切尔实在想象不出妻子在那种环境中会是什么样。她自己倾向于（在与巴黎的裁缝打了一个月的交道后）在七月爬山、八月游泳。他们按时完成了这个计划，在因特拉根和格林德沃度过了七月，然后在诺曼底岸边一个叫埃特勒塔的小地方度过了八月，推荐这个地方的人说它古雅而安静。在山中时，阿切尔曾一两次指着南边说：“那里就是意大利。”站在龙胆花丛中的梅欢快地微笑答道：“要是明年冬天能去多好啊，可惜你要留在纽约。”

但事实上，旅行对她的吸引力比他料想的还要小。她认为旅行（一旦她已经订好衣服）只不过让她有更多机会散步、骑马、游泳，和在草地网球这种有趣的新游戏中一试身手而已。当他们终于回到伦敦时（他们将在此逗留两周以让他定制衣服），她便不再掩饰对坐船回家的渴望。

在伦敦，除了剧院和商店外什么都不能吸引她。她认为这里的剧院不如巴黎的音乐咖啡厅有趣。在那里，她坐在香榭丽舍大街的七叶树下，有了一种新奇的经历，那就是从餐厅的露台上看着下面观众中的恋人们，让丈夫尽可能翻译他认为适合新娘听的歌曲。

阿切尔恢复了所有他继承得来的关于婚姻的想法。比起实践他在无拘无束的单身时期戏谑的那些理论，遵守传统并像他的所有朋友对待妻子那样对待梅要少许多麻烦。试图解救一位根本不知道自己不自由的妻子是没有用的。他在很久以前便发现，对自己以为拥有的自由，梅的唯一用途便是将其放在向丈夫表达爱慕的祭坛上。她的自尊永远不允许她卑躬屈膝地献上这份礼物，甚至可能有那么一天（正如曾经发生的那样），她会鼓起勇气将其全部收回，只要她认为这样做是为了他好。但她对婚姻的设想如此简单，并不关心，因此只有他自身一些出格的行为才会引起这种危机，而梅对阿切尔的感情之深决定了这是不可能的。他知道，无论发生什么事，她都会一直忠诚、英勇、毫无怨言，而这也促使他践行同样的美德。

所有的这一切几乎让他恢复了习以为常的想法。如果她的单纯意味着她只关心琐事，他或许会生气和反抗，但由于她性格的线条（虽然为数不多）与她的脸庞一样被塑造得完美无瑕，她便成为了他所有古老的传统和尊严的守护神。

这些特质远不能使异国旅行变得富有生气，尽管这让她成为一个易于相处和令人愉快的旅伴。但他很快发现一旦在合适的场合，这些特质便派上了用场。他并不害怕被它们压迫，因为他对艺术和学术的追求会一如既往地在家庭圈外继续下去，圈里也不会狭小沉闷——回到妻子身边绝不像户外步行后走进一间密不透风的房间。而且当他们有了孩子，两人生活中那些空缺的角落都将被填满。

两人坐车慢慢地从梅菲尔区一路驶到卡弗莱夫人姐妹居住的南肯辛顿，他在途中一直想着这些事情。阿切尔也希望能躲避朋友的款待：为了遵守家族的传统，他一向以游人和看客的身份旅行，摆出一副高傲的态度，对其他人的存在不加留意。只有刚从哈佛大学毕业时，他与一群奇奇怪怪的欧洲化美国人在佛罗伦萨共度了愉快的几周，他们在宫殿中与有贵族头衔的女士整晚地跳舞，并跟时髦的俱乐部中游手好闲的花花公子赌博度日。虽然这样做非常有趣，但这一切就像嘉年华一样不真实。这些四海为家的女子深陷复杂的情事，认为有必要向她们见到的每一个人诉说。意气风发的年轻军官和头发花白的年长智者都是她们讨论的主角或倾诉的对象，他们与阿切尔成长中认识的人相差迥异，更像是温室里昂贵却发出恶臭的异国植物，因此无法长久吸引他。让妻子进入这样一个圈子是绝不可能的，在旅程当中，也没有任何人对他的陪伴表现出明显的渴求。

他们到达伦敦后不久便碰见了圣·奥斯特里公爵，公爵马上认出了他，热忱地说："来找我，好吗？"——但任何明智的美国人都不会对这个建议采取行动，因此这次会面没有了下文。他们成功地避开了梅在英国的姨妈，这位银行家的妻子还住在约克郡。实际上，他们故意延迟到秋天才来伦敦，就是为了不被这些陌生的亲戚认为他们选在社交季节到来是莽撞和势利的。

"卡弗莱夫人家可能没有别人——伦敦在这个季节就像一座空城，而且你也打扮得非常美。"阿切尔对梅说。在小型马车里，穿着天鹅绒毛边天蓝色斗篷的她坐在他身边，美艳得不可方物，让她暴露在伦敦的尘垢中几乎显得很不道德。

她带着一种会被宝嘉康蒂[29]嫌恶的轻蔑回答说："我不希望他们觉得我们打扮得像野人一样。"他再次吃惊地发现，连从未见过世面的美国女子都对高贵打扮带来的社交优势怀有虔诚的敬意。

"这是她们的铠甲，"他想，"是她们对未知情况的防卫和反抗。"他第一次明白，为什么连往头发上系丝带以取悦他都做不到的梅，却能热切地完成选择和订购整个衣柜服装这一庄重仪式。

他猜对了，卡弗莱夫人家的派对很小。除了女主人和妹妹以外，他们只在冷飕飕的狭长会客厅中看到另外一位身穿披肩的女士、她的丈夫——一名和蔼的牧师、一个卡弗莱夫人称是自己侄子的沉默寡言的年轻人和一位肤色黝黑、目光炯炯的小个子男士，卡弗莱夫人介绍说他是年轻人的教师，并说出了一个法国名字。

人们在幽暗的灯光下面容模糊，梅在人群中像夕阳下的天鹅一样游弋自如。她的丈夫发现她比以往高大、白皙，衣服的窸窣声也更响了，他感到她红润的脸色和窸窣作响正是极端幼稚害羞的表现。

“他们到底会希望我谈什么呢？”她无助的双眼恳求着他，与此同时她光彩照人的身影也给其他人带来了同样的焦虑。但即使是不自信的美丽也能唤醒男人心中的信任，牧师和那位有着法国名字的教师马上向梅表示他们愿意帮她放松下来。

虽然他们已尽力而为，但晚宴越发无趣。阿切尔注意到妻子与外国人相处时表现泰然自若的方式是不断引用地方的例子，如此一来，尽管她的美貌让人爱惜，她的对话却让对方无从应答。不久牧师便放弃了努力，但那位熟练操着流利英语的教师依然英勇地向她倾诉，直至女士们都上楼到会客厅中，众人才大大地松了一口气。

只喝了一杯波特酒的牧师要赶去参加一个会议，那位内向的侄子似乎是个残疾人，也被送到卧室中去。阿切尔和教师则继续坐下喝酒，阿切尔忽然发现自己正在侃侃而谈，自上次和奈德·温赛特讨论以来他便没有这样做了。原来，卡弗莱夫人的侄子患上了肺痨，不得不离开哈罗公学搬到瑞士，在气候温和的莱蒙湖畔住了两年。这名年轻的书呆子被托付给里维埃先生，后者将他带回英国，并将一直陪伴他直到来年春天他北上牛津。里维埃先生随口说起他到时需要另谋高就。

阿切尔想，他兴趣广泛、才华横溢，不可能长期找不到工作。

他三十岁上下，脸型瘦削丑陋（梅肯定会说他相貌平庸），思想的碰撞让他深邃的脸上表情丰富，但他的活泼中不带一丝轻浮和卑贱。

他的父亲英年早逝，生前担任一个外交小差使，并授意儿子跟随他的步伐。但年轻人对文字怀有一腔热爱，一头扎进新闻业中，随后当上了作家（显然并不成功），并最终——他向听者省略了期间的多次尝试和跌宕——在瑞士辅导从英国来的年轻人们。然而在此之前，他一直住在巴黎，经常参加龚古尔的阁楼聚会，被莫泊桑奉劝放弃写作（对阿切尔来说这也是一种耀眼的荣誉！），并且经常与梅里美在他母亲房中交谈。显然，他一直贫困潦倒，忧心忡忡（他需要供养母亲和未婚的妹妹），他的文学追求也明显以失败告终。实际上，他在物质方面并不比奈德·温赛特好多少。但正如他所说，他生活在这样一个世界里：热爱思考的人不会感到精神的饥饿。也正是因为这种热爱，可怜的温赛特才几近饿死。阿切尔心有戚戚，羡慕地看着这位热切而贫穷的年轻人：他一文不名，却仍生活富足。

“你看，先生，一个人保持思想自由，不禁锢他鉴赏的能力和批判的独立，是不惜一切代价的，不是吗？因为这个原因我放弃了新闻，从事沉闷得多的工作：担任教师和私人秘书。当然，工作中有许多苦闷的差事，但我能保持自由的道德，我们在法语里称之为‘尊严’。当一个人听见精彩的对话时能加入其中，畅所欲言而不必折中，也可以静静倾听，在内心加以回答。啊，精彩的对话，这真是无与伦比，对吗？只有富有思想的生活才值得过。所以我从不后悔放弃了外交和新闻——那只是自愿放弃的两种不同形式罢了，”他又点燃了一根香烟，双眼炯炯地盯着阿切尔，“你看，先生，能够直面生活，即使只能活在阁楼中也是值得的，不是吗？但要住进阁楼终究还是需要挣足够的钱，我也承认，一辈子当私人教师——或者任何‘私人’职位——几乎和在布加勒斯特[30]担任二等秘书一样可怕。有时候我觉得必须放手一搏——好好一搏。你觉得，比如说，我在美国——在纽约能找到工作吗？”

阿切尔惊异地看着他。一个经常拜访龚古尔兄弟和福楼拜的人，一个觉得只有富有思想的生活才值得过的人居然要去纽约！他一直困惑不解地盯着里维埃先生，不知道该如何告诉他，他的优越和强项正是成功路上的阻碍。

“纽约——纽约——必须要去纽约吗？”他结结巴巴地说，完全想象不出他的城市能给这个只需要精彩对话的年轻人提供什么挣钱的职位。

里维埃先生灰黄的脸忽然变红了。他回答：“我——我以为那是你生活的大都市，那里的精神生活不是更活跃吗？”然后，仿佛害怕让听者以为他在请求帮忙一样，他又急忙说：“我只是随口说一些建议——自言自语而已。实际上，我近期并没有打算——”他从座位上站起身，毫无顾虑地说：“卡弗莱夫人觉得我应该带你上楼了。”

回家路上，阿切尔深深地沉思着这件事。他与里维埃先生那一个小时的交谈为他注入了新的空气，他的第一冲动就是邀请对方第二天共进晚餐，但他渐渐开始明白已婚男子并不总是服从他们的第一冲动。

“那个年轻的教师真是个有趣的家伙，我们在晚饭后聊了一下书本和其他东西，十分投机。”他在马车中试探着抛出这句话。

梅从梦境般的沉默中提起精神，他曾在这沉默中读出许多意思，直到结婚六个月后他终于找到了谜底。

“那个小个子法国人？他不是非常普通吗？”她冷冷地问道，他猜她是因为在伦敦被邀请去见一个牧师和一个法国教师而暗暗失望。这种失望不是源于通常被定义为“势利”的情感，而是出自一种老纽约的判断：一个人在异国冒着尊严受损的风险时理应得到怎样的对待。如果梅的父母在第五大道接待卡弗莱一家，他们绝对会邀请比牧师和教师更体面的人。

但阿切尔很不自在，马上接过她的话。

“普通——哪里普通了？”他质疑，她异乎寻常地马上回答：“怎么，除了他的教室，都很普通啊。那些人在上流社会里总是很别扭。但话说回来，”她打了个圆场，“就算他很聪明，我也不会知道。”

阿切尔不喜欢她用“聪明”这个词，就像他不喜欢她用“普通”这个词一样。但他开始对自己老是惦记他不喜欢她的地方感到害怕。毕竟，她的观点从来都是一样的。这是他成长过程中身边众人的观点，他一直认为这种观点必不可少却又微不足道。直到几个月前，他还从不认识任何对生活有不同见解的“好”女人，如果一个男人结了婚的话，那他一定是与好人为伍。

“啊——那我就不邀请他来吃饭了！”他笑着做出结论，梅困惑地回应：“天啊——邀请那位卡弗莱家的教师？”

“唔，如果你不喜欢的话，我就不和卡弗莱家同一天邀请他了。但我的确还想跟他再谈一次，他希望在纽约找工作。”

她越来越冷漠，也越来越惊奇：他几乎觉得她怀疑阿切尔沾染了“外国风气”。

“在纽约找工作？什么样的工作？人们不请法国教师，他想做什么呢？”

“我想主要是享受精彩的谈话。”她丈夫倔强地反驳。她放声大笑表示赞赏：“噢，纽兰德，多好笑！那可真是法国人的作风，不是吗？”

总体而言，她对丈夫邀请里维埃先生一事的并不重视让他很高兴事情得以这样解决。倘若再进行一次餐后谈话，他便难以回避纽约的话题了。阿切尔越细想，越是没办法将里维埃先生融入到他所知的任意一个纽约场景当中。

想到将来他的许多问题都会这样被否决，他便感到一阵寒意。但他付过马车费后跟在妻子的长裙摆后走进房中，用“婚后的六个月总是最困难的”这种老掉牙的说法安慰自己。他想：“也许在那之后我们便几乎磨平了彼此的棱角。”但最糟糕的是，梅的压力已经开始逐渐影响那些他最想保留的尖锐棱角了。

第21章

颜色鲜艳的小草坪平缓地伸向明亮的大海。

草坪的边上种着深红色的天竺葵和锦紫苏，铸铁花瓶被涂成巧克力色，间隔着竖立在通往海边的蜿蜒小道上，矮牵牛花和盾叶天竺葵花环从花瓶里伸出来，向仔细耙过的碎石路面低垂。

在悬崖与方正的木质房子之间（房子也是巧克力色，但露台的锡屋顶刷着黄棕相间的条纹，作为遮阳篷），两个大靶子放在灌木丛前。草坪的另一端，面向靶子拉起了一个真正的帐篷，四周放着长椅和花园椅。穿着夏装的女士和身穿灰色双排扣长礼服、头戴高礼帽的男士要么站在草坪上，要么坐在长椅上。不时有穿着浆过的棉纱衣服的修长少女从帐篷里走出，手中拿着弓，她们将箭射向靶子，观众则停下谈话观看结果。

纽兰德·阿切尔站在房子的露台上，好奇地看着下面的场景。明晃晃的刷漆台阶两侧各有一个架在明亮的黄色瓷器架上的蓝色陶瓷大花盆，每个花盆里都栽着一株长刺的绿植。露台下方种着一宽列的蓝色绣球花，周边以更多的红色天竺葵点缀。在他身后是他刚刚走出的会客厅法式落地窗。从摇曳的蕾丝窗帘往里一瞥便是铿亮的镶木地板，地板上零星摆放着印花棉布椅垫、矮扶手椅和铺着丝绒的桌子，桌上堆满了以银器盛装的松糕。

纽波特射箭俱乐部总是在博福特家举行八月聚会。除了槌球外，这项运动向来没有碰到什么对手，现在却因人们喜爱草地网球而被逐渐冷落，但后者仍被认为过于粗莽不雅，不适合社交场合。射箭作为一个展示漂亮衣裳和优雅姿态的机会，依然稳守阵地。

阿切尔惊奇地看着底下熟悉的景象。他愕然发现虽然自己对生活的反应已完全改变，可生活依然如常。是纽波特第一次让他意识到这种改变有多大。去年冬天，当他和梅在纽约那栋带弓形窗和庞贝式前厅的黄绿色新房中安家时，他如释重负地重新开始事务所的例行工作，日常活动的恢复将他与过去的自己联系起来。此外，他还很激动能为梅的马车选择一匹醒目的灰马（马车是韦兰夫妇送的）。他也一直兴致勃勃、全神贯注地布置他的新书房，并且不顾家人的怀疑和反对，落实了自己的想法：深色的压花纸，伊斯特莱克书柜以及“如假包换”的扶手椅和桌子。在世纪俱乐部里他又见到了温赛特，还在纽约人俱乐部[31]里见到了与他一个圈子的时髦年轻人。他长时间潜心钻研法律，不时外出就餐，或在家中宴请宾友，偶尔在晚上观赏歌剧和话剧，他的生活看起来依然十分现实，循规蹈矩。

但纽波特代表着从工作逃离到一种浓厚的度假气氛中。阿切尔想说服梅在缅因州海岸远处的一座孤岛（岛屿十分恰当地被取名为“荒山”）上避暑，岛上有几个勇敢的波士顿人和费城人在“原始”的小屋中扎营，传来消息说那里有醉人的美景，还有树林和水中的狩猎者般的野外生活。

但韦兰夫妇一向只到纽波特去，他们拥有悬崖边的其中一间方正的房子，他们的女婿想不出好理由来解释为什么他和梅不加入他们的行列。韦兰夫人相当尖刻地指出，如果梅不能穿夏装的话，那她在巴黎辛辛苦苦试这些衣服便相当不值了。对于这种争论，阿切尔一时还不知如何反驳。

梅自己也不能理解他为何莫名其妙地不愿以这种合理、愉快的方式度过夏天。她提醒说，他单身的时候一直很喜欢纽波特。他无法辩驳，只得承认既然他们能出双入对，他一定比以往更喜欢这个地方。但当站在博福特家露台上看着熙熙攘攘的草坪时，他却不寒而栗地意识到自己不会喜欢这个地方了。

这不是梅的错，那个亲爱的小可怜。如果他们在旅行中偶尔不合拍，那么当他们回到她熟悉的环境中时便会恢复和谐。他早就预料到她不会令他失望，而他每次都是对的。他之所以结婚（和大部分小伙子一样），是因为他在一连串漫无目的、多愁善感的冒险都过早以厌恶告终时，遇见了一个完美无瑕的迷人女孩，她代表着和平、稳定、情谊，和一份无法逃脱的责任所带来的坚定。

他说不上做这个选择是不是因为误会，因为她满足了他的一切预期。毫无疑问，能成为纽约一个漂亮、受欢迎的已婚少妇的丈夫让他深感满意，更何况她还是一位脾气好、讲道理的妻子。阿切尔向来不会对这些长处无动于衷。至于婚礼前夕发生在他身上的那段短暂的疯狂，他不断告诫自己说那只是他业已放弃的最后一个试验罢了。他几乎无法想象自己曾在清醒时幻想迎娶奥兰斯卡伯爵夫人。在他的记忆中，她只是众多鬼魂中最哀伤、最悲惨的那一个。

但所有这些空想和忘却让他的头脑空荡荡地响着回音。他想，就是因为这样，他才会惊觉博福特家草坪上热闹而活泼的人们看起来就像墓地里玩耍的孩子一样。

他听见身边传来裙子摩挲的声音，曼森侯爵夫人从会客厅的落地窗里翩跹走出。她一如既往地打扮得花枝招展、俗艳非常，一顶软趴趴的麦秆帽以许多条褪色的纱布固定在头上，一把带雕花象牙手柄的黑色丝绒小阳伞可笑地靠在她那比伞大得多的帽檐上。

“亲爱的纽兰德，我都不知道你和梅已经到了！你说你是昨天才来的？啊，公务——公务——工作职责……我明白。我知道许多丈夫觉得除了周末以外不可能到这里来陪妻子。”她把头歪向一边，眯着眼睛无精打采地看着他，“但婚姻是一个漫长的牺牲，我过去经常这样提醒我的埃伦——”

阿切尔的心奇怪地一抽，停止了跳动，这曾经发生过一次，仿佛猛地关上了他通往外部世界的大门。但这个暂停一定很短暂，因为他马上听见梅多拉回答显然是他打起精神来提的问题。

“不，我不在这里住，我和布伦科尔一家住在一起，在他们朴茨茅斯那所温馨又僻静的房子里。博福特很好，今天早上派了他有名的快马来接我，好让我能看一眼里贾纳的花园派对，但今晚我要回归乡村生活了。布伦科尔一家真是独具一格，他们租下了朴茨茅斯的一座原始的老农舍，邀请了各家各户的代表前来……”她躲在帽檐的保护下微微低头，脸色微红继续说，“这周阿加顿·卡弗博士会在那里举行一系列的‘内心思绪’会议。与这个享受俗世消遣的欢乐场面相比，的确反差很大——但话说回来，我一向靠反差为生！对我来说唯一的死亡就是一成不变。我总对埃伦说，当心单调，那是七宗罪之母。但我那可怜的孩子正处于一个对世界欢欣雀跃却又深恶痛绝的阶段。我想你知道吧，她拒绝了所有让她到纽波特的邀请，即使和她祖母明戈特夫人一起也不愿意？我差点儿说服不了她陪我到布伦科尔家去，你能相信吗！她所过的生活是病态的、不自然的。啊，要是她在事情仍有转机的时候听我说该有多好……那时候大门还敞开着……我们下去观看这场激动人心的比赛如何？我听说你的梅是参赛者之一。”

博福特从帐篷出来，穿过草坪向他们信步走来，他高大壮实，穿着一件伦敦双排扣长礼服，扣子绷得紧紧的，纽扣眼中插着一朵他自家的兰花。阿切尔已经两三个月没有见过他了，对他外貌的变化感到惊讶。在夏日炎热的阳光里，他红润的脸看起来笨重、浮肿，如果不是昂首挺胸地走路，他看起来就像一个营养过剩、衣着浮夸的老头。

关于博福特的各种谣言传得纷纷扬扬。他在春天时乘坐他那艘新的轮船到西印度群岛开始漫长的航行，有人称在好几个他靠岸的地方看见一位貌似范妮·林小姐的女士陪伴着他。轮船是在克莱德河上建造的，装有铺着瓷砖的卫生间和其他闻所未闻的奢侈品，据说花了他五十万元。他回来后送给妻子的珍珠项链就跟赎罪的祭品一样精贵华美。博福特腰缠万贯，经得起这种挥霍，然而令人不安的谣言没有停息，不只传到了第五大道上，在华尔街也是如此。有人说他在铁路上投机失败，也有人说他被她这一行最贪得无厌的成员榨得血本无归。对每一篇称他几乎破产的报道，博福特都以一笔新的挥霍回应：建造一行新的兰花温室，购买一批新的赛马，或在他的画廊中添置一幅新的梅索尼埃或卡巴内尔画作。

他朝侯爵夫人和纽兰德走去，脸上如常挂着一丝轻蔑的微笑："你好，梅多拉！那些快马跑得可还行？四十分钟啊？……唔，还不算太差，毕竟不能让你提心吊胆。"他与阿切尔握手后和他们一起往回走，他走在曼森夫人的另一边，低声说了几句他们的同伴没有听见的话。

侯爵夫人用她特有的异国方式抽搐了一下，用法语说："你想怎么样？"博福特眉毛皱得更厉害了，但他扫了一眼阿切尔，摆出一个极似祝贺的笑容说："你知道，梅会捧走第一名的。"

“啊，那第一名还是留在家族中了。”梅多拉声音洪亮地说。此时他们来到帐篷前，博福特夫人迎接了他们，她穿着少女般淡紫色棉纱裙和飘逸的面纱。

梅·韦兰正好走出帐篷。她穿着白色衣裙，腰上系着浅绿色丝带，帽子上还别着一圈常春藤。和订婚当晚走进博福特家宴会厅一样，她身上有一种狄安娜般的疏离感。此时，她的眼中似乎没有闪过任何思绪，内心也没有一丝情感，虽然她丈夫知道她有这两种能力，却仍再一次为这些经历逐渐消失而惊讶不已。

她手里拿着弓和箭，走到草皮上的粉笔记号上站好，将弓举至肩高，瞄准目标。她出场的姿态充满了古典的优雅，引得人们纷纷低声赞叹。阿切尔感受到对她的占有带来的兴奋，这种兴奋经常哄骗他获得片刻安宁。她的对手——雷吉·奇弗斯夫人，梅里家的女孩们，还有几位脸色红润的索利家、达戈内特家以及明戈特家的女士，优美而急切地围拢在她身后，她们披着棕发和金发，低头查看记分牌，淡色的棉纱裙和系着花圈的帽子交织成一道柔和的彩虹。所有女孩都年轻漂亮，沐浴在灿烂的夏日中，但没有人有他妻子那股仙女般的自如，她绷紧肌肉，高兴地眉头一皱，全神贯注地发力。

“啧啧，”阿切尔听见劳伦斯·莱弗茨说，“那群人里没有一个能像她这般拉弓。”博福特反驳道：“没错，但这也是她这辈子唯一能击中的目标了。”

阿切尔出离愤怒了。男主人对梅的“好”的轻蔑夸赞正是一个丈夫希望听见的，一个思想粗俗的人认为她缺乏吸引力恰恰证明了她品性纯洁。然而那句话让他的心头轻微颤抖了一下。万一这种极致的“好”只是一种虚无，是挡在一片空白前面的那层窗帘呢？

看着梅正中靶心后红着脸平静地回到原地，他感到自己从来没有拉开过那块窗帘。

她淡淡地接受对手和在场观众的祝贺，这是她最出众的优点。没有人会对她的胜利感到嫉妒，因为她给人一种即使打偏靶心她也会一样平静的感觉。但当她看见丈夫时，她的脸上和他一样洋溢着快乐。

韦兰夫人的篮状马车正等着他们，他们便在一堆向各个方向离开的马车中出发了，梅握着缰绳，阿切尔坐在她身边。

午后的阳光依然流连在明亮的草坪和灌木丛上，贝尔维尤大街上来往着维多利亚马车、轻便双人马车、四轮马车和双人对坐马车，要么载着精心打扮的女士和绅士离开博福特的花园派对，要么结束每天下午沿着滨海大道的兜风归家。

“我们去看看外婆好吗？”梅忽然提议，“我想亲口告诉她我赢了奖。晚餐前还有很多时间。”

阿切尔勉强同意了，她驾着小马转向纳拉甘西特大道，穿过斯普林街，驶向远处嶙峋的荒野。在这个毫不起眼的地方，漠视先例、节俭成性的凯瑟琳大帝年轻时在一小块俯视海湾的便宜土地上建造了一座尖顶众多、横梁交错的乡间宅邸。在密密麻麻的低矮橡树之中，它的几个露台向外伸展至布满岛礁的水面上。车道在铁制的雄鹿和镶嵌着蓝色玻璃球的天竺葵花丛中蜿蜒而上，来到一扇抛光胡桃木大门前，大门的上方是一个条纹露台，门后是窄长的门厅，铺着黑色和黄色的星纹镶木地板，还分布着四间方正的小房间，天花板下的墙上贴着厚绒纸，一位意大利粉刷匠在天花板上画满了奥林匹斯山的众神。明戈特夫人日益为肥胖所累时，将其中一个房间改造为卧室，她则在隔壁的房间度日，安坐在大开的房门和窗户之间的大扶手椅上，永远摇着一把棕榈叶扇子，她挺起的宽厚胸脯将扇子与身体其他部位远远隔开，扇动的空气只能吹动椅子扶手罩上的流苏。

由于她出手加快了阿切尔的婚礼，老凯瑟琳向他展现出一种施惠者向受惠者表现的热忱。她被说服了，相信他是出于无法抑制的爱慕才会焦急万分。作为一位对冲动大加赞赏的人（只要这种冲动不花钱），她与他见面时总是像同谋一样眨眨眼，做出调皮的暗示，幸运的是梅对此并不察觉。

她兴致勃勃地对赛后别在梅胸前的镶钻箭头研究鉴赏一番，又说在她那个年代，一个金银丝胸针就足够了。但不可否认，博福特办事十分出彩。

“真是一件传家宝啊，亲爱的，”老夫人咯咯笑着，“你一定要留给你的大女儿。”她捏了一下梅白皙的手臂，看着她脸色变得绯红。“好了，好了，我说什么了让你亮起红旗？难道不会有女儿吗——只有儿子，哎？好家伙，看看她脸红成什么样子了！怎么——我这也不能说吗？饶了我吧——当我的孩子恳求我请人在天花板上画这些神灵的时候，我总说很感谢身边终于有一些什么都不怕的人了！”

阿切尔放声大笑，梅也笑了起来，脸越发红了。

老祖宗继续说：“好吧，亲爱的，现在一五一十地跟我说说那个派对，我永远不可能从那个笨蛋梅多拉口中听到一句实话。”梅大叫：“梅多拉？我以为她要回朴茨茅斯去呢？”老祖宗则平静地回答：“是的——但她要先来这里接上埃伦。啊——你不知道埃伦今天来陪我了吗？说什么她不来过夏天，真是胡说八道，但我五十年前就放弃跟年轻人争论了。埃伦——埃伦！”她扯着尖细嘶哑的声音喊着，身子努力向前靠，好看见露台外的草坪。

没有人应答，明戈特夫人不耐烦地用拐杖敲打着光亮的地板。一个头戴亮色头巾的混血女仆应声而来，告诉女主人她看见"埃伦小姐"顺着小道走到海边，明戈特夫人转向阿切尔。

"好外孙女婿，跑去叫她回来。现在让这位漂亮的小姐跟我说说派对。"她说，阿切尔半梦半醒地站起来。

自从一年半前他们最后一次会面以来，他经常听见奥兰斯卡伯爵夫人的名字，甚至十分清楚她在这段期间发生的重要事情。他知道她去年夏天在纽波特度过，貌似参加了许多社交活动，但秋天时她忽然将博福特千辛万苦替她物色的"完美的房子"转租出去，决定到华盛顿定居。冬天时，他听说她在那里（人们总能听到华盛顿的漂亮女士的消息）"优秀的外交圈"中大放异彩，这个圈子旨在弥补政府的社交短处。他不带情感地听着这些叙述，听着各种关于她外表、谈话、观点和择友的互相矛盾的传言，就像听人们缅怀某个早已逝去的人。直到梅多拉在射箭比赛上忽然提起她的名字，埃伦·奥兰斯卡才重新成为了活生生的人。侯爵夫人的胡言乱语让他想起了那个生着火的会客厅和在空旷大街上驶回家的马车声。他想起了曾经读过的一则故事：塔斯卡纳几个农民的孩子在路边洞穴里点燃了一把禾草，画有图画的坟墓中现出了古老而沉默的人影……

到海边的路从房子所在的海堤向下伸展到铺在水面上、栽着杨柳的人行道。透过柳枝，阿切尔看见闪闪发光的石灰石灯塔、它粉刷过的角楼和英勇的守塔人艾达·刘易斯在她深受尊敬的晚年时居住的小房子。再远一点是山羊岛的平滩和丑陋的政府烟囱，海湾闪耀着金光一路北延至栽着矮橡树的普鲁登斯岛，科纳尼卡特岛的海岸在日落的薄暮中若隐若现。

柳道上伸出一个简陋的木码头，码头的尽头是一个宝塔似的凉亭，里面有一位女士背向海岸倚靠围栏站着。看到这个情景，阿切尔停下脚步，仿佛从睡梦中醒来一样。那个来自过去的幻影只是一场梦，海堤上那所房子中等待着他的才是现实：那是韦兰夫人的马车在门前沿着椭圆的轨迹绕着圈，是坐在恬不知耻的奥林匹克众神下面的梅因内心的希望而喜形于色，是贝尔维尤大街尽头的韦兰家别墅，已为晚餐穿戴整齐的韦兰先生在会客厅中来回踱步，手中拿着怀表，因不耐烦而面带愠色——在这些房子中人们永远知道哪个钟点要做什么事。

“我是谁？是一个女婿——”阿切尔想。

码头尽头的人影没有动。年轻人久久地站在海堤与海岸之间，凝视着来往的帆船、游船、渔船和吵闹的拖船拉拽的黑色煤驳船在海湾中划出一道道波痕。凉亭中的女士似乎也被这道景色吸引了。在亚当斯堡灰色的堡垒远处，拉长的落日裂成无数道火焰，光辉沾染了一艘从灯塔与海岸之间驶出的独桅帆船。阿切尔看着景色，想起了《浪子》的那一幕：蒙塔古拾起艾达·戴斯的丝带亲吻，她却不知他就在房中。

他忖度：“她不知道——她没有猜到。如果她从我身后走近，我会知道吗？”然后，忽然自言自语道：“如果那艘帆船经过灯塔她还不转身，我就回去。”

小船行驶在正退潮的海面上，驶过了灯塔，挡住了艾达·刘易斯的小房子，然后经过挂着灯的角楼。阿切尔一直等待，直到岛屿的最后一片礁石与船尾之间露出一大片水面，水上闪着波光，凉亭里的身影依然伫立。

他转过身，往山上走去。

“可惜你没有找到埃伦——我真想再见到她，”他们在暮色中驾车回家时梅说道，“但也许她不会在意——她好像变了许多。”

“变了？”她的丈夫不动声色地回应，眼睛盯着小马抽动的耳朵。

“我的意思是她对朋友很冷淡，放弃了纽约和她的房子，还与那么奇怪的人来往。她在布伦科尔家一定非常不舒服！她说这样做是为了不让梅多拉捣蛋，阻止她跟可怕的人结婚。但我有时候觉得她一直认为我们很无聊。”

阿切尔没有回答，她继续以一种他从未在她直率伶俐的声音中听到过的冷酷说:“不管怎样，我想她与丈夫一起是不是会更快乐。”

他放声大笑：“真天真啊！”他以拉丁语高声说，她扭头一脸不解地皱眉看着他，他又说:“我从来没有听你说过如此残酷的话。”

“残酷？”

“对，据说看被诅咒的人扭曲变形是天使最热衷的消遣，但我相信即使他们也不会觉得人下了地狱会更快乐。”

“那只能可惜她嫁到国外了。”梅说话时语调平静，就像她母亲面对异想天开的韦兰先生那样，阿切尔感到自己已被降格为一位无理取闹的丈夫。

他们顺着贝尔维尤大街一路驶去，从装有铸铁街灯的削角木门柱之间拐弯，这标志着韦兰家的别墅就在眼前。窗内已亮起了灯，马车停下时，阿切尔瞥见岳父和他想象的一样在会客厅踱步，手里拿着怀表，脸上表情痛苦——他早就发现这招比发火更有效。

年轻人跟着妻子走进门厅，感到情绪奇妙地扭转过来。韦兰家奢侈豪华，气氛紧张，充满了遵循各种苛刻规矩的细微痕迹，这种氛围总像毒药一样潜入他的神经。厚重的地毯，机警的仆人，一直规矩地滴答作响提醒时间的时钟，门厅桌上永远堆放着新的卡片和邀请函，不容有错的琐事像链条一样串起了每一小时和家中每一个人，让任何缺乏条理、不够豪华的存在显得虚妄、危险。但此刻，真正变得虚假、无关的是韦兰家的房子和他即将在此度过的生活，而海岸边那短暂的一幕——他站在海堤的半路踌躇不定——就像血管里的血液一样与他相近。

在铺着印花棉布的大卧室里，他躺在梅的身边一夜无眠，看着月光斜照在地毯上，想象埃伦·奥兰斯卡坐在博福特快马疾驰的车上，穿过闪闪发光的沙滩驶向家中。

第 22 章

“为布伦科尔一家举办派对——布伦科尔一家？”

韦兰先生放下刀叉，焦虑且难以置信地看着午餐桌对面的妻子，她调整了一下金边眼镜，像表演高雅喜剧一样大声读道：“埃默森·西勒顿教授及夫人邀请韦兰先生及夫人于八月二十五日三时整莅临‘周三下午俱乐部’，与布伦科尔夫人及诸位布伦科尔小姐见面。红山墙，凯瑟琳街。请回复。”

“老天爷——”韦兰先生惊呼，仿佛要再读一遍才能明白这件事有多荒唐。

“可怜的艾米·西勒顿——你永远不知道她丈夫下一步会做什么，”韦兰夫人叹气说，“我想他是刚认识布伦科尔一家。”

埃默森·西勒顿教授是纽波特社交界的一根荆棘，而且还是一根除不掉的荆棘，因为它长在一个值得尊敬和受到尊重的家族中。正如人们所说的那样，他是一个有着“一切优势”的人。他父亲是西勒顿·杰克森的叔叔，母亲来自波士顿的彭尼洛家族，两边家庭都有钱有势，门当户对。韦兰夫人常说，没有任何事情迫使埃默森·西勒顿成为一名考古学家或一位教授，或在冬天时住在纽波特，或做任何革命性的事情。但如果他要摒弃传统，公然愚弄上流社会，他至少不必与可怜的艾米·达戈内特结婚，她本有权期盼过上“不一样的生活”，还有足够的钱拥有一辆自己的马车。

明戈特家族里没有人能理解为什么艾米·西勒顿对丈夫的怪癖听之任之，他往家中请来一帮长发男人和短发女人，旅行时还带她探索尤卡坦[32]的坟墓而不是去巴黎或者意大利。但他们就是这样按自己的方式生活，全然不觉自己与其他人有什么不同。当他们举办那沉闷的年度花园派对时，由于西勒顿-彭尼洛-达戈内特的家族关系，崖区[33]的每个家庭都不得不抽签推选一位不情不愿的代表出席。

“他们没有选在杯赛的那天，”韦兰夫人说，“可真是神奇！你记得吗，两年前他们在茱莉娅·明戈特的茶舞会[34]那天为一个黑人举办了派对？幸好据我所知，这一次并没有什么活动正在举行——因为我们有些人一定是要去的。”

韦兰先生紧张地叹了一口气：“‘我们有些人’，亲爱的——还不止一个人？三点钟真是一个奇怪的时间。我三点半要回来滴药水：如果不能规律地用药，那尝试本库姆的新疗法就毫无用处了。但如果我之后再加入你，又肯定会错过马车。”想到这里，他再次放下刀叉，布满皱纹的脸上露出一丝焦虑。

“你根本不用去，亲爱的，”他的妻子以一种已经成为本能的欢快回答道，“我要到贝尔维尤大街的另一端送一些卡片，三点半左右顺道过去逗留一下，好让可怜的艾米感到自己没有被怠慢，”她犹豫地看了一眼女儿，“如果那天下午纽兰德有安排的话，或许梅能驾小马送你去，试一试它们黄褐色的新马具。”

韦兰家有一个原则，按韦兰夫人的话说，一个人的每一天、每一小时都应“有所安排”。被迫“打发时间”（尤其对那些不喜欢惠斯特牌和单人纸牌的人来说）这个颓废的可能性让韦兰夫人十分苦恼，就像失业者让慈善家担忧一样。她还有一个原则，那就是父母永远不该（至少不该公然地）干涉已婚子女的计划。她既要尊重梅的独立，又要考虑韦兰先生的紧急需求，两者的平衡只能通过巧思妙计解决，因此韦兰夫人没有一秒钟的空当。

“我当然可以驾车送爸爸去——纽兰德肯定能找到事做。”梅说，温柔地提醒丈夫他已久未回应。韦兰夫人经常对女婿安排日程时缺乏远见感到焦躁。阿切尔在她家中那两周，当她询问他打算如何度过下午时，阿切尔经常自相矛盾地回答：“噢，我想换换花样，什么都不干——”有一次，当她和梅必须出门进行一轮延误已久的下午拜访时，阿切尔坦承他一整个下午都躺在沙滩上房子旁的大石头下。

“纽兰德似乎从不计划未来。”有一次韦兰夫人试着向女儿抱怨，梅平静地回答：“是的，但其实不要紧，因为无事可干时他会看书。”

“啊，是的——就像他父亲一样！”韦兰夫人同意，仿佛原谅了这个遗传的怪癖。在此之后，纽兰德无所事事的话题便被心照不宣地放下了。

然而，随着西勒顿家的邀约临近，梅开始自然而然地关心起他的事来，还提议在奇弗斯家进行网球比赛，或者借用朱利叶斯·博福特的小艇出航，作为她对他短暂抛弃的弥补。“我会在六点回来，亲爱的，你知道爸爸从不在六点之后出门——”直到阿切尔说他打算租一辆轻便马车，驾车到岛北的马场为她的马车再物色一匹马时，她才放下心来。他们已经物色好一段时间了，因此这个建议十分妥当，梅看了一眼母亲，仿佛在说：“你瞧，他和我们一样知道如何计划时间。”

到马场挑选拉车的马匹这个主意在埃默森·西勒顿邀请被提及

的那天便在阿切尔脑中萌生了。但他没有声张，仿佛这个计划见不得光，一经发现便可能无法实行。但为了以防万一，他提前租了一辆轻便马车和两匹仍能在平地上走十八英里的马车行老马。两点时，他匆匆离开午餐桌，跳上小马车出发了。

天气非常好。北边吹来的清风推送着小朵的白云飘过天青色的晴空，明亮的大海在天底下流淌。这个钟点的贝尔维尤大街空无一人，在米尔街的街角放下马夫后，阿切尔拐进老海滩路，穿过伊斯门海滩。

他感到一种说不上来的兴奋，就像以前经常利用学校的半日假到陌生的地方去一样。他轻快地驾着马，打算在三点前到达离天堂石不远的马场。这样，在看过马后（如果看起来不错还会试骑一下），他还有宝贵的四个小时可以支配。

一听闻西勒顿夫妇举行派对，阿切尔便暗想曼森侯爵夫人一定会与布伦科尔一家一起到纽波特，奥兰斯卡夫人可能再次借机陪伴祖母。无论如何，布伦科尔家可能会空出来，他便得以满足对它淡淡的好奇而又不致过于轻率。他不确定自己想再次见到奥兰斯卡伯爵夫人，但自从在海边小道上看见她之后，他便不知为何冲动地想看看她住的地方，像那天看着凉亭里的她那样想象她的举手投足。这种渴望日夜缠绕着他，这是一种无法言喻的不止息的渴求，像一个病人忽然想尝尝曾经吃过但早已忘记味道的食物和饮料一样。他不知道除了渴望他还有什么，也不知道这会带来什么，因为他并不希望与奥兰斯卡夫人交谈或听见她的声音。他只是感觉，如果他能记住她走过的那片土地和包围着它的那片天与海，也许余下的世界便不会显得这么空洞。

到达马场后，他只扫了一眼便知道那匹马不合心意，但他依然从它身后绕了一圈证明他并不着急。但一到三点钟，他便甩开马缰，拐进通往朴茨茅斯的侧路。风势减弱了，地平线上升起一层薄雾，预示着浓雾将随着涨潮悄悄笼罩在萨康尼特河上，但他四周的田野树林仍浸润在金光之中。

他驶过果园里的灰瓦农房，驶过禾田和橡树林，驶过白色尖屋顶穿透暮色的村庄。在停下来向田中劳作的人问路后，他终于拐入两边长着高高的秋麒麟草和黑刺莓的小道。道路的尽头闪着河流蓝色的波光，在左边茂密的橡树和枫树林前，他看见一座破败的长形房屋，护墙板上白漆脱落。

面向大门的路旁有一间开放棚屋，那名新英格兰人在里面存放农具，访客则在这里“拴好”他们的“牲口”。阿切尔跳下马车，将马匹牵进棚屋在柱子上绑好，转身向屋子走去。门前的草坪重新沦为干草地，但屋子的左边有一处长满了大丽花和赭色玫瑰丛的小花园，园中幽灵似的格栅凉亭曾经是白色的，亭子顶部的木制丘比特丢掉了他的弓和箭，却依旧漫无目的地瞄准。

阿切尔靠着大门站了一会儿。眼下无人，开着窗的房子里也没有声音：屋门前打着盹的棕色纽芬兰犬就像无箭在手的丘比特一样是个没用的守卫。吵吵闹闹的布伦科尔一家居然住在这么一个寂静颓败的地方可真是奇怪，但阿切尔很肯定自己没有弄错。

他在那里站了很久，满足地饱览着景色，渐渐也变得昏昏欲睡起来，但他最终想起时间在流逝，于是打起精神。他应该好好看看房子后就驾车离去吗？他犹豫不决地站着，忽然想看看屋子里面，好知道奥兰斯卡夫人曾待过的房间是什么样的。没有什么阻止他走到门前按响门铃，如果她和他想象的那样跟其他人一起出门了，他满可以自报姓名，并要求到客厅中写下留言。

但相反，他穿过草坪走向小花园。踏进花园时，他看见凉亭里有什么颜色鲜艳的东西，并马上认出是一把粉色的阳伞。阳伞像磁铁一样吸引着他：他确信那是她的。他走进凉亭，坐在摇摇欲坠的座椅上，拿起丝质的阳伞端详它的雕刻手柄。手柄以稀有的木材制成，散发出一阵香气。阿切尔将手柄放到唇边。

他听见花园旁裙子摩挲的声音，坐着一动不动，倚靠着伞的双手紧紧握着，他没有抬头，任由声音越走越近。他早就知道这注定会发生……

“噢，阿切尔先生！”一个年轻的声音大声叫道。他抬头看见眼前站着布伦科尔家年纪最小却最高大的女儿，她的金发乱蓬蓬的，身上的棉纱裙沾满泥污。她一边脸上的红印子仿佛表明刚刚压在枕头上，惺忪的睡眼热情却又困惑地看着他。

“天啊——你从哪里来的？我一定是在吊床上睡熟了。大家都去纽波特了。你按铃了吗？”她前言不搭后语地问道。

阿切尔比她更困惑：“我——没有——我正准备按。我要到岛北来看马，然后驾车到这里看看能否见到布伦科尔夫人和你们的客人。但房子里好像没人——所以我坐下来等了。”

布伦科尔小姐摆脱了睡意，越发感兴趣地看着他。“房子里是没人。母亲不在这里，侯爵夫人也不在——所有人都不在，除了我，”她的目光有点怪责她们的意思，“你不知道西勒顿教授和夫人今天下午为母亲和我们所有人举行花园派对吗？我不能去真是太不走运了，但我嗓子疼，母亲担心晚上回家的路程对我不好。还有什么让人更沮丧的事吗？”她又雀跃地说：“当然了，如果知道你要来的话，我可一点都不在意。”

她的谄媚显然十分笨拙，阿切尔鼓起勇气打断她：“但奥兰斯卡夫人——她也去纽波特了吗？”

布伦科尔小姐诧异地看着他：“奥兰斯卡夫人——你不知道她被叫走了吗？”

“叫走了？——”

“噢，我最爱的阳伞！我把它借给那个笨蛋凯蒂了，因为它很配她的丝带，那个大意的家伙一定把伞落在这里了。我们布伦科尔家的人都是这样……真正的波西米亚人！”她那有力的手拿过阳伞，撑开粉嫩的圆顶罩在头上。“是的，埃伦昨天被叫走了——你知道她让我们叫她埃伦吗。有一封电报从波士顿寄来，她说可能要离开两天。我真喜欢她的发式，你呢？”布伦科尔小姐喋喋不休地说着。

阿切尔一直盯着她，仿佛她是透明的一样。他的眼中只能看见她咯咯笑的头顶那把中看不中用的粉色阳伞。

过了一会儿，他试着说：“你该不会碰巧知道奥兰斯卡夫人为什么到波士顿去吧？我希望不是收到了什么坏消息？”

布伦科尔小姐听到后乐呵呵地表示她不相信。“噢，我不觉得是这样。她没有告诉我们电报的内容。我想她是不希望侯爵夫人知道。她看起来真浪漫，不是吗？她朗读《杰拉丁女士的求婚》的时候难道没有让你想起司各特·西登斯夫人[35]吗？你从没听她朗读过吗？”

阿切尔忙乱地整理脑中的思绪。他的整个未来似乎忽然展现在眼前，在这个无边无际的空洞里，他看见一个身形越变越小的人，在他身上永远不会发生什么大事。他打量着身边未经修整的花园，破落的房子，还有暮色四合之下的橡树林。这里正像是他会找到奥兰斯卡夫人的地方，而她却在遥远的地方，连那把粉色的阳伞都不是她的……

他皱眉犹豫了一下："我想，你可能不知道——我明天会到波士顿。如果我能见到她——"

布伦科尔小姐虽然笑容依旧，但他感觉到她逐渐兴味索然："噢，当然，你太好了！她会住在帕克酒店，在这种天气里，那里一定很糟糕。"

此后，阿切尔只是断断续续地留心他们的交谈。他只记得自己坚定地拒绝了她的邀请，不会等她的家人回来一起吃完下午茶再走。终于，在女主人的陪伴下，他走出了木制丘比特的射箭范围，解开马匹驾车离开。在小道拐弯时，他看见布伦科尔小姐站在大门处挥舞着那把粉色阳伞。

第 23 章

第二天上午，阿切尔走下福尔里弗号火车，出现在波士顿炎炎的夏日中。车站附近的街道弥漫着啤酒、咖啡和腐烂水果的味道，穿着衬衣的行人在这些气味中穿行，熟络而放纵，就像乘客从过道中走向洗手间一样。

阿切尔找到一辆出租马车，驶到萨默赛特俱乐部吃早餐。这里连时髦的街区也有一种凌乱不堪的感觉，欧洲的城市就算再炎热也不会沦落至此。穿着印花棉布衫的看门人懒洋洋地坐在富人家的台阶上，波士顿公园看起来就像共济会举行野餐之后的游乐场。如果阿切尔要想象埃伦·奥兰斯卡不大可能出现的场景，那他想不出一个比炎热荒芜的波士顿更不适合她的地方了。

他胃口很好，不紧不慢地吃着早餐，先吃了一片蜜瓜，然后一边读晨报一边等他的烤面包和炒蛋。他前一天晚上告诉梅要去波士顿办事，必须坐当晚到福尔里弗的船，第二晚再回纽约，自那时起他便重新感到精神百倍。大家知道他会在周初回城，当他从朴茨茅斯远行回来时，一封事务所来的信鬼使神差地放在门厅桌子的一角，十分显眼，足以解释他为何忽然改变计划。他甚至对整件事情办得轻而易举而感到羞愧：这让他想起了劳伦斯·莱弗茨脱身时的老谋深算，一时感到很不自在。但这并没有困扰他很久，因为他无心细想。

用过早餐后，他抽着烟浏览《商业广告》。他看报的时候，两三个熟人走进门，他们如常问候了几句。虽然他有一种奇怪的感觉，像穿过时空交织的网一样，但上流社会终究还是同一个世界。

他看看手表，发现已是九点半，于是起身走到书房。他在那里写了几行字，吩咐信差坐出租马车到帕克酒店等候回复。然后他坐下来，继续看另一份报纸，同时计算马车到酒店需要多长时间。

“女士出去了，先生。”他忽然听见侍应生在身边说道。他结巴地说：“出去了？——”仿佛那是一门陌生的外语。

他站起来，走到大厅。肯定是弄错了——她不可能在这个钟点出门。他为自己的愚蠢而恼怒——他为什么不一到达就送信呢？

他找到自己的帽子和拐杖，走到街上。这座城市忽然变得陌生、巨大、空旷起来，而他就像一位异邦来的游客。他站在台阶上犹豫了一会儿，然后决定走到帕克酒店。万一信差得到的消息不对，其实她还在那里呢？

他开始穿过波士顿公园。在树下的第一张长椅上，他看见她坐在那里，头上撑着一把灰色的丝绸阳伞——他怎么会觉得她会撑粉色的伞呢？他走上前，被她倦怠的姿态打动了——她坐在那里，百无聊赖似的。他看着她微微颔首的侧脸，深色帽子下的发髻低低地系在颈背，握着阳伞的手上戴着褶皱的长手套。他又往前走了两步，她转过来看着他。

“噢——”她说，他第一次从她脸上看到了吃惊的表情，但下一刻又慢慢变成了惊喜而满足的微笑。

“噢——”她又呢喃着，声调变了。他站着低头看她，她没有起身，在长椅上给他让出一个位置。

“我是来办事的——刚到。”阿切尔解释。不知道什么原因，他忽然开始佯装惊讶地看见她。“你到底在这个荒无人烟的地方做什么？”他完全不知道自己在说些什么——他好像隔着遥远的距离向她呼喊，在他追上她之前她可能再次消失。

“我？噢，我也是来办事的。”她回答，扭头向着他，两个人面对面。他几乎没有听见这句话，他只听到她的声音，并诧异地发现她的话在他脑海中没有留下任何印象。他甚至记不起她声音低沉，发出辅音时略带沙哑。

“你的发型变了。”他说，心跳快得好像说了一句不可挽回的话似的。

“变了？没有——纳斯塔西亚不在身边，我只能做成这样了。”

“纳斯塔西亚，她没有和你一起？”

“没有，我自己来的。只有两天时间犯不着把她带上。”

“你自己——住在帕克酒店？”

她看着他，眼中闪过一丝她惯有的狡猾：“你觉得那里看起来很危险吗？”

“不，不危险——”

“但不合传统？我明白了，大概是吧，”她想了想，“我还没有想过这个问题，因为我刚做了一件更不合传统的事。”她的眼中流露出一丝讥讽：“我刚刚拒绝要回一笔钱——一笔属于我的钱。”

阿切尔猛地站起来后退一两步。她早已收起伞，坐在那里心不在焉地在沙砾上画着图案。他马上又回来站在她面前。

“有人——来这里见你了？”

“是的。”

“给你这个提议？”

她点头。

“而你拒绝了——是因为它的条件？”

“我拒绝了。”她过了一会儿才说。

他重新坐在她身边：“条件是什么？”

“噢，它们并不苛刻，只是时不时和他一起吃饭罢了。”

又是一阵沉默。阿切尔像以前那样猛地一下关上了心门，他坐在那里搜肠刮肚，却无话可说。

“他想让你回去——不惜一切代价？”

“唔——一个很大的代价。至少对我来说是一个大数目。”

他又顿了顿，闪烁其词地说出他感到必须问的问题。

“你来这里是为了要见他吗？”

她定睛看着他，忽而大笑起来。“见他——我丈夫？在这里？这个季节他不是在考兹就是在巴登。”

“他是派人来的？”

“是的。”

“带着信？”

她摇摇头：“没有，只是一个口信。他从不写信。我好像只收到过他一封信。”说到这个，她脸上恢复了气色，阿切尔也跟着脸红起来。

“他为什么从不写信？”

“他为什么要写信？不然他请秘书来做什么？”

年轻人的脸更红了。她说出这个词，就好像它不比她的其他词汇更有意义。他有一刻几乎要问：“那他派了他的秘书吗？”但他依然记得奥兰斯基伯爵给妻子寄的唯一一封信。他又停了一下，再次冒险一试。

“那个人是？——”

“那个信使？那个信使，”奥兰斯卡夫人依然笑着回答，“可能早就走了吧，我也不在乎。但他坚持要等到今晚……以防……可能……”

“所以你来这里考虑那个可能？”

“我来这里透透气，酒店太闷热了。我坐下午的火车回朴茨茅斯。”

他们无言对坐，没有看对方，而是正视前方路上来往的行人。终于，她重新看着他说：“你没有变。”

他很想回答：“我变了，直到我重新见到你。”但相反，他忽然站起来，四下打量这个杂乱而酷热的公园。

“这里太糟糕了。我们何不到海边走走？那里有微风，会凉快一些。我们可以坐轮船到阿利岬。”她抬头看他，有点踌躇，他继续说：“周一早上船上没什么人。我的火车晚上才开，我要回纽约去。我们为什么不这么干？”他低头看着她，十分坚持，脱口而出：“我们不是已经做了一切能做的了吗？”

“噢——”她再次嗫嚅。她站起来，重新撑开伞，四下环顾，似乎在考虑这个环境，然后决定不能继续留在这里。之后，她的目光重新回到他脸上。“你不能对我说那样的话。”她说。

“我可以说任何你爱听的话，或者什么都不说。我不会开口，除非你让我说话。这样会伤害到谁呢？我只是想听你说话而已。”他磕磕巴巴地说。

她拿出一只金色表盘的搪瓷链小表。“噢，别算时间了，”他冲口而出，“陪我一天吧！我想让你离开那个男人。他什么时候来？”

她的脸又红了：“十一点。”

“那你必须马上跟我来。”

“你不用担心——如果我没有去的话。”

“你也不用担心——如果你要来的话。我发誓我只想听你说说近况，知道你都在做些什么。我们已经一个世纪没有见面了——下次见面可能又要等上一个世纪。”

她依然犹疑不决，焦虑地看着他。“我在奶奶家那天，你为什么不下来海边叫我？”她问。

“因为你没有回头看——因为你不知道我在那里。我发誓除非你扭过头来，否则我不会叫你。”他被自己孩子气的坦白逗笑了。

“但我是故意没有回头看的。”

“故意的？”

“我知道你在那里，当你驾车进门时我认出了你的马，于是我走到海边去。”

“好离我越远越好？”

她低声地重复：“好离你越远越好。”

他又爽朗地笑了，这次充满了男孩子的满足。“你看，这是没用的。我索性告诉你吧，”他说，“我来这里办的事就是找到你。听着，我们要出发了，不然会错过我们的船期。”

“我们的船期？”她不解地皱眉，然后露出笑颜，“噢，但我必须先回酒店，我要留一张字条——”

“你留多少字条都可以。你可以在这里写，”他拿出公文包和一支新式钢笔，“我还有一个信封——你瞧，一切都是注定的！拿着——在膝盖上放稳了，我马上就准备好钢笔。它们有点小脾气，等等——”他拿着钢笔的手在长椅背上拍打。“这就像甩温度计里的水银一样，需要技巧。现在试试看——”

她笑了，低头往他在公文包上摊开的纸上书写。阿切尔走开几步，目光炯炯地凝视行人，却又什么都看不见，过路的人也停下脚步，看着这个不寻常的景象：一位衣着时髦的女士坐在波士顿公园的长椅上，在膝盖上写字条。

奥兰斯卡夫人将信纸塞进信封，写上名字，放进口袋后也站了起来。

他们朝灯塔街的方向往回走，快到俱乐部时阿切尔瞥见那辆替他送信到帕克酒店的豪华赫狄克式马车，办完事的车夫正在街角的消防栓旁洗脸。

“我就说一切都是命中注定的吧！你看，来了一辆出租马车！”他们笑了，惊叹居然在这个时段奇迹般地搭上了公共交通工具，而且还是在这个地方，在一个马车站仍然是“外国”新鲜事物的城市里。

阿切尔看着表，发现去轮船码头前还有时间驶到帕克酒店。他们的马车嗒嗒响地走过炎热的街道，停在酒店门前。

阿切尔伸手要拿信。“我来送进去？”他问。但奥兰斯卡夫人摇摇头，跳下车，消失在玻璃门后。虽然时间刚过十点半，但万一等她回复的信使很不耐烦，又不知该如何打发时间，于是坐在阿切尔刚刚瞅见的正在喝冷饮的旅客中间，那该怎么办呢？

他等待着，在那辆赫狄克式马车前来回踱步。一个眉眼很像纳斯塔西亚的西西里年轻人提出替他擦靴子，一位爱尔兰妇女向他兜售桃子。酒店的门不时打开，热不可耐的男人们走出来，头上的稻草帽使劲往脑后推，他们经过阿切尔时都看着他。他惊讶于门如此频繁地开合，走出来的人又是如此的相似，就像这个地方所有炎热的男人一样，此刻正不停地进出各个酒店的旋转门。

此时，忽然出现了一张他无法辨认的脸。这张脸一闪而过，因为阿切尔正走到散步轨迹最远的位置，而就在他转身走向酒店的当口，他在一堆典型的面孔中——疲倦的瘦长脸，惊讶的圆脸，温和的尖下巴脸——看见了这张同时有许多不同特征的脸。这是一张年轻人的脸，很苍白，几乎被热浪、担忧，或两者一起折腾得黯然失神，却又不知为何因此更机敏、活跃、清醒了。或许他只是因为与众不同才会看起来这样。阿切尔依靠微弱的记忆苦苦地思索了一会儿，但随着那张脸消失，他的思路也一下子断掉飘走了——那明显是一张外国生意人的面孔，在这种环境中越发显得有异国情调。他消失在人流中，阿切尔便继续散步。

他并不希望被人看见手拿怀表站在酒店的视野范围内，他没有看表，只靠估算得出结论：奥兰斯卡夫人迟迟不出现，一定是因为她遇见了信使，被他半路拦住了。想到这里，阿切尔从惶恐变成了痛苦。

"如果她再不来我就进去找她。"他说。

门再次打开了，她来到他身边。他们坐进赫狄克式马车，车开以后他拿出怀表，发现她只离开了三分钟而已。去往码头的路上卵石凌乱，他们一路颠簸，松动的窗户咔嗒咔嗒让他们无法交谈。

船上座位没有坐满，他们相傍坐在长椅上，发现彼此间几乎无话可说；或者说，他们因自由和与世隔绝而有幸得以沉默，这种沉默最能表达他们要说的话。

桨轮开始转动了，码头和船只在热浪中逐渐远去，阿切尔觉得他已经习惯的那个熟悉的旧世界也一并远去了。他想问奥兰斯卡夫人是否有同样的感受——一种他们启程远航，可能永无归程的感受。但他不敢问，也害怕说任何话来打破她信任他的这个微妙的平衡。事实上，他并不希望背弃这种信任。他们亲吻的记忆曾日日夜夜烧灼他的嘴唇。甚至前一天驾车到朴茨茅斯的路上，他对她的想念还像火焰般穿透他的身躯。但现在她就在他身边，他们正漂流到未知的世界中，两人似乎形成了一种更深厚的亲密关系，轻轻一碰便可能毁于一旦。

船只离开海港向大海驶去，微风吹拂着他们，海湾里泛着油光的波浪缓缓起伏，然后碎作涟漪，泛起了水沫。城市上空依然笼罩着闷热的雾气，但前方是一个波涛翻滚的新世界，远处海岬上的灯塔沐浴在阳光之中。奥兰斯卡夫人背靠着船的围栏，嘴唇微张，啜饮这清冷的空气。她在帽子上缠了一圈长长的面纱，但没有把脸挡住，阿切尔被她沉静而喜悦的表情打动了。她似乎将他们的冒险看作自然不过的事情，既不害怕意外遇见熟人，也不为他们的可能性感到无端兴奋（这更糟糕）。

他们本希望在旅馆简陋的餐厅里单独相处，却发现一群看起来天真无邪的年轻人在尖声狂欢——旅馆主人告诉他们那是一群来度假的学校教师——想到要在这群人的吵闹声中交谈，阿切尔心里一沉。

“这根本不行——我去要一个私密的房间。”他说，奥兰斯卡夫人没有提出任何反对，在他去找房间时安心等待。他们的房间开门便是一个木质长露台，透过窗户能看见大海。房间简朴、清凉，桌子上铺着一张粗糙的格子布，以一瓶酸黄瓜和一份罩起来的蓝莓派装饰。再没有比这间为情人之间幽会遮风挡雨的小房间更朴实无华的地方了，坐在对面的奥兰斯卡夫人被逗乐了，从她的微笑中，阿切尔仿佛看见她放下心来。一个从丈夫身边逃跑的女人——据说还跟别人私奔了——很可能已经深谙处变不惊之道，但她的沉静中有某种东西让他卸下了嘲讽。她安静自然，波澜不惊，得以撇开传统不顾，让他感觉对希望互叙衷肠的老朋友来说，希望独处是再自然不过的事情了。

第 24 章

他们略有所思地慢慢吃着午餐，时而滔滔不绝，时而一言不发。因为魔咒一旦被打破，他们便有千言万语要说，但短暂的谈话却成为两人长时间无言对白的陪衬。阿切尔对自己的事情避而不谈，他并不是故意为之，只是不希望错过她故事的任何细节。她靠在餐桌上，十指相扣托着下巴，向他诉说一年半前见面以来发生的事情。

她已经厌倦了人们口中的“上流社会”。纽约很友好，热情得近乎压抑。她永远忘不了纽约是如何欢迎她回家的，但在最初的新鲜感消退后，用她的话说，她发现自己“格格不入”，对纽约看重的东西根本毫不在意——所以她决定到华盛顿碰碰运气，在那里她能接触到形形色色的人和观点。总体来说，她也许该在华盛顿安定下来，为可怜的梅多拉置一个家。梅多拉已经耗尽了所有亲戚的耐性，而此时正是她最需要照顾和保护的时刻，以防受到危险婚姻的伤害。

“但卡弗博士——你不怕卡弗博士吗？我听说他一直和你们住在布伦科尔家。”

她笑了：“噢，卡弗的危险已经过去了。卡弗博士是个聪明人。他需要一位富有的妻子资助他的计划，梅多拉只是一则宣传皈依的好广告而已。”

“皈依什么？”

“各种新奇疯狂的社会诡计。但你知道吗，它们比我在我们朋友身上看到的那种盲目遵从的传统——遵从他人的传统——更让我感兴趣。我们发现了美洲，却只把它复制成另一个国家，这样做好像很愚蠢，”她坐在桌子对面微微一笑，“你觉得克里斯托弗·哥伦布千辛万苦就只为和塞尔福里奇·梅里夫妇一起看歌剧吗？”

阿切尔神色变了。“那博福特——你会跟博福特说这些事情吗？”他唐突地问。

“我已经很久没见他了。但我以前会说，他也能明白我。”

“啊，这就是我一直跟你说的，你不喜欢我们。你喜欢博福特，因为他跟我们都不一样。”他打量着这间陋室，看着窗外光秃秃的海滩和海岸上连成一排的纯白色村屋。“我们沉闷得无可救药。我们没有个性，没有颜色，没有变化。——我在想，”他脱口而出，“你为什么不回去？”

她双眼变得深邃起来，他以为她会暴怒地回答，但她只是静静地坐着，仿佛在思考他说的话，他变得害怕起来，害怕她说她也有同样的想法。

过了许久，她终于说：“我想是因为你。”

没有人能比她更平心静气地坦白了，语气丝毫不能激发听者的虚荣心。阿切尔的脸红到了太阳穴，但他不敢动也不敢说话：她的话就像某种稀有的蝴蝶，轻微一动就可能把它吓走，但假如不加打扰可能会引来更多的蝴蝶。

“至少，”她继续说，“是你让我明白，这沉闷的背后有一些如此美好、敏感、精致的东西，连我过去生活中最在意的事物看起来都显得如此廉价。我不知道要怎么解释清楚，”她忧虑地皱起眉头，“但我以前好像一直不明白，要得到这最美好的享乐需要付出多少艰难、卑鄙和低劣的代价。”

他想反驳：“美好的享乐——能拥有就很了不起了！”但她眼中的渴望堵住了他的嘴。

“我希望，”她又说，“能对你——也对我自己完全诚实。我等待这个机会的到来已经很久了——能告诉你，你是怎么帮助了我，让我成为什么样的人——”

阿切尔坐着，蹙眉凝视着她，然后笑着打断她的话：“那你看得出来你让我成为什么样的人了吗？”

她脸色变白了一点：“让你？”

“是的，因为你对我的塑造远比我对你的塑造要多。我是一个因为别人让他这么做而跟一个女人结婚的人。”

她苍白的脸上泛起一阵绯红：“我以为——你答应过——今天不会说这些事的。”

“啊——女人啊！你们没有一个人能看穿一件坏事。”

她降低声音：“这是一件坏事吗——对于梅来说？”

他站在窗前，手指敲打着拉高的窗框，身上每一根神经都感受到她说出表妹名字时深沉的温柔。

“因为这就是我们一直要考虑的问题——不是吗——你自己的表现也说明了这一点。”她坚持说。

“我自己的表现？”他重复她的话，依然眼神空洞地看着大海。

“如果不是的话，”她说，痛苦而专注地继续她的思绪，“如果为保护他人免受幻灭和苦难而放弃、错过一些事是不值得的话——那么我回家来的目的，所有让我过往的生活中因为无人在意而相形见绌的事情——这一切都只是一个骗局，一场梦而已——”

他站在原地转过身来。“那样的话，你就根本没有理由不回去了？”他为她总结。

她绝望地紧紧盯着他不放：“噢，真的没有理由吗？”

“如果你为了我婚姻的成功而孤注一掷的话，是的。我的婚姻，”他残酷地说，“不是一场让你留下来的好戏。”她没有作声，他继续说：“有什么用呢？你让我第一次看见了真实的生活是什么样的，却又让我继续过着虚佞的生活。这不是一个人所能承受的——就是这样。”

“噢，别这么说，我正在承受呢！”她忽然大叫，眼中噙满泪水。

她的双臂垂在桌子旁，她坐在那里，任由阿切尔凝视着她，仿佛在绝望的险境中已不顾一切。她的面容仿佛将她的整个身体暴露无遗，而灵魂躲藏在背后；阿切尔木然站着，因这突如其来的吐露而手足无措。

“你也是——噢，一直以来，你也在承受着？”

作为回答，她任由眼泪夺眶而出，缓缓流下。

他们之间仍隔着半个房间的距离，两个人都没有移动。阿切尔有一种对她视而不见的奇妙感觉：要不是她摊开在桌上的双手吸引了他的目光，他不会意识到她的存在，就像在二十三街的那所小房子里，他注视着她的双手，好不用看她的脸。此刻，他围绕那只手飞快地展开想象，就如漩涡边缘，但他依然没有努力靠近她。他早已了解那种倚靠轻抚又反复轻抚的爱，但这浓于血肉的热烈情感并不是表面的轻抚能满足的。他唯一的恐惧是做出任何会抹掉她话语的声音和印象的东西，他唯一的想法是他再也不会感到孤单了。

但过了一会，一种荒凉、毁灭的感觉将他包围。他们在这里亲密、安全，与世隔绝，却又被捆绑在各自的命运里，仿佛隔着半个世界之遥。

“你还是会回去的——这又有什么用呢？”他大声说，仿佛在向她无助地呼喊：我要怎样才能留住你？

她坐着一动不动，低垂着眼：“噢——我暂时还不走！”

“暂时？那就是总会走的？你已经有计划了？”

听到这句话，她抬起清澈无比的双眼：“我向你保证，只要你坚持，只要我们能像这样彼此坦诚相见，我就不会走。”

他跌坐在椅子上。她回答的真正意思是：“只要你动一根指头，我就会回去，回到那些你知道的可怕中去，回到那些你只猜到一部分的诱惑中去。”他听得明明白白，就像她亲口说出来的一样，这种想法将他紧紧拴在餐桌一侧，动容、虔诚而服帖。

“你的生活可真了不起啊！——”他呻吟。

“噢——只要是你生活的一部分就好。”

“那我的生活也是你的一部分？”

她点头。

“对我们两人来说——这就是全部了？”

“这就是全部，不是吗？”

他猛地站起来，忘记了一切，只记得她甜美的脸庞。她也站起身，并没有要走向他或者逃离他，而是静静地站着，仿佛已经完成了最艰难的任务，剩下的就是等待。她是如此的安静，当阿切尔走近时，她伸出的双手不是要制止而是引导着他。他握住她的手，她伸出的双臂并不僵硬，将他挡得足够远，好让她卸下防备的脸说出未完的话。

他们这样站着可能已经很久了，也可能只有一小会儿，但时间足以让她的沉默表达要说的一切，也足以让他感到只有一件事是要紧的。他不能轻举妄动，唯恐这次见面成为诀别，他必须将他们的未来交给她，只恳求她将它牢牢握在手中。

“不要——不要不开心。”她抽出手，声音颤抖着说。他回答：“你不会回去——你不会回去？”仿佛这是他最不能承受的可能。

“我不会回去。”她说，转过身去打开门，带头走到公共餐厅中。

那群喧闹的教师正收拾东西，准备三三两两地奔向码头，白色的轮船停泊在海滩那端的码头旁，阳光洒在海面上，对岸的波士顿在薄雾中若隐若现。

第 25 章

他们重新上船，在其他人面前，阿切尔感到一种心境的宁静，这既让他惊讶，又鼓舞着他。

按照任何盛行的标准，这一天都可算是个相当可笑的失败。他连奥兰斯卡夫人的手都没能亲吻，也没有得到她承诺以后见面的一句话。然而，作为一个因爱情得不到满足而奄奄一息，且与爱人后会难期的男人，他感到一种近乎耻辱的平静和安慰。在他们对他人忠诚和对彼此坦诚之间，她保持了一种完美的平衡，既让他不安，又让他宁静。她的泪水和支吾足以证明这个平衡没有经过处心积虑，而是她大胆真诚的自然结果。现在危险已经过去了，这让他充满了温柔的敬畏，也让他感激命运：个人的虚荣和在高明的观众面前扮演角色都无法诱惑他去引诱她。即使当他们在福尔里弗车站握手依依惜别时，在他独自转身离开后，他仍然深信从这次会面中所挽救的要多于牺牲的。

他漫步走回俱乐部，独坐在冷清的书房中，脑海中一遍又一遍地回想他们共处那几个小时的分分秒秒。他很清楚，而且在审视之后更加清楚，如果她最终决定回到欧洲——回到她丈夫身边——那不是因为她被过去的生活诱惑，即使加上新的条件也不是。不，她会回去只是因为她感到自己成为了阿切尔的诱惑，诱惑他违背他们共同设立的标准。她会选择留在他附近，只要他不要求她靠得更近。能否安全但隐蔽地将她留在那里，这取决于他。

在火车上，这些思绪依然与他形影不离。他们像一层金色的薄雾将他包裹，在这层薄雾中，身边的面孔看起来遥远又模糊。他有一种感觉，如果他与旅伴交谈，他们不会明白他所说的话。他在翌日早上醒来，心不在焉地发现自己身处纽约闷热的九月里。长长的火车上那些被热浪蔫折的面孔在他眼前掠过，他则继续透过那层朦胧的金色看着他们。但他离开车站时，其中一张面孔离开人群向他走近，闯进了他的意识。他马上想起，这是他前一天看见的从帕克酒店走出的那个年轻人，他当时留意到这个人长相不同寻常，不像是美国酒店里常见的脸孔。

此刻他又有了这种感觉，并再次模糊地想起了往事。年轻人左顾右盼地站着，脸上带着在美国旅行举步维艰的外国人的迷茫。然后，他走向阿切尔，举了举帽子致意，并用英语说："先生，我们在伦敦见过面吧？"

"啊，当然，在伦敦！"阿切尔好奇又同情地紧紧握住他的手，高呼，"你终究还是来了！"难以置信地看着小卡弗莱的法国教师机敏而干瘦的面容。

"噢，我来了——是的。"里维埃先生憔悴地微笑着说。"但不会久留，我后天就回去。"他一只手戴着整洁的手套，紧握着轻便行李箱，焦急、迷惑、近乎恳切地看着阿切尔。

"我在想，先生，既然我有幸碰到你，我能否——"

"我正要提议呢，和我一起午餐，好吗？我是说到市里，如果你来事务所找我的话，我会带你到那区一家很好的餐厅。"

里维埃先生显然既感动又吃惊。"你太好了。但我只是想问你能否告诉我如何找到交通工具。这里没有行李搬运工，好像也没有人能听——”

“我知道，我们美国的车站一定让你大吃一惊。你想要搬运工的时候他们却给你一块口香糖。不过如果你跟我来的话，我能解救你，而且你一定要和我一起午餐。”

年轻人明显地犹豫后再三道谢，以一种不完全使人信服的语气说他已有约在身，但走到街上时他们相对地放下心来，他问是否能够下午拜访。

阿切尔在仲夏的工作十分清闲，于是定下时间，潦草地写下地址。法国人一再感谢地放进口袋，大力挥舞帽子。一辆马车过来接走了他，阿切尔转身离开。

到了那个钟点，里维埃先生准时出现了，他刮了胡子，收拾整齐，但依然相当憔悴、严肃。阿切尔一个人在办公室里，年轻人未等他请坐便急忙说：“我想我昨天在波士顿看见你了，先生。”

这句话平淡无奇，阿切尔正准备同意，却被访客迫切的目光中一种神秘而闪烁的神情止住了话。

“真是神奇，太神奇了，”里维埃先生继续说，“我们能在这种情形下相见。”

“什么情形？”阿切尔问，粗鲁地想他是否需要钱。

里维埃先生继续以试探的眼神打量他。“我来不是像上次会面说的那样为了找工作，而是有一个特殊任务——”

“啊——！”阿切尔大声叫道。一瞬间，两次会面在他脑海中联系起来。他停下来思考这个让他恍然大悟的情况，里维埃先生也保持沉默，似乎意识到所说的已经足够。

“一个特殊的任务。”过了许久，阿切尔重复道。

年轻的法国人松开了手掌，微微举高，两个人隔着办公桌对视，直到阿切尔反应过来，说：“请坐下。”里维埃先生一欠身，坐在远处的椅子上继续等待。

“你是想咨询我对这个的意见？”阿切尔终于问。

里维埃先生低下头。“不是代表我自己，在那方面，我——我一向完全对自己负责。我想——如果可以的话——跟你谈谈奥兰斯卡伯爵夫人。”

阿切尔在刚才的几分钟里已经预料到这句话，但当它出现时，血液还是涌上了他的太阳穴，就像被灌木丛中弯折的枝条钩住一样。

“那你是代表谁，”他说，“来谈这件事的？”

里维埃先生坚定地回答：“唔——如果不至于听起来自作主张的话，我是代表她而来的。或者可以说是代表一种抽象的正义？”

阿切尔讽刺地研究着他。“也就是说，你是奥兰斯基伯爵的信使？”

阿切尔发现自己的脸红让里维埃先生灰黄的面色变得更加深红了。“对你来说不是，先生。如果我来找你，那就是因为其他原因。”

“在这种情况下，你还有什么权利有其他原因？”阿切尔反讥，“信使就是信使。”

年轻人想了想。“我的任务已经结束了，就奥兰斯卡伯爵夫人的事情而言，任务失败了。”

“我爱莫能助。”阿切尔依然以讽刺反击。

“不！你能——”里维埃先生停下来，依旧整齐戴着手套的双手转动帽子，他看着帽子的里衬然后重新看着阿切尔的脸。“你能帮忙，先生，我坚信你能让我在她的家人那里也遭受同样的失败。”

阿切尔推开椅子站起来，高喊：“啊——我可不会这么干！”

他双手插袋站着，低头怒视着小个子的法国人。后者虽然也站了起来，却依然比阿切尔的视平线矮了一两英寸。

里维埃先生恢复了他正常的苍白脸色：这几乎是他最苍白的脸色了。

阿切尔充满火药味地继续说："你凭什么认为——我想你是因为我与奥兰斯卡夫人的关系才向我请求的——认为我会跟她的家人持相反意见？"

有一会儿，里维埃先生脸上表情的变化就是他唯一的回答。他的神情从怯懦变成了深深的悲痛，对于一个平常足智多谋的年轻人来说，很难比他现在表现得更毫无防御、脆弱不堪了。"噢，先生——"

"我想不出，"阿切尔继续说，"你为什么要来找我，还有其他人比我与伯爵夫人亲近得多，更想不出你为什么认为我更容易接受你传达的观点。"

里维埃先生回应这个攻击时的谦逊令人不安。"先生，我向你提出的观点是我自己的，不是我被派来传达的。"

"那我就更没有理由听了。"

里维埃先生再次看着他的帽子，仿佛在斟酌这句话是否足以暗示他戴上帽子离开。然后，他忽然果断地说："先生——你能告诉我一件事吗？你所质疑的是我来这里的权利，还是你认为这件事已经完结了？"

他的平静和锲而不舍让阿切尔感到自己的气势汹汹十分笨拙。里维埃先生成功地影响了他：阿切尔微微脸红了，再次跌坐在椅子中，示意年轻人也坐下。

"请你说说，为什么这件事还没有完结？"

里维埃先生痛苦地盯着他。“那么说你同意其他亲戚的意见，在我带来的这些新条件面前，奥兰斯卡夫人几乎只能回到丈夫身边？”

“老天啊！”阿切尔高呼，他的客人低声表示肯定。

“在见她之前，我去见了——按奥兰斯基伯爵的要求——洛弗尔·明戈特先生，我去波士顿之前跟他谈了几次。我明白他代表着他母亲的观点，而曼森·明戈特夫人在家族中地位举足轻重。”

阿切尔坐着一声不吭，感到自己正死死地攀在不断下滑的悬崖边上。刚刚得知的消息让他大为惊讶，但发现自己被排除在磋商以外，甚至不知道磋商已经开始更让他目瞪口呆。他忽然明白到，如果家族不再咨询他的意见，那就是因为某种深层的家族本能警告他们，他已不再站在他们那一边了。他一下子醒悟过来，想起射箭会那天从曼森·明戈特夫人家回家时梅说的话：“或许，埃伦最终还是和丈夫一起更快乐。”

即使新的发现让他心烦意乱，但阿切尔依然记得他当时的狂怒高喊，还想起自那次后妻子再也没有向他提起奥兰斯卡夫人。她不经意地说起埃伦无疑是为了试探他的口风，这个结果被汇报给家族，从此之后阿切尔便被心照不宣地剔除出了他们的讨论。他对这种能让梅臣服于他们决定的部族纪律大为赞叹。他知道，如果良心抗拒的话她是不会这么做的，但她的观点也许和家族一样，认为奥兰斯卡夫人当一个不幸的妻子总好过做一个分居的妻子，而且认为与纽兰德讨论毫无用处，因为他有时会莫名其妙地不承认那些最基本的道理。

阿切尔抬头看见客人焦灼的目光。“你难道不知道，先生——你有可能不清楚——家族开始怀疑他们是否有权建议伯爵夫人拒绝她丈夫最新的提议？”

“你带来的提议？”

“我带来的提议。”

阿切尔几欲大喊：无论他知道什么或不知道什么，这都与里维埃先生无关，但里维埃先生谦卑却又勇敢的无声凝视中有某种东西让他否决了这个结论，他以另一个问题回答年轻人的提问：“你向我说这些东西的目的是什么？”

他毫不迟疑地回答：“来求你，先生——用我所有的能力来求你——不要让她回去——噢，不要让她走！”里维埃先生高呼。

阿切尔越发震惊地看着他。他的痛苦和坚毅不容有疑：他显然已经下定了决心，要不顾一切地申明自己的观点。阿切尔沉思着。

“我能问，”他终于说，“这是你对奥兰斯卡伯爵夫人的立场吗？”

里维埃先生脸红了，但眼神没有躲闪。“不，先生：我诚挚地接受我的任务。我真的相信——原因我就不多说了——奥兰斯卡夫人能恢复她的地位、财富和社会尊重对她而言是更好的，这都是她丈夫的身份给予她的。”

“那么我想，除此之外你不会接受这个任务。”

“那样我是不会接受这个任务的。”

“后来呢——？”阿切尔又停了下来，他们四目相对，再次互相审视。

“啊，先生，在见过她、听了她的话之后，我知道她在这里活得更好。”

“你知道——？”

“先生，我忠实地完成了我的任务：我传达了伯爵的观点，我提出了他的条件，并没有添加任何我自己的评论。伯爵夫人人非常好，她耐心地听了，甚至见了我两次，她不带偏见地考虑了我要说的所有话。正是在这两次谈话的过程中，我改变了主意，开始有了不同的看法。”

“我能问是什么导致了这个变化吗？”

“只是因为看到了她的变化。”里维埃先生回答。

“她的变化？你之前就认识她？”

年轻人又脸红了。“我以前在她丈夫家中见过她。我认识奥兰斯基伯爵许多年了。你也知道他是不会派一个陌生人执行这样一个任务的。”

阿切尔的眼神在办公室空白的墙上游离，落在一本挂历上，挂历的上方是美国总统粗犷的面容。他治下数百万平方英里的土地上居然会发生这种对话，真像凭空想象出来的那么奇怪。

“变化——什么样的变化？”

“啊，先生，这我能告诉你！”里维埃先生顿了顿，“你看——我以前从来未想过她会是美国人。如果你是她那样的美国人——还有你们这样的——那么某些上流社会接受的，或至少作为一种方便的等价交换而忍受的事情，就会变得无法想象，完全无法想象。如果奥兰斯卡夫人的亲戚明白这些事情是什么，他们无疑会像她一样无条件地反对她回去。但他们似乎认为丈夫希望她回去恰恰证明了他无法遏制地向往家庭生活。”里维埃先生停下来，然后又说：“但事情远远没有那么简单。”

阿切尔回头再看美国总统，然后低头看着办公桌和桌上散落的纸张。有一两秒时间，他说不出话来。在此间隙，他听见里维埃先生推开椅子，意识到年轻人站起来了。他再次抬头，看见他的客人和他一样动情。

“谢谢你。”阿切尔简单地说。

“不需要谢我，先生，应该是我——”里维埃先生忽然停下，仿佛同样难以启齿。“但我希望，”他语气坚定起来，“能再说一件事。你问我是否受雇于奥兰斯基伯爵，目前来说是的，我几个月前回到他那里，因为和所有需要照顾老弱病残的人一样，我也有一些私人的需求。但自从我踏出这一步，来到这儿对你说了这些事后，我认为我已经完成任务了。回去后我也会跟他这样说，并告诉他我的原因。就这样，先生。”

里维埃先生鞠躬，后退一步。

“谢谢你。”两人握手时阿切尔再次说。

第26章

每年十月十五日这天，第五大道上的房子都会拉起百叶窗，铺开地毯，挂起三层窗帘。

到十一月一日，家家户户的仪式完毕后，上流社会开始审时度势，反躬自省。到了十五号，社交活动如火如荼，歌剧院和戏剧院纷纷上演新剧目吸引观众，晚餐约会纷至沓来，人们定下舞会的日期。每到这个时候，阿切尔夫人总会说纽约已不同往昔。

她作为局外人高高在上地观察着，在西勒顿·杰克森先生和苏菲小姐的帮助下，她留意到社交界的每一道新的缝隙，还有整齐划一的社交植物之间冒出来的奇花异草。阿切尔年青时的一个乐趣就是等来母亲的这个一年一度的宣示，并听她细数他不留神错过了的社交界分崩离析的蛛丝马迹。因为在阿切尔夫人眼中，纽约不变则已，要变就只会变得更糟糕，苏菲·杰克森小姐衷心认同这种观点。

西勒顿·杰克森先生已是一个心怀天下的人，他将自己的评判放在一边，看热闹似的不带偏见地倾听女士们哀叹。但连他也从不否认纽约已经变了，正度过婚后第二个冬季的纽兰德·阿切尔也不得不承认，如果纽约未曾真正变化的话，那么此刻的确正在变化。

和往常一样，这些观点在阿切尔夫人的感恩节晚餐上被提起。在这个按礼节需要感谢一年来得到的幸福的日子，她习惯于惋惜却不至于怨恨地审视她身处的世界，想想有什么事情值得感恩。无论如何，她不会感恩上流社会的现状。上流社会如果存在的话，更像一个招致圣经诅咒的景象——实际上，当牧师阿什莫尔博士选择了《耶利米书》（第二章第二十五节）的文句[36]为感恩节布道时，每个人都知道这是什么意思。作为圣·马修教堂的新任牧师，阿什莫尔博士被选中是因为他非常“超前”：他的布道被视为思想大胆，语言新颖。当他严词谴责时髦的上流社会时总会说起它的“潮流”。对阿切尔夫人来说，身为时髦群体一分子的这种感觉既可怕又迷人。

“毫无疑问，阿什莫尔博士是对的，的确有一个显著的潮流。”她说，仿佛这像房子的裂缝一样，是某种有形的、可以衡量的东西。

“但在感恩节对此说教确实奇怪。”杰克森小姐发表意见，她的女主人干巴巴地回应：“噢，他是想让我们感恩剩下的东西。”

对母亲一年一次的预言，阿切尔早已习惯一笑而过，但今年听到这些变化被逐一罗列时，连他也不得不承认这种“潮流”十分明显。

“礼服十分奢华——”杰克森小姐开腔，“西勒顿带我参加了第一晚的歌剧，只能说我只认得简·梅里的礼服是去年穿过的，可是就连这件礼服的前布也都换了样式。但我知道她两年前才从沃思拿到这件礼服的，因为我的裁缝总在她穿上巴黎定做的礼服之前上门替她修改。”

“啊，简·梅里是我们的一员。”阿切尔夫人叹气，仿佛身处在这样一个时代并不让人羡慕——女士们一走出海关大楼便开始在异国炫耀她们的巴黎礼服，而不是像阿切尔夫人那个年代的人一样将衣服锁起来，让其变得柔顺古雅。

“是的，她算是凤毛麟角。我年轻那会儿，”杰克森小姐接过话，“穿上最新款的礼服是被视为粗俗不雅的，艾米·西勒顿总跟我说，波士顿的规矩是将巴黎的礼服收起来，两年后再穿。巴克斯特·彭尼洛老夫人每样事情都干得漂漂亮亮，她以往一年进口十二件礼服，两件丝绒的，两件绸缎的，两件丝绸的，还有六件是府绸和最上等的羊绒。订单是长期有效的。她在去世前病了两年，他们在她死后发现了四十八条还没有拆掉衬纸的沃思礼服。女孩们服丧结束后得以在交响音乐会上穿上第一批礼服，看起来不会过于时髦。”

“啊，这个嘛，波士顿比纽约保守，但我一直认为一位女士将她的法国礼服放一季再穿是安全的法则。”阿切尔夫人让步说。

“是博福特引领的新潮流，他让妻子一拿到新衣服就往身上穿。我必须说，有时候里贾纳真是费尽心思让自己不像……不像……”杰克森小姐环顾桌子一圈，看到简妮凸着眼睛盯着她，便含糊地低声支吾过去。

“不像她的对手。”西勒顿·杰克森先生以一种字字珠玑的姿态说。

“噢——”女士们沉吟。阿切尔夫人为了转移女儿对禁忌话题的注意，又说：“可怜的里贾纳！她的感恩节恐怕并不是很愉快。你们听说博福特投机的传闻了吗，西勒顿？”

杰克森先生漫不经心地点点头。每个人都对这个传言有所耳闻，他不屑于对一个街知巷闻的消息予以证实。

大家陷入了一阵阴郁的沉默中。没有人真心喜欢博福特，想象他的私生活陷于苦境也并没有完全让人不快，但他让妻子家族的财务蒙羞一事令人哗然，即便仇人也无法对此幸灾乐祸。阿切尔所在的纽约能容忍私人关系中的虚情假意，在生意问题上却严格要求诚实正直。知名银行家因失败而名誉扫地这种事已经许久没有发生了，但每个人都记得上一次这类事情发生时，公司的领导是怎样被社会摒弃的。博福特夫妇也会受到同样的对待，不管他多有权有势，她多么广受欢迎。关于她丈夫非法投机的报道只要有半点真实，那么即便整个达拉斯家族联合起来也救不了可怜的里贾纳。

为了回避，他们转而讨论不那么晦气的话题。但他们所谈的每一样事情似乎都印证了阿切尔夫人的感觉：有一股潮流正在加快。

“当然，纽兰德，我知道你让亲爱的梅周日晚到斯特拉瑟斯夫人家去——”她开口说，梅欢快地插话说：“噢，你知道吗，现在每个人都去斯特拉瑟斯夫人家了，她还被邀请参加外婆的上一次酒会。”

阿切尔想，纽约正是这样设法转变的，人们合谋对这些转变视而不见，直到它们彻底完成，然后真诚地想象它们发生在上一个年代。堡垒中总有一个叛徒，如果他（一般来说是她）已交出钥匙，那么假装堡垒坚不可破又有什么用呢？一旦尝过斯特拉瑟斯夫人周日家中轻松好客的甜头，人们便不会安于坐在家中，回想她的香槟尝起来像变质的鞋油了。

“我知道，亲爱的，我知道。”阿切尔夫人叹气道，“我想，如果人们外出是为了找乐子，那就只能这样了。但我一直无法原谅你表姐奥兰斯卡夫人第一个站出来为斯特拉瑟斯夫人撑腰。”

小阿切尔夫人脸上忽然浮起一阵红晕，她丈夫和在座的宾客都感到惊讶。“噢，埃伦——”她低语道，那责备又不以为然的语气就像她父母说“噢，布伦科尔那家子——”时一样。

这是家族提起奥兰斯卡伯爵夫人时惯用的语气，因为她始终对丈夫的示好无动于衷，让他们既吃惊又为难。但这句话从梅口中说出多少让人深思，阿切尔带着一种陌生感看着她——偶尔当她与周围的人腔调一致时，这种感觉便油然而生。

他的母亲不如平常那般善于察言观色，依然坚持说："我一直以为奥兰斯卡伯爵夫人那样曾经生活在贵族社会中的人理应帮助我们上流社会保持显赫，而非置若罔闻。"

梅依然满脸绯红，这似乎比承认奥兰斯卡夫人的社交信念十分糟糕更加意味深长。

"我敢肯定，我们对外国人来说都很相像。"杰克森小姐尖酸地说。

"我想埃伦并不喜欢上流社会。但没有人知道她究竟喜欢什么。"梅继续说，仿佛在找寻一句态度含糊的话。

"啊，这个嘛——"阿切尔夫人又叹了一口气。

所有人都知道奥兰斯卡伯爵夫人已经失去了家人的青睐，连她最坚定的支持者曼森·明戈特老夫人都不能为她拒绝回到丈夫身边辩解。明戈特一家还没有公开宣布他们的反对意见，他们的团结观念太强了。正如韦兰夫人所说，他们只是"让可怜的埃伦找到她自己的位置"——令人感到耻辱而且不解的是，这个位置是一个黑暗的深渊，在这里，布伦科尔一家占了上风，"写作的人"乱糟糟地举行庆祝仪式。虽然难以置信，但这就是事实——埃伦尽管有着数不尽的机会和特权，却仅仅变成了一个"波西米亚人"。这个事实让人们纷纷议论，称她拒绝回到奥兰斯基伯爵身边已酿成大错。毕竟，一个年轻女子理应生活在丈夫的羽翼下，尤其是当她留下了这样一个摊子……唔……各位只需稍加留意便可知道是什么情况……

“奥兰斯卡夫人颇受男士们欢迎。”苏菲小姐说，表面上息事宁人，暗地里却埋下冷箭。

“啊，这就是奥兰斯卡夫人这样的年轻女子时刻面临的危险。”阿切尔夫人惋惜地赞同。听到这句结语，女士们揽起裙摆，走到会客厅的卡索灯旁坐下，而阿切尔和西勒顿·杰克森先生则撤退到哥特风格的书房。

在壁炉旁落座后，杰克森先生用上等雪茄的慰藉来弥补晚餐的不足，马上变得自命不凡，口若悬河起来。

“如果博福特破产的话，”他宣告，“一定会有消息泄露出来。”

阿切尔马上抬起头——听到这个名字，他便马上联想到博福特魁梧的身躯，身上堆满皮毛，脚蹬皮鞋，在斯凯特克里夫冒雪行进。

杰克森先生继续说：“到时他势必大发横财，他还没把所有的钱都花在里贾纳身上。”

“哦，那——那就打了折扣，是吗？我倒相信他会全身而退。”年轻人说道，他想换个话题。

“可能吧——可能吧。我知道他今天要见一些大人物。当然了，”杰克森先生勉强妥协说，“大家都希望他们能拉他一把——至少这一次是这样。我真不希望可怜的里贾纳因为破产而要在某个破破烂烂的外国温泉度过下半辈子。”

阿切尔没有说话。对他来说，将不义之财无情地用于抵罪是天经地义的——不管这有多悲惨，因此他并没有细想博福特夫人的厄运，心思又回到了他身边的问题上。梅听到奥兰斯卡伯爵夫人的名字时脸红了，这到底是什么意思？

他与奥兰斯卡夫人共度的那个仲夏之日已经是四个月前的

事了，之后他再也没见过她。他知道她已经回到华盛顿，和梅多拉·曼森一起租住在一座小房子中；他给她写过一封信——只有寥寥几笔，询问他们何时能再见——她则更简短地回复：“未可。”

自那时起，他们之间便没有再沟通，他在心中建起一座圣殿，她在他的幽思与渴望之中登上宝座。这一点一点地变成了他现实生活中的场景，成为了他仅有的理性行为的场景。他带着滋养他的书本、想法和感受，带着他的判断和幻想到这座圣殿中去。在圣殿之外，在他真实生活的场景里，他带着一种与日俱增的不足和不真实感，与熟悉的偏见和传统的观点磕磕碰碰，就像一个心不在焉的人在自己家中撞上了家具。心不在焉——这就是他的现状，他对身边人认为真实、熟悉的一切恍恍惚惚，以至于当他偶然发现他们以为他还在原地时着实吓了一跳。

他意识到杰克森先生清了清嗓子，准备继续长篇大论。

“当然，我不知道你妻子的家族是否了解人们如何评价——唔，奥兰斯卡夫人拒绝接受她丈夫的新提议这件事。”

阿切尔沉默不言，杰克森先生躲躲闪闪地继续说：“她拒绝接受——这可真是遗憾——绝对是个遗憾。”

“遗憾？老天爷，为什么？”

杰克森先生低头，目光沿着他的一条腿看向平整的袜子和脚上闪亮的轻便鞋。

“唔——按最坏的情况打算——她现在要如何为生呢？”

“现在——？”

“如果博福特——”

阿切尔跳了起来，一拳砸在写字台的黑胡桃木桌边上。黄铜双墨水台里的墨水被震得在槽中晃动。

“你究竟是什么意思，先生？”

杰克森先生在椅子上微微调整了姿势，目光平静地看着年轻人怒不可遏的脸。

“这个嘛——我的消息十分可靠——实际上，是老凯瑟琳她自己说的——当奥兰斯卡伯爵夫人明确地拒绝回到丈夫身边时，家族砍掉了她一大笔生活费，而且由于拒绝回去，她也放弃了结婚时归她的钱——如果她回去的话，奥兰斯基伯爵愿意将这笔钱转让给她——你问我是什么意思，我亲爱的朋友，你又是什么意思呢？”杰克森先生心情愉快地反问。

阿切尔走向壁炉架，弯腰将烟灰撣进壁炉中。

“我不了解奥兰斯卡夫人的任何私事，但我不需了解也能肯定你是在含沙射影——”

“噢，我没有，莱弗茨倒可以算一个。”杰克森先生打断他说。

“莱弗茨——那个向她求爱却吃了闭门羹的人！”阿切尔不齿地大声说。

“啊，是吗？”另一个人咬牙切齿地说，仿佛他布下陷阱正是为了逮到这句话。他依然侧对炉火坐着，这样他冷酷老练的目光就能像一圈钢弹簧一样将阿切尔的脸隔开。

“好啊，好啊！她没有在博福特栽跟头之前回去真是太可惜了，”他又说，“如果她现在回去，而他又真破产了的话，这只会证实大家的想法。顺道一说，这可不是莱弗茨一个人的看法。”

“噢，她现在不会回去的，以前不可能，现在更不可能！”阿切尔话音刚落，便再一次感到这正是杰克森先生一直等待的答案。

老绅士目不转睛地打量着他。“这就是你的观点，啊？唔，毫无疑问你是知道的。但每个人都能告诉你梅多拉·曼森所剩的几个铜板都在博福特手里，如果他不能自保的话，我实在无法想象这两位女士又如何能渡过难关。当然，奥兰斯卡夫人也许还能让老凯瑟琳心软，老夫人一直是最铁了心反对她留下来的人。她想要多少生活费老凯瑟琳都答应。但我们都知道老夫人讨厌跟金钱作别，家里其他人也并不是特别希望让奥兰斯卡夫人留下来。”

阿切尔满腔怒火却又无处发泄——他正处在一个明知自己会做傻事却仍无法抑制自己的状态中。

他看见杰克森先生马上对自己不知道奥兰斯卡夫人与祖母和其他亲戚意见不合的事感到惊讶，还发现老绅士对阿切尔被踢出家族议会的原因得出了自己的结论。这警告阿切尔必须谨慎行事，但关于博福特的暗讽却让他不顾后果。然而，他即使不清楚自己身处险境，至少也明白杰克森先生正在他母亲家中，因此也是他的客人。老纽约人一丝不苟地遵守待客礼仪，与客人的讨论绝对不可沦为争执。

“我们上楼见见母亲吧？”当杰克森先生最后一圈烟灰落入手边的黄铜烟灰缸时，阿切尔粗鲁地说。

驾车回家的路上，梅出奇地安静。在黑暗中，他依然感到她被包裹在一阵充满威胁的脸红之中。他猜不透这种威胁意味着什么，但他警觉地知道这是奥兰斯卡夫人的名字引发的。

他们走上楼，他拐进书房。她通常会跟在他身后，但他听见她穿过走廊走进卧室。

“梅！”他不耐烦地叫喊，她走回来，对他的语气略感惊讶。

“这盏台灯又在冒烟了。仆人们应该好好修剪灯烛。”他心烦意乱地抱怨。

“对不起，不会再发生了。”她回答，语气坚定而轻快，这是从她母亲身上学的。他感到她已经开始像对年轻的韦兰先生一样哄骗他了，不禁恼火。她弯腰捻低灯芯，光线明亮起来，映照着她雪白的肩膀和清晰的面部线条，他不禁想："她真年轻啊！这样的生活还要过多少年！"

他恐惧地感觉到自己年轻力壮、血脉沸腾。"听着，"他忽然说，"我可能要去华盛顿几天——很快就出发，可能下周。"

她的手依然搭在灯栓上，慢慢转过来面向他。火焰的热力让她脸上恢复了血色，但她一抬头又重新变得苍白。

"去办事吗？"她问，语气中暗示不可能有其他原因。她机械地提出这个问题，仿佛只是为了替他把话说完。

"当然是去办事了。有一个专利案要上最高法院——"他说出了发明者的名字，然后用劳伦斯·莱弗茨老练的花言巧语粉饰细节。她专心地听着，不时说着："好的，我明白。"

他说完后，她淡淡地说："这种变化对你有好处。"又说："你一定要去看看埃伦。"带着无瑕的笑容直视他，语气像在督促他不要忘记某件令人生厌的家庭任务一样。

这是他们在这个话题上交流的唯一一句话，但在他们训练有素的暗语里，这句话的意思是："你当然明白，我知道人们是怎样谈论埃伦的，也衷心认同我家族想尽办法让她回到丈夫身边的做法。我也知道，由于一些你向我隐瞒的原因，你建议她不要这么做，但家中所有年长的男士还有外祖母都赞同这种做法。正是由于你的鼓动，埃伦才会与我们所有人作对，将自己置于批判当中，西勒顿·杰克森先生可能今晚已经向你暗示过这种批判了，所以你才如此烦躁……这样的暗示其实一直都不少，但既然你看起来不希望从别人身上得到暗示，那我亲自告诉你，以我们有教养的人交流难堪消息的唯一方式——那就是让你明白，我知道你在华盛顿打算去见埃伦，也许正是因为这样才到那里去的。既然你一定会见她，我希望你得到我完全、明确的同意——并利用这个机会让她知道你鼓励她采取的这个举动可能会带来什么后果。”

当这个无声的信息的最后一个字传达到他那里时，她的手仍然放在灯栓上。她将灯调暗，拿起圆形灯罩，吹熄了微弱的火焰。

“吹熄以后，它们味道就没那么重了。”她以一种欢快地说着家务事的神态解释道。她在门前停下脚步，转过身来迎接他的吻。

第 27 章

第二天，华尔街传来关于博福特境况的消息，让人放下心来。它们并不确凿，却大有希望。人们大都认为他遇到危机时能得到大人物的帮忙，他也的确成功了。那天晚上，当博福特夫人面带一贯的笑容，脖子上戴着一条新的绿宝石项链出现在歌剧院时，上流社会长舒了一口气。

纽约在谴责生意违纪行为时毫不留情。触犯廉洁法律之人必须付出代价，这条心照不宣的规则到目前为止从来没有例外。每个人都知道，即使是博福特夫妇也应被毫不犹豫地献祭出来，接受这个原则的约束。但被迫献祭博福特夫妇不仅让他们痛苦，还带来了不便。博福特夫妇的消失会在他们紧凑的小圈子里留下一个不小的空缺。那些因无知和大意而没有被这场道德灾难吓得胆战心惊的人，早已为损失了纽约城中最好的宴会厅而哀嚎。

阿切尔下定决心要去华盛顿，只等他跟梅说的那个诉讼开庭，他就能在同一天出发。但到了下周二时，他从莱特布莱尔先生处得知案件可能要延后几个星期。不过，他在那天下午回家时决意无论如何都要在第二天晚上出发。梅对他的工作一无所知，也从未表现出丝毫兴趣，大概不会得知案件是否延期和开庭，即使在她面前提起过诉讼人，她也不会记得他们的名字。不管怎样，他不能再推迟见奥兰斯卡夫人的日子了。他有太多话要对她说了。

当他周三早上到达事务所时，莱特布莱尔先生满脸愁容。博福特终究还是无法“渡过难关”，但通过放话说他安然无恙，他得以让储户放下心来。前一天晚上令人不安的消息再次占上风之前仍然有大笔款项源源不断地涌进银行。结果，挤兑开始了，银行可能在天黑前就不得不关门大吉。人们用最恶毒的话谴责博福特的懦弱行径，他的失败注定是华尔街史上最臭名昭著的事件之一。

灾难的严重让莱特布莱尔先生脸色煞白，坐立不安。“我见过糟糕的事，但这辈子从没见过这么糟糕的。我们认识的每一个人都会受到牵连，不管是以哪种方式。人们会对博福特夫人做什么呢？人们能对她做什么呢？我和所有人一样同情曼森·明戈特夫人，到了她这个年纪，真不知道这件事会对她有什么影响。她一直相信博福特——还把他当朋友！还有达拉斯一家人，可怜的博福特夫人跟你们每个人都有亲戚关系。她唯一的机会就是离开她的丈夫——但是谁能让她这么做呢？她有责任留在他身边。幸运的是，她好像一直对他私底下的嗜好一无所知。”

忽然传来了敲门声，莱特布莱尔先生一下子扭过头：“什么事？不要打扰我。”

一个办事员拿来一封阿切尔的信后离开了。年轻人认出了妻子的笔迹，打开信封读道：“你能尽快到市里来吗？外婆昨晚轻微中风了。不知怎么的，她比其他人更早知道了银行的坏消息。洛弗尔舅舅出去射击了，可怜的爸爸一想到这种耻辱就焦急得发起了烧，不能离开房间。妈妈非常需要你，我希望你能马上脱身，直接到外婆家去。”

阿切尔将字条递给他的高级合伙人。几分钟后，他坐在拥挤的马车中缓慢地向北移动，然后在十四街换上了一辆摇摇晃晃的第五大道线高层公车。这辆费劲的车将他放在老凯瑟琳家门前时已经过了十二点了。老夫人通常在一楼的客厅端坐，但此刻站在窗前的却是她身形瘦弱的女儿韦兰夫人，后者看见阿切尔后憔悴地做了个欢迎的手势，梅在门口迎接了他。门厅有一种不同寻常的气氛，是悉心打理的房子忽然被疾病侵袭时特有的：围巾和皮草叠放在椅子上，桌上放着医生的袋子和大褂，旁边堆积着无暇顾及的信件和卡片。

梅看起来很苍白但仍微笑着：本库姆医生刚来了第二次，态度已经更加乐观了，明戈特夫人要活下去并且好起来的无畏决心已经对家人产生了影响。梅领着阿切尔走进老夫人的客厅，连接卧室的滑门已被拉上，厚重的黄色锦缎门帘悬在他们头上，韦兰夫人后怕地向他低声讲述悲剧。看起来，前一天晚上发生了一件可怕又神秘的事情。大约八点时，明戈特夫人刚刚结束她晚饭后总会玩的单人纸牌游戏，门铃响了，一位披着厚厚面纱的女士要求被接见，仆人没有马上认出她来。

管家听见了熟悉的嗓音，打开客厅的大门宣告："朱利叶斯·博福特夫人"——然后在两位女士身后再次关上大门。他想，她们至少相处了约一个小时。当明戈特夫人摇铃时，博福特夫人已经悄无声息地离开了，身形庞大的老夫人脸色煞白，惊恐万状，独自坐在她那张大椅子上，示意管家搀扶她回到房间。那时的她虽然看起来十分痛苦，却似乎能完全控制自己的身体和大脑。那名混血女仆服侍她上床，如常给她送来了一杯茶，收拾好房间后便离开了。但凌晨三点时，铃声再次响起，听见这少有的传唤（老凯瑟琳通常睡得很熟），两位仆人连忙赶来，发现他们的女主人背靠枕头坐着，歪着脸笑着，一只小手无力地垂在巨大的手臂下。

这个中风显然很轻微，因为她仍能清晰吐字，表达自己的意愿，在医生第一次上门后不久她便能逐渐控制面部的肌肉。但这个警告是严重的，同样严重的还有人们听完明戈特夫人的片言只语之后的愤怒，那就是里贾纳·博福特前来请求她——真够厚颜无耻的！——求她支持她的丈夫，帮助他们渡过难关——不要（用她的话说）“抛弃”他们——实际上，要请老夫人说服整个家族包庇和宽恕夫妻俩骇人的丑行。

“我对她说：‘在曼森·明戈特家中，廉耻一直都是廉耻，诚信也一直都是诚信，直到我撒手西归。’”老太太结结巴巴地在女儿耳边说，她半身不遂却声音浑厚。“她说：‘但我的名字，姑姑——我的名字是里贾纳·达拉斯啊。’我说：‘当他让你珠光宝气时，你叫博福特，现在他让你身败名裂，你也只能叫博福特。’”

韦兰夫人声泪俱下，惊恐地喘着气转述了这么多。她最终不得不去面对这些令人不快和声名狼藉的事，这个罕有的责任让她脸色惨白，弱不禁风。“要是我能瞒着你岳父就好了，他总是说‘奥古斯塔，看在老天的份上，不要破坏我最后的幻想’——我要怎样才能防止他知道这些恐怖的消息啊？”这位可怜的女士恸哭着。

她女儿指出：“妈妈，至少他不用目睹这些事情。”韦兰夫人叹气道：“啊，是的。谢天谢地他安安全全地躺在床上。本库姆医生许诺让他躺着，直到可怜的妈妈好起来，里贾纳也躲到别处去了。”

阿切尔在窗边坐下，无神地望着外面人烟稀少的大道。他被叫来这里显然是为了给受惊的女士们提供精神支持，而不是因为他能提供什么具体的帮助。他们已经发电报请洛弗尔·明戈特先生回来，消息也经人亲手送给住在纽约的家族成员，这个时候能做的就只有低声讨论博福特的无耻和他妻子不能宽恕的行为会带来什么后果了。

一直在另一个房间写字条的洛弗尔·明戈特夫人重新出现，也加入到讨论当中。较年长的女士们同意，在她们的年代，如果一个男人在商业中有任何不轨行为，那他的妻子只有一个想法：那就是让自己销声匿迹，和他一起逃之夭夭。“梅，可怜的斯派瑟姥姥——你的外曾祖母——就是这样。当然了，”韦兰夫人急忙补充，“你曾祖父的财务困难是私人问题——玩牌输了钱，或者给某人立了字据——我一直不太清楚，因为妈妈从不多说。但她的母亲在这件丢脸的事后被迫离开纽约——不管那是什么事，所以她是在乡下长大的——妈妈十六岁前她们独自住在哈德逊河北，度过春夏秋冬。斯派瑟姥姥从来没想过让家族为她‘撑腰’——我听说里贾纳是这么形容的，但在毁了几百个无辜人的丑闻面前，个人的耻辱简直不值一提。”

“是的，里贾纳自己躲起来比要求别人支持她要体面得多，”洛弗尔·明戈特夫人同意，“我听说她上周五在歌剧院戴的那条绿宝石项链是那天下午从鲍尔-布莱克店中借来的。不知道他们还能不能要回去？”

阿切尔无动于衷地听着这无休止的异口同声的讨伐。作为绅士守则的第一条，绝对的财务廉洁在他心中已根深蒂固，任何感情上的体恤都无法削弱。勒姆尔·斯特拉瑟斯之类的冒险家可能在一些肮脏的交易中建立起价值好几百万的鞋油事业，但清白诚信是老纽约金融界的高尚义务。博福特夫人的命运也没能深深打动阿切尔。比起她义愤填膺的亲戚，他无疑更同情她，但他认为夫妻即使不能同甘，也应能共苦。正如莱特布莱尔先生所说，丈夫有难时妻子应该站在他身旁。但上流社会并没有站在他的一边，博福特夫人冷静地认为上流社会与他同一阵线，这几乎让她成了他的同谋。一个女人恳求家族掩饰她丈夫的商业丑行，光是这种想法就已经是不可接受的了，因为这是家族作为一个组织最不能做的事情。

混血女仆呼唤洛弗尔·明戈特夫人到门厅来，不一会儿，后者皱着眉回来了。

“她想让我发电报叫埃伦·奥兰斯卡回来。当然，我已经给埃伦写了信，还有梅多拉，但现在看来还不够。我要马上给她发电报，告诉她必须单独前来。”

听到这个宣告，大家默不作声。韦兰夫人无可奈何地叹了一口气，梅从座位上起身，走去捡起散落在地上的报纸。

“我想这是一定要做的。”洛弗尔·明戈特夫人继续说，仿佛希望有人反驳她。梅转身走向房间中央。

“当然一定要做，”她说，“外婆知道她想要什么，我们必须满足她的所有心愿。我来替你写电报好吗，舅妈？如果马上发的话，埃伦大概能赶上明早的火车。”她特别清晰地吐出这个名字的音节，像敲响了两个银铃。

“唔，没法马上发。贾斯珀和厨房男仆都已经出去送信和发电报了。”

梅微笑着转向丈夫：“但还有纽兰德在，他可以做任何事。你去发电报好吗，纽兰德？午餐前刚好还有时间。”

阿切尔低声应允着站起来，梅坐在老凯瑟琳的小型玫瑰木写字桌前，用她稚嫩的大手写下信息。写好后，她熟练地印干墨水，递给阿切尔。

“真可惜，”她说，“你和埃伦要在路上擦肩而过了！——”

她转身向母亲和舅母说，“纽兰德要到华盛顿准备一场最高法院的专利诉讼。我想洛弗尔舅舅明晚就会回来，外婆也好多了，让纽兰德推掉事务所的重要任务似乎不太好——对吗？”

她停顿了一下，似乎在等待回应，韦兰夫人马上说：“噢，当然不好，亲爱的。你外婆最不希望看到这种事了。”阿切尔拿着电报走出房间时，听见岳母大概正对着洛弗尔·明戈特夫人说：“可是她到底为什么要让你发电报叫埃伦·奥兰斯卡回来——”梅朗声回答：“或许是要再次提醒她，她终究有义务陪在丈夫身边吧。”

大门在阿切尔身后关上，他急匆匆地向电报局走去。

第 28 章

“奥——奥——怎么拼来着？”西联邮局里一位俗艳的女子问阿切尔，他刚将妻子的电报从黄铜窗架下塞给她。

“奥兰斯卡——奥-兰-斯-卡。”他重复道，拿过电报，在梅潦草的字迹上拼写出异国名字的读音。

“这个名字在纽约的电报局里真是少见啊，至少在这一街区是这样。”一个声音出其不意地说，阿切尔扭过头，看见劳伦斯·莱弗茨在他身旁镇静自若地捋着胡须，假装没有偷看电报的信息。

“你好啊，纽兰德，我就想着会在这里遇到你。我刚听说明戈特老夫人中风了。我正要到她家里去，半路看见你拐进这条街，于是偷偷跟着你。我猜你是从那里过来的。”

阿切尔点点头，将电报从窗格下塞过去。

“很糟糕，啊？”莱弗茨继续说，“我猜你是给家人发电报。如果连奥兰斯卡伯爵夫人也要包括在内的话，那我想情况真的很不好。”

阿切尔嘴唇僵硬，他感到一阵野蛮的冲动，想一拳砸在身旁这张自负而英俊的长脸上。

“为什么？”他质问。

莱弗茨说话以拐弯抹角著称，他挑起眉毛，做了个讽刺的鬼脸，警告阿切尔窗格后那个姑娘还在看着。这个表情在提醒阿切尔，没有什么比在公共场合发脾气更不“得体”的事了。

阿切尔从未如此对得体的要求不屑一顾，但他对劳伦斯·莱弗茨动手的冲动只是短暂的。不管受到何种挑衅，他都不希望在这个时候用埃伦·奥兰斯卡的名字与他抬杠。他为电报付了费，两个年轻人一起走到街上。在那里，阿切尔恢复了镇静，继续说：“明戈特夫人已经好多了，医生一点都不担心。”莱弗茨做出如释重负的样子，问他有否听闻关于博福特的糟糕传闻再次满天飞……

那天下午，关于博福特破产的公告出现在所有报纸上，风头盖过了曼森·明戈特夫人中风的报道，只有几个知道两件事之间神秘关联的人才根本不会把老凯瑟琳的疾病归咎于肥肉的堆积和年岁的增长。

整个纽约因博福特丑行的消息而阴云密布。莱特布莱尔先生说，他记忆中还从来没有发生过如此可怕的事情，连当初以他名字命名事务所的那位莱特布莱尔先生记忆里也没有发生过这种事情。在破产无可避免后，银行继续吸收了一整天的存款。由于许多客户都属于这个或那个的统治家族，博福特的奸诈也因此格外讽刺。如果博福特夫人没有将这种不幸称为“友谊的考验”（这是她亲口说的），大家对她的同情或许能减轻对她丈夫的愤恨。正因为这样——尤其是当人们知道她深夜拜访曼森·明戈特夫人的目的之后——人们认为她比丈夫更愤世嫉俗。她不能以自己是“外国人”为借口求情，她的批评者也没有因此得到满足。能够提醒自己博福特是一个“外国人”（对那些证券没有受到威胁的人来说）可算是聊以安慰。但不管怎样，如果一个南卡罗来纳州的达拉斯家人在案件上认同他的观点，并且吹嘘他很快便能“重振旗鼓”，那反驳便站不住脚了，人们只能接受这个证明婚姻牢不可破的可怕证据。上流社会必须在没有博福特的情况下设法继续下去，事件也终会结束——除了那些在灾难中彷徨无助的受害者，例如梅多拉·曼森、可怜的老兰宁小姐们，以及几位误入歧途的来自名门望族的女士，要是她们当初听从亨利·范德卢顿先生的告诫该多好……

“博福特夫妇的最佳选择，”阿切尔夫人像在宣读诊断并开药方似的总结道，“就是到里贾纳在北卡罗来纳州的小房子住下。博福特一直有一个赛马的马厩，他的快马品种也比别人好。我不得不说，他有着当一名成功马商的所有素质。”所有人都表示同意，但没有人屈尊询问博福特夫妇真正打算做什么。

第二天，曼森·明戈特夫人好多了：她的声音恢复得差不多了，可以命令任何人都不能再向她提起博福特一家，她还问——当本库姆医生出现时——家人为她的健康大惊小怪究竟是怎么回事。

“如果我这个年纪的人晚上要吃鸡肉沙拉，他们还想怎样呢？”她问，由于医生及时调整了她的饮食，她的中风变成了消化不良。虽然老凯瑟琳声音沉稳，但她还没有完全恢复以往的生活态度。年岁见长的淡泊并没有减退她对邻居的好奇，却削弱了她对邻居的患难本就不多的同情心。她似乎轻易就将博福特的灾难抛诸脑后，第一次全心关注起自己的症状来，还开始多愁善感地关心她之前一直不屑一顾的个别家族成员。

韦兰先生尤其有幸吸引了她的注意力。在她的女婿当中，他一直是她最无视的一位，他的妻子努力将他塑造成一位性格刚强、智力过人的男人（要是他“愿意”的话），却遭到了人们轻蔑的嘲笑。但现在，他在体弱多病方面的出色表现让他成为了关注的焦点。明戈特夫人庄严下令，待他一退烧便前来交流餐单，因为老凯瑟琳现在是最先承认必须重视发烧的人。

对奥兰斯卡夫人的召唤发出二十四小时后，一份电报传来，表示她将于第二天晚上从华盛顿抵达。纽兰德·阿切尔刚好在韦兰家吃午餐，大家马上提起谁应到泽西城接她的问题。韦兰家像前线哨所一样苦于人员短缺，让讨论更加激烈了。大家都同意韦兰夫人不可能到泽西城去，因为她那天下午要陪丈夫到老凯瑟琳家，而且如果韦兰先生在岳母中风后第一次与她见面感到“不适”，他可能需要马上回家，因此也没有空闲的马车可用。韦兰家的儿子不用说都在“市里”，洛弗尔·明戈特先生正从射击场赶回来，明戈特家的马车要去接他，他们也不会让梅在冬天黄昏时分独自坐渡轮到泽西城去的，即使坐她自己的马车也不行。但是，如果奥兰斯卡夫人到达时没有任何家人在车站接她，看起来又可能不够热情——这与老凯瑟琳的明确愿望背道而驰。韦兰夫人疲惫的嗓音暗示，让家人被这种困境缠身正是埃伦的作风。“真是屋漏偏逢连夜雨啊。”这位可怜的女士悲叹，这是她少有的与命运抗争。“我觉得妈妈一定不像本库姆医生承认的那么好，她糊里糊涂地让埃伦马上前来，也不管去接她有多不方便。”

像许多不耐烦地脱口而出的话一样，这句话是没有经过思考的，韦兰先生马上抓住话柄不放。

“奥古斯塔，”他说，一边放下叉子，脸色变得苍白，“你还有其他理由认为本库姆不如以前可靠了吗？你有留意到他在随访我和你母亲的病情上不如以往尽心尽责了吗？”

她的口误引发了一连串后果，这回轮到韦兰夫人脸色煞白了。但她仍强颜欢笑，取了第二份以扇贝壳装着的牡蛎，好不容易重新装出欢快的样子说：“亲爱的，你怎么能有这种想法？我的意思只是妈妈既然决定埃伦有义务回到丈夫身边，却又突发奇想地希望见她，这实在是很奇怪，她明明还有六七个孙儿可以叫唤。但我们一定不能忘记，妈妈虽然生龙活虎，可的确年事已高了。”

韦兰先生依然眉头紧皱，显然，他被打乱的想象力马上抓住了这最后一句话：“是的，你母亲已经非常老了，本库姆对耄耋老人可能根本就不在行。亲爱的，正如你说，屋漏偏逢连夜雨，再过十年十五年我想我会很乐意再找一位新医生的。对这种事情最好还是未雨绸缪。”做出这个英勇的决定后，韦兰先生坚定地拿起了叉子。

“不管怎样，”韦兰夫人重新开腔，从午餐桌旁起身，带头走进以大片紫色绸缎和孔雀石装饰的被称为后厅的房间中。“我不知道埃伦如何能在明晚赶到这里。我喜欢提前二十四小时就将事情安排妥当。”

阿切尔陶醉地欣赏着一幅画着两位红衣主教开怀畅饮的小油画，这幅画以嵌有圆形缟玛瑙浮雕的八角黑檀木画框裱起，他从沉思中转过身来。

“我去接她吧？”他提议，“我可以轻松离开事务所，如果梅把马车送到渡口去的话，我能准时到那里接上马车。”他说话时心脏激动地跳动。

韦兰夫人感激地长叹一口气，走到窗前的梅也转过身来，赞许地满面笑容看着他。“你看，妈妈，所有事情都会提前二十四小时安排好的。”她说，弯腰亲吻母亲忧虑的额头。

梅的马车在门前等待，她要驾车将阿切尔送到联合广场，让他在那里坐上一辆百老汇的马车到事务所去。她在一角坐下后说：“我不想给妈妈增添烦恼，但你要去华盛顿，又怎么能明天接上埃伦，把她带回纽约呢？”

“噢，我不去华盛顿了。”阿切尔回答。

“不去了？为什么，发生什么事了？”她的声音像铃声般清澈，充满了一名妻子该有的担心。

“案件暂搁了——延期了。”

“延期？真奇怪！我今天早上看见莱特布莱尔先生给妈妈的一张字条，说他明天要到华盛顿参加一个关于专利的大案件，要到最高法院进行辩护。你之前说是一个专利案，对吗？”

“唔——就是那个案件，事务所的人不能全都去。莱特布莱尔决定今天早上出发。”

“那就是没有延期了？”她穷追不舍。这不像她的性格，他感到血液涌上脸庞，仿佛是为她少有地有失矜持而脸红。

“没有，但我的出发延期了。”他回答，一边暗暗咒骂这种不必要的解释，毕竟他已经宣布要到华盛顿去了。他还在想曾经在哪里读过一句话：聪明的骗子透露细节，最聪明的骗子则隐瞒细节。看见梅拼命假装并没有怀疑他，这比向梅撒谎更让他难过。

“我晚些时候再去，幸好这对你家人来说正好方便。”他继续说，语带讽刺地搪塞过去。他说话时感觉到她正看着他，他转头看着她，以免显得在躲避她的目光。两人的目光在某个瞬间交汇，这或许使彼此更深刻地明白了对方的意思，但这并不是他们所希望的。

“是的，真是太方便了。”梅兴高采烈地同意，“你终究还是能去接埃伦了。你也看到妈妈有多么感激你提出来这么做。”

“噢，我很乐意这么做。”马车停下来，他跳下车，她靠前将手搭在他的手上。“再见，亲爱的。”她说，他事后回想那双湛蓝的眼睛是否在泪光中看着他。

他转身匆匆穿过联合广场，一边自言自语地重复：“从泽西城到老凯瑟琳家要两个小时。整整两个小时——可能还不止。”

第29章

妻子的蓝黑色马车（上面还留有婚礼的亮漆）在渡口接上阿切尔，奢华地将他送到泽西城的宾夕法尼亚车站。

这是一个阴沉的下午，下着雪，有声音回响的巨大车站里点上了煤气灯。他一边在月台上踱着步等待华盛顿快车，一边想起曾有人幻想终有一天哈德逊河下有一条隧道，让宾夕法尼亚铁路上的火车直接开进纽约。他们和那些空想家是一样的，后者也曾预言能造出五天横渡大西洋的船只，还幻想飞行器、电力照明、无需电话线的电话通信和其他天方夜谭会被发明出来。

“我不在乎他们哪一个幻想得以成真，”阿切尔思索，“只要这个隧道建不起来。”他像一个懵懂的学生一样，快乐地想象奥兰斯卡夫人从火车上走下来，想象他远远地从一堆毫无意义的面孔中发现她，她挽着他的手臂跟他走向马车。两人穿过疾驰的马匹、满载的推车和喧哗的马队车夫慢慢走向码头。渡轮上十分静谧，他们并排坐在纷飞的雪中，坐在纹丝不动的马车里，大地仿佛在他们脚下滑行，滑向太阳的另一边。他有那么多话想对她说，它们会以什么顺序涌上他的嘴边呢？真是不可思议……

火车的铿锵声和隆隆声逐渐靠近，它缓慢而蹒跚地驶进车站，像一只满载归巢的怪兽。阿切尔扒开人群拼命向前，盲目地从一个个高高的车窗往里看。然后，他忽然看见奥兰斯卡夫人苍白而惊讶的面容就在眼前，他再一次为忘记了她的容貌感到羞愧。

他们走上前，相互握手，他将她的手臂放进自己臂弯中。“这边——我有马车。”他说。

之后的事情就像他想象的那样发生了。他搀扶着她拿着行李坐上马车，事后只隐约记得他再三安慰她说祖母安好，并大概地讲述了博福特的情况（他被她的温柔打动了：“可怜的里贾纳！”）与此同时，马车好不容易驶出了拥挤的车站，缓缓走下湿滑的斜坡来到码头，他们四周充斥着摇摇晃晃的煤车、不知所措的马匹、破烂的快运马车和一辆空的灵车——啊，那辆灵车！她经过灵车时紧紧闭上双眼，抓住阿切尔的手。

“但愿这不是意味着——可怜的奶奶！”

“噢，不是的，不是的——她已经好多了——她没事，真的。看——我们驶过去了！”他高声说，仿佛这样做有用似的。她的手依旧被他握着，马车蹒跚地走过跳板来到渡口，他低头解开她紧绷的棕色手套，亲吻她的掌心，仿佛在亲吻一件文物。她浅笑着抽出手，他说：“你不知道我今天要来？”

“噢，不知道。”

“我本来打算去华盛顿看你的，已经都安排好了——我差点就跟你在火车上擦肩而过。”

“噢——”她高呼，仿佛被他们几乎错过彼此而吓到了。

“你知道吗——我快不认得你了？”

“快不认得我了？”

“我是说，我该怎么解释呢，我——总是这样，每次见你都仿如初见。”

“噢，是的。我明白！我明白！”

“我是不是——也一样，对你来说？”他坚持问。

她点头，看着窗外。

“埃伦——埃伦——埃伦！”

她没有回答，他静静地坐着，看着她的侧影在窗外飘雪和霞色的映衬下越发模糊。他想，她在这漫长的四个月里都做了什么呢？他们彼此终究所知甚少！宝贵的时间分秒流逝，他却完全忘了要对她说的话，只能无助地沉思他们若远又近的神秘关系，他们紧靠对方坐着，却又无法看见彼此的脸，这正是他们神秘关系的象征。

“马车真漂亮！是梅的车吗？”她问，忽然从窗旁转过脸来。

“是的。”

“那么说，是梅让你来接我的？她真好！”

他一时没有说话，然后忽然爆发了：“我们在波士顿见面的第二天，你丈夫的秘书来见我了。”

他寄给她的短笺没有提到里维埃先生的造访，他原想将这件事深埋心中。但她提醒了他：他们正坐在他妻子的马车中，这挑起了他想报复的冲动。他倒要看看，他提起里维埃和她提起梅，谁更好受！和在其他某些场合一样，当他以为她会失掉惯有的镇定时，她却没有流露出任何惊讶的神色，他马上断定：“他一定给她写信了。”

“里维埃先生去见你了？”

“是的，你不知道吗？”

“不。”她简短地回答。

“你不惊讶？”

她踌躇了一下。“我为什么要惊讶？他在波士顿告诉我他认识你，说他是在英国认识你的。”

“埃伦——我必须问你一件事。”

“好的。”

“我在见到他后就想问了，但我不能写在信上。你离开你丈夫的时候——是里维埃帮助你逃离的吗？”

他的心跳快得几乎要让他窒息了。她会同样镇静地回答这个问题吗?

“是的，他帮了我很大的忙。”她回答，声音沉静得不带一丝颤抖。

她的语调十分自然，近乎冷漠，阿切尔的躁动平息下来。就在他以为自己早已将传统抛诸脑后时，她再一次用她的质朴让他感到自己传统得愚不可及。

“我觉得你是我见过最诚实的女人！”他大声说。

“噢，不——但可能是最不挑剔的。”她回答，声音中带着笑意。

“随便你怎么叫吧：你看得到事物的本来面目。”

“啊——我必须这么做。我必须看着戈耳工[37]。”

“唔——可那并没有让你失明！你明白她和其他鬼神一样，只是一个老妖怪而已。”

“她不会让人失明，但她会把眼泪蒸干。”

这个答案让阿切尔吞回了已到嘴边的恳求：它似乎来自一个他无法体会的深刻经验。渡轮已经停止了缓慢前进，船头猛烈地撞在厚厚的滑道上，马车一个趔趄，将阿切尔与奥兰斯卡夫人撞在一起。年轻人颤抖着感到她的肩膀压在自己身上，于是伸手将她抱住。

“如果你没有失明，那你肯定能看清这不能继续下去。”

“什么不能继续下去？”

“我们在一起——却又不在一起。”

“不。你今天不应该来的。”她语调变了，然后忽然转过身来，伸开双臂搂住他，紧紧地亲吻他的双唇。此时，马车开始移动，滑道上方的煤气灯摇曳着照进窗内。她别过身，他们一动不动地静静坐着，马车在渡口的码头上艰难地穿过拥堵的车流。他们走上街后，阿切尔急切地开口了。

“不要害怕我，你不需要这样蜷缩在一角。一个偷偷摸摸的吻不是我想要的。你看，我连你衣服的袖子都没有碰。不要以为我不明白你不希望我们之间的感觉沦为普通的地下情的原因。我昨天根本说不出这样的话，因为当我们分开以后，在我很期待见你的时候，每个想法都像熊熊燃烧的火焰那么炽热。但后来你出现了，比我记忆中的更生动，而我想要的远远不只是苦苦等待过后偶尔见面的一两个小时，所以我才能像现在这样静静地坐在你身旁，心中带着那个幻想，并默默地相信它终会成真。”

她没有回答，过了一会儿，她耳语般地低声问：“你相信它终会成真是什么意思？”

“怎么——你知道那会成真的，不是吗？”

“我们在一起的那个幻想吗？”她忽然大笑起来，“你真会选地方来跟我说这件事！”

“你这么说是因为我们在我妻子的马车里吗？那我们下车走路吧？你应该不会介意下了一点小雪？”

她更温柔地笑了。“不，我不会下车走路，因为我的任务是要尽快赶到奶奶家。你要坐在我身边，我们会讨论现实，而不是幻想。”

“我不知道你所谓的现实是什么。对我来说这就是唯一的现实。”

她听完后良久不说话，马车走在一条昏暗的边道上，然后拐进灯火通明的第五大道。

“那么，你的意思是我应该作为情妇和你生活在一起——因为我不能当你的妻子？”她问。

这个问题的露骨让他大惊失色：他圈中的女人对这个词语避之不及，即使当她们的谈话紧紧围绕这个话题时也是如此。他留意到奥兰斯卡夫人大方地说出这个词，仿佛在她的日常用语中有一席之地。他不禁想，在她逃离的那段可怕的生活中，人们是否在她面前驾轻就熟地使用这个词语？她的问题猛然将他截住，他变得仓皇失措起来。

“我想——我想和你一起逃到一个没有这种词语——这种事情——的世界里。在那里我们只是两个相爱的人，是彼此的全部，世界上其他一切事情都不再重要。”

她深深叹了一口气，然后又笑了起来。“噢，亲爱的——这个国家在哪里？你到过那里吗？”她问，他绷着脸没有作声，她又说：“我认识许多想找到这个地方的人，相信我，他们全都阴差阳错地在半路的车站下车了，在布伦、比萨、蒙特卡洛——这些地方跟他们离开的那个旧世界没有什么不同，只是更小、更脏、更混杂而已。”

他从来没有听过她以这种语气说话，他想起她前不久说的那句话。

“是的，戈耳工已经蒸干了你的眼泪。”他说。

“唔，她也撑开了我的双眼。说她让人失明是骗人的，她做的正相反——她撑开了他们的眼睛，让他们无法再躲藏在黑暗中。中国不是有这种酷刑吗？应该有的。啊，相信我，那是一个可怜的小国！”

马车穿过四十二街：梅那结实的马像一匹肯塔基快马一样载着他们往北驶去。阿切尔感到时间的流逝和语言的苍白，竟一时语噎。

“那么，你对我们的计划究竟是怎样的？”他问。

“对我们？根本就没有你想的那个我们！我们只有保持距离才能彼此接近。这样我们就能做自己。否则我们只是纽兰德·阿切尔——埃伦·奥兰斯卡的表妹夫，和埃伦·奥兰斯卡——纽兰德·阿切尔妻子的表姐，试图躲在信任他们的人背后快乐度日而已。”

“啊，我已经脱离那个身份了。”他低吼。

“不，你没有！你从来都没有脱离！但我有。”她以一种奇怪的语调说，“我知道那里是怎样的。”

他一言不发地坐着，因无法言喻的痛苦而茫然。然后他在阴暗的车里摸索给车夫传递命令的小铃，他记得梅想要停车的时候会按两下铃。他按响了铃，马车停靠在路边。

“我们为什么停下来？这不是奶奶家。”奥兰斯卡夫人高声说。

“不，我要在这里下车。”他结巴着说，打开车门，跳上人行道。在街灯下，他看见她一脸惶恐，本能地做出挽留他的动作。他关上车门，在车窗上靠了一会儿。

“你是对的，我今天不应该来。”他压低声音，以防车夫听见。她向前倾身，好像想说什么，但他已经大声吩咐继续赶路，马车驶远时他依然站在街角。雪已经停了，扬起了一阵刺骨的风，他站在那儿凝视着，风鞭打着他的脸。他忽然感觉睫毛上有些僵硬冰冷的东西，才发觉自己哭了，风将眼泪冻成了冰。

他将手揣进口袋里，沿第五大道快步走回家中。

第30章

那天晚上，阿切尔在晚餐前走下楼，发现会客厅里空无一人。

自从曼森·明戈特夫人生病以来，所有的家庭约会都推迟了，他和梅独自进餐。因为她总是夫妻里更准时的那位，因此阿切尔发现梅没有比他先到时吃了一惊。他知道她在家，因为他穿衣时听见她在房中走动，他在想是什么耽搁了她。

他经常不自觉地沉迷于这种臆想当中，将幻想与现实紧紧捆绑在一起。有时候，他觉得自己似乎找到了岳父醉心琐事的原因，或许在很久以前，甚至连韦兰先生也曾逃离过、幻想过，并虚构出这一件件的家事，将自己保护起来。

梅出现的时候，他觉得她一脸倦容。她穿上了低领的紧身蕾丝晚宴服，这是明戈特家的礼节规定在最轻松场合的穿着，还把浅色头发盘成了平常的发卷。对比之下，她的脸色黯淡无光，近乎惨白。但她一如既往地温柔地看着他，眼中还保留着前一天的蓝色光芒。

"你后来怎么了，亲爱的？"她问，"我在外婆家等着，埃伦自己来了，还说在半路上放下了你，因为你要赶去办公事。没什么问题吧？"

"有几封信忘了处理而已，我想在晚餐前寄出去。"

"啊——"她说，过了一会儿，她又说："你没来外婆家真遗憾——除非信件很紧急。”

“是很紧急。”他回答，对她的不依不饶感到惊讶，“况且，我也不懂为什么我要去你外婆家。我也不知道你在那里。”

她转身走到壁炉架上方的镜子前。她站在那里，举起修长的手臂将精心梳理的头发上散落的碎发扎紧。阿切尔对她倦怠而僵硬的姿态感到惊讶，暗想死气沉沉的生活是否也像重担一样压在她身上。然后，他想起那天早上出门时，她从楼梯上说会在外婆家等他，好一起驾车回家。他欢快地大声回答“好的！”之后便因耽于幻想而忘记了自己的承诺。此刻，他被愧疚折磨，又感到气愤：结婚快两年了，她却依然对如此琐碎的疏忽耿耿于怀。他厌倦了生活在一个不温不火的永恒蜜月中，没有热情却诸多苛求。如果梅大声说出她的委屈（他怀疑她有许多），他可能会一笑置之，但她被训练得像勇士般微笑着遮盖假想的伤口。

为了掩饰烦躁，他问她外婆如何了，她回答说明戈特夫人还在好转，但被博福特夫妇的最新消息弄得相当不快。

“什么消息？”

“他们似乎要留在纽约。听说他打算进入保险还是什么行业。他们正在物色一座小房子。”

这件事有多荒唐无需讨论，他们走进饭厅吃饭。席间，他们的谈话在一贯有限的范围内进行，但阿切尔留意到妻子没有提到奥兰斯卡夫人，也没有说起老凯瑟琳对她的接待。他十分庆幸，却又隐隐感到不祥。

他们上楼走到书房中喝咖啡，阿切尔点燃了雪茄，拿下一册米什莱的书。他最近开始在晚上看历史书，因为梅看见他拿着诗册时总喜欢让他大声朗读：他并不是不喜欢自己的声音，只是因为他总能预见她会对他读的内容做出何种评价。在他们订婚的日子里，她只会（他现在发现了）重复他告诉她的内容。但自从他不再向她提供自己的观点后，她便开始妄加猜测，结果大大破坏了他对那本被评价的书的享受。

看见他选了历史书，她便拿来针线篮，端来扶手椅放在绿罩台灯旁，翻出一个为他的沙发刺绣的抱枕。她不善女红，那双能干的大手天生适合骑马、划船和户外活动。但既然所有的妻子都为她们的丈夫刺绣抱枕，她便不希望错过这奉献的最后一环。

她这样坐着，阿切尔一抬眼便能看见她埋头于线框中，蓬松的袖子从她紧实浑圆的手臂上滑落，她左手的订婚蓝宝石在宽宽的金色婚戒旁闪闪发光，右手则缓慢而费劲地在十字布上穿刺。她坐在那里，明亮的台灯照着她清晰的眉毛。他失落地暗想，他永远都知道这眉毛背后的想法，在整个将来，她都不会因为出奇的情绪、新的想法、弱点、残忍或情感而让他吃惊。在他们短暂的求爱中，她已经用光了她的诗歌和浪漫：因为再没有这种需要，这个功能已经耗尽了。现在，她只是成长为她母亲的一个复制品，同时在这个过程中不知不觉地试图将他变成韦兰先生。他放下书，焦躁地站起来，她马上抬起头。

“怎么了？”

“房间太闷了，我需要一点空气。”

他坚持将书房的窗帘装在竿上方便拉开、拉上，这样晚上就能关上，不必像会客厅的窗帘一样被钉在镀金檐口上，因层层蕾丝堆叠而无法移动。他拉开窗帘，推高窗框，向冰冷的寒夜伸出身子。只要不用看着梅坐在他的桌子旁，靠在他的台灯下，只要能看见其他房子、屋顶、烟囱，感受在他之外的其他生命，纽约之外的其他城市，他的世界之外的整个世界，就让他神清气爽，呼吸顺畅起来。

他探身到漆黑之中几分钟后听见她说："纽兰德！关上窗户吧，你会冻死的。"

他放下窗框，转过身来。"冻死！"他重复道。他还想说："我早就得病了。我是死的——我已经死了好几个月了。"

忽然间，这种文字游戏激起一阵疯狂的想法。如果要死的人是她呢！如果她会死的话——在不久的将来死去——那他就自由了！他站在那里，在温暖而熟悉的房间里，看着她，希望她死去，这种感觉如此奇怪，如此让人着迷而又压倒一切，他没有马上意识到这个想法的凶残。他只是觉得，际遇给了他一个新的可能，让他生病的灵魂得以苟延残喘。是的，梅可能会死——许多人死了，像她一样健康的年轻人——她也可能会死，在一瞬间将他解放。

她抬起头，从她放大的双眼中，他意识到自己的眼神一定有点怪异。

"纽兰德！你不舒服吗？"

他摇头，走向扶手椅。她低头刺绣，他经过她时将手放在她头发上。"可怜的梅！"他说。

"可怜？为什么可怜？"她疲惫地笑着重复他的话。

"因为以后我一开窗就会担心你。"他同样笑着回答道。

她好一会儿不出声，然后低头看着针线低声说："只要你开心，我就永远不用担心了。"

"啊，我亲爱的。除非我能开窗，否则我就永远不会开心了！"

"在这种天气里？"她责备道。他叹了一口气，埋首书中。

六七天过去了，阿切尔没有奥兰斯卡夫人的消息，渐渐意识到家里任何人都不会在他面前提起她的名字。他没有试着去见她，在她守在老凯瑟琳看护重重的床前时去见她几乎是不可能的。由于情况不明，他任由自己清醒地在思想深处孕育那个他在书房探身到寒夜中时下的决心。那个决心的坚定让不动声色的等待变得容易。

然后有一天，梅告诉他曼森·明戈特夫人要见他。这个要求并不让人惊讶，因为老夫人正在稳健地康复，她也一向公开宣称她喜欢阿切尔甚于其他孙女婿。梅满心欢喜地传达这个消息，老凯瑟琳欣赏她的丈夫让她颇为自豪。

阿切尔停顿了片刻，然后觉得必须说：“好吧。我们今天下午一起去如何？”

他的妻子喜上眉梢，但马上回答说：“噢，你最好还是自己去。外婆老是见同样的人觉得很无聊。”

阿切尔按响明戈特老夫人的门铃时心在狂乱地跳。他最盼望的就是能独自前往，因为他肯定这次拜访让他有机会私下与奥兰斯卡夫人说话。他决意等到这个机会顺其自然地出现。现在机会来了，他就站在台阶上。在门后，在门厅旁那个挂着黄色锦缎的房间门帘后，她一定在等着他，再过片刻，他就能见到她，在她带他进病房之前跟她说话。

他只想提一个问题，之后他的道路便明朗了。他想问的只是她回华盛顿的日期，对这个问题她很难拒绝回答。

但黄色客厅中等待他的却是那名混血女仆。她雪白的牙齿就像键盘一样闪亮。她推开滑门，领他走到老凯瑟琳跟前。

老妇坐在床边一张王座般的巨大扶手椅上。她身边是一个红木架子，上面放着一盏铸铜台灯，雕花球形灯罩上平放着绿色的纸罩。她的手边没有一本书或一份报纸，也没有任何女性用品的痕迹：谈话向来都是明戈特夫人的唯一追求，她根本不屑于佯装热衷刺绣。

阿切尔在她身上看不到中风留下的轻微歪扭。她只是看起来更苍白，肥肉褶皱和凹处的阴影更深而已。一顶有凹纹的头巾女帽以浆过的蝴蝶结系在她最上面的两层下巴下面，棉纱头巾在她波浪般的紫色便袍上交叠，她看起来就像一个精明慈祥、优哉游哉，在餐桌前管不住嘴的老祖宗。

她的两只小手像宠物一样舒舒服服地搭在巨大的大腿上，她伸出一只手朝女仆大喊："别让任何人进来。如果女儿叫我，就说我睡着了。"

女仆离开了，老夫人转向外孙女婿。

"亲爱的，我看起来很丑吧？"她欢快地问，一只手摸索着她那高耸的胸上的褶皱棉纱，"我女儿跟我说，我这个年龄已经不要紧了——好像越难掩藏就越不用怕丑似的。"

"亲爱的，您比以往更好看了！"阿切尔以同样的语气回答，她仰头大笑起来。

"啊，但不如埃伦好看！"她大声说，顽皮地朝他眨眼睛。还没等他回答，她又说："你驾车到渡口接她那天她也很漂亮吧？"

他笑了，她继续说："是因为你这么跟她说，她才中途把你放下的吗？我年轻的时候，小伙子不是被迫的话可不会轻易抛弃漂亮的姑娘！"她又咯咯笑了，然后打住笑，发起牢骚来："她没有嫁给你真可惜，我总是这么跟她说。她要是嫁给你我就没有这些烦恼了，可是谁又会想到替他们的祖母省心呢？”

阿切尔想，她是否因为生病而犯糊涂了。但她忽然说：“好啊，不管怎样，这已经定好了，她会留下来陪我，不管家里其他人怎么说！她刚来不到五分钟我就想跪下来求她留下来——要是过去那二十年我知道有什么办法把她留住就好了！”

阿切尔静静地听着，她继续说：“他们都来做我的工作，你一定知道，来劝说我，洛弗尔、莱特布莱尔、奥古斯塔·韦兰，还有所有其他人，说我要坚持己见，砍掉她的生活费，直到她看清自己有责任回到奥兰斯基身边为止。他们以为那个秘书还是什么人拿出最后的提议时，就把我说通了——我承认那些提议十分丰厚。毕竟，婚姻就是婚姻，金钱就是金钱——两者都各有用处……我也不知道要怎么回答——”她停下来深深吸了一口气，仿佛说话很费劲似的。“但我一看见她，我就说：‘你这只可爱的小鸟啊！想再把你关在笼子里？我绝不答应！’所以现在决定了，只要我这个奶奶还在，她就要留下来照顾我。这不是什么大好前途，但她不介意，当然我也告诉莱特布莱尔，她必须拿到她应得的生活费。”

年轻人血脉偾张地听她说着，但脑中一片混乱，不知道这个消息究竟为他带来快乐还是痛苦。他本已果断地决定了他要走的路，一时间不知该如何调整思绪。但慢慢地，一种美妙的感觉在他心中弥漫开来，困难被推迟了，机会奇迹般地出现了。如果埃伦同意来跟祖母一起生活，那一定是因为她认识到自己无法放弃他。这就是她对那天他的最后请求的回应，如果她当初不愿走出他怂恿的的极端一步，那她最终还是屈服折中了。他重新思考着，不知不觉变得轻松起来，就像一个本已孤注一掷的人却忽然品尝到转危为安的甜蜜。

“她不能回去——那是不可能的！”他大叫。

“啊，我亲爱的，我早就知道你会站在她的一边，这也是我今天叫你来的原因，因此当你的娇妻提出要和你一起来的时候我对她说：‘不，亲爱的，我很想见纽兰德，我不希望任何人分享我们的交流。’因为你看，亲爱的——”她在下巴允许的范围内仰起头，定睛看着他，“你看，我们将会有一场战争。家族不想她留下来，他们会说因为我生病了，因为我是一个羸弱的老妇，她才能说服我。我的身体还没有好到能跟他们一个一个地斗，你必须要替我上场。”

“我？”他舌头打了结。

“就是你。有何不可呢？”她马上反问，圆圆的眼睛忽然像小刀般锋利。她的手在扶手上挥舞，浅色的指甲像鸟爪一样抓住他的手。“有何不可呢？”她再次尖锐地问。

在她凝视之下，阿切尔恢复了镇定。

“噢，我不算数——我无足轻重。”

“唔，你是莱特布莱尔的合伙人，不是吗？你必须通过莱特布莱尔说服他们。除非你有理由不这么做。”她坚持道。

“噢，亲爱的，即使没有我的帮助，我也支持你与他们抗争到底。但如果你需要的话，我会帮忙的。”他向她保证。

“那我们就安全了！”她松了一口气，老谋深算地笑看着他，然后头靠着抱枕说，“我早就知道你会支持我们，因为他们说她有义务回家时从来没有引用过你说过的话。”

他对她惊人的洞察力感到一丝畏惧，很想问“那梅呢——他们有引用她说的话吗？”但他觉得换一个问题更安全。

“那奥兰斯卡夫人呢？我什么时候能见她？”他说。

老夫人咯咯笑了，眼皮皱成一堆，淘气地打着手势。“今天不行。每次只能见一个。奥兰斯卡夫人出去了。”

他失望地脸红了，她又说：“她出去了，我的孩子，坐着我的马车去看里贾纳·博福特了。”

她停下来，让这个消息产生效果。“她已经让我变成这样了。到这里的第二天，她戴上了最漂亮的软帽，冷静地告诉我她要去拜访里贾纳·博福特。‘我不认识她，她是谁？’我说。‘她是你的侄孙女，也是一个十分不幸的女人。’她说。‘她是一个混账的妻子。’我回答。她说：‘我也一样，但我的所有家人都希望我回到他身边。’啧啧，那句话把我打败了，我就让她去了。后来终于有一天，她说雨下太大了，没办法走路去，她想借我的马车。‘用来做什么？’我问她，她说：‘去见里贾纳表姐’——表姐！亲爱的，我那时候看看窗外，一滴雨都没有下，但我理解她，于是就让她坐上我的车了……不管怎样，里贾纳是一个勇敢的女人，她也一样。而我一向最欣赏的就是勇气。”

阿切尔弯腰亲吻那只仍然搭在他手上的小手。

“哎——哎——哎！你以为你亲的是谁的手呢，小伙子——我希望是你妻子的？”老夫人大声地取笑他，他起身要走时，她在身后叫道：“替外婆向她问好，但关于我们的谈话你最好什么都别说。”

第 31 章

听过老凯瑟琳的消息后，阿切尔惊呆了。奥兰斯卡夫人听从祖母吩咐从华盛顿赶来是再自然不过的事了，但她决定留在祖母家中——尤其是现在明戈特夫人已经几乎痊愈了——却不怎么好解释。

阿切尔很肯定，奥兰斯卡夫人的决定并没有因她财务状况的变化而受到影响。他知道分居后她丈夫给她的那一小笔生活费具体有多少。没有祖母的生活费帮补，她很难继续以明戈特家族熟悉的派头生活。现在，和她一起生活的梅多拉·曼森已经一贫如洗，这份微薄的收入勉强够她们吃穿。然而，阿切尔深信奥兰斯卡夫人并不是因为利益驱使才接受祖母提议的。

她和习惯了拥有大笔财富、对金钱毫不在乎的人一样，毫不在意地行慷慨之举，偶尔地奢侈挥霍，但她能放弃许多被她的亲戚视为必不可少的东西。洛弗尔·明戈特夫人和韦兰夫人也经常哀叹，享受过奥兰斯基伯爵宅邸里那种大都会式奢华生活的人怎会毫不关心“事情是怎么操办的”。而且，据阿切尔所知，她的生活费来源已经被切断几个月之久，但她却完全没有努力重获祖母宠爱。因此，如果她改变路线的话，一定是因为另一个原因。

他不怎么费力就找到了那个原因。从渡口回家的路上，她跟他说他们必须保持距离，但她是靠在他胸前说出这句话的。他知道她并不是在欲擒故纵。她和他一样在反抗自己的命运，并且不顾一切地坚持认为他们不能辜负那些信任他们的人。但在她回到纽约的十天里，她可能从他沉默不语、从他并不打算来见她的举动里猜到了他在谋划决定性的、一旦走出便无法回头的一步。想到这里，她可能忽然害怕起自身的脆弱来，感觉终究还是应该接受这种情况下惯常的妥协，选择了阻力最小的路线。

一个小时前，当他按响明戈特夫人的门铃时，阿切尔曾幻想他前方的道路已经毫无障碍。他本想与奥兰斯卡夫人单独说几句话，希望落空以后，他又希望从她祖母处知道她返回华盛顿的日期和火车班次。他打算在那趟火车上与她会合，和她一起到华盛顿，或者如她所愿有多远走多远。他自己的幻想倾向于去日本。不管怎样，她都会马上明白，无论她到哪里，他都会跟着去。他打算给梅留下一张字条，以切断一切其他的可能。

他原以为自己不仅有勇气迈出这一步，而且渴望这么做，但听到情况扭转时，他的第一反应是松了一口气。不过，现在当他从明戈特夫人家走回家时，他意识到自己越发厌恶即将面临的情况。他本该走的那条路上没有任何未知和陌生的情况，但踏上那条路时的他是一个无拘无束的人，他的行为不需对任何人负责，而且乐于超然地玩弄这个角色要求的警惕与推诿、隐瞒与遵从。这个过程称为“保护女人的荣誉”，最精彩的小说和长辈茶余饭后的谈论早已让他熟知其规则的每一个细节。

现在，他以全新的角度看待这件事，他在其中的角色似乎毫不起眼。实际上，这正是他暗带愚昧地看着索利·拉什沃思夫人在宠爱她却又不明真相的丈夫身上玩的游戏：一个微笑的、嘲弄的、诙谐的、警惕的、无休止的谎言。白天是谎言，晚上是谎言，每一次触碰、每一个眼神，每一个抚摸、每一次争吵，每一个句子、每一段沉默，全都是谎言。

整体而言，妻子向丈夫扮演这个角色更加容易，也不那么懦弱。人们暗暗认为女人诚实的标准要低一些：她是附属品，对被奴役之道谙熟于心。这样她便总能以心情和情绪为借口求情，还有权不受严格的标准要求，即使在最刻板守旧的上流社会里，嘲笑的对象也总是那位丈夫。

而在阿切尔的小世界里，没有人嘲笑一位受骗的妻子，却总是对婚后仍拈花惹草的男人嗤之以鼻。人们默许男人有一段处处留情的时期，但这种留情不能超过一次。

阿切尔向来认同这种观点：在他心中，莱弗茨卑劣无耻。但爱上埃伦·奥兰斯卡并不代表他要成为莱弗茨那样的人：阿切尔头一次发现自己面对着针对这种情况的可怕争论。埃伦·奥兰斯卡和其他女人不同，他也有别于其他男人，因此他们的情况和其他人没有相似之处，他们也不必接受审判，只需对自己的判断负责。

道理不错，但十分钟后他就会踏上自家的台阶。那里有梅，有习惯，有荣誉，还有他和他圈子里的人一直遵循的所有传统礼仪……

他在家门前的街角犹豫了一下，沿着第五大道继续走下去。

在他前面，一座没有亮灯的大宅在冬夜里若隐若现。他走近时心想，他经常看见它灯火辉煌，遮阳篷下的台阶铺着地毯，两两并排等候的马车驶至门前石阶。黑咕隆咚的巨大温室伸展到边道上，他正是在这里第一次亲吻梅，在宴会厅璀璨的烛光下看着她出现，高挑、闪亮，就像年轻的狄安娜一般。

此刻，这座房子如坟墓般一片漆黑，只有地下室中的煤气灯微弱地发光，还有楼上一间没有关上百叶窗的房间亮着灯。阿切尔走到街角，看见门前的马车是曼森·明戈特夫人的。如果西勒顿·杰克森恰好经过，这会是他的大好机会！阿切尔听完老凯瑟琳讲述奥兰斯卡夫人对博福特夫人的态度后深受感动，它让纽约正义的谴责显得像过路人一样冷酷无情。但他深知那些俱乐部和会客厅中的人会对埃伦·奥兰斯卡的探望作何解读。

他停下脚步，抬头看着那个亮灯的窗户。毫无疑问，那两个女人正一起坐在房间里：博福特大概已在别处寻找安慰。甚至有传言称他已经和范妮·林一起离开了纽约。但博福特夫人的态度让这些报道显得不大可信。

晚上的第五大道几乎只供阿切尔饱览。那个钟点的人们大多在室内，为晚宴穿衣打扮。他暗暗庆幸埃伦能不被人发现地离开。他正想着，门开了，她走出来，身后亮着微弱的光，可能是送她下楼的灯光。她转身朝某人说了一句话，然后门关上了，她走下台阶。

她走到人行道时，他低声说："埃伦。"

她微微吃了一惊，停下脚步，就在这时他看见两个衣着时髦的年轻人朝他们走来。他们的大衣和醒目的丝绸围巾叠在白色领带上的方式十分熟悉，他好奇这种身份的年轻人为何早早便外出吃饭。然后他想起来，住在几座房子之外的雷吉·奇弗斯那天晚上准备带一大群人去看阿德莱德·尼尔森的《罗密欧与朱丽叶》，于是猜想这两人正是其中的二位。他们从街灯下走过时，阿切尔认出那是劳伦斯·莱弗茨和一位年轻的奇弗斯。

他感受到她手上传来的暖意，驱散了他不想被人看见奥兰斯卡夫人出现在博福特家门的卑鄙想法。

“我能见你了——我们能在一起了。”他冲口而出，几乎不知道自己在说什么。

“啊，”她回答，“奶奶跟你说了？”

他看着她，意识到莱弗茨和奇弗斯走到远处街角后小心翼翼地穿过第五大道离开了。这是他自己也时常践行的男人们的团结一致，现在他却对他们假装视而不见感到恶心。她真的以为她和他能这样活下去吗？如果不是的话，她又是怎么想象的呢？

“我明天必须见你——在一个我们能单独相处的地方。”他说，听见自己的声音几乎带着怒气。

她动摇了，向马车走去。

“但我会在奶奶家——暂时来说是这样。”她又说，仿佛意识到需要为改变计划做出解释。

“一个我们能单独相处的地方。”他坚持道。

她淡淡一笑，他被刺痛了。

“在纽约？但这里没有教堂……也没有纪念碑。”

“有艺术博物馆——在公园里。”他向一脸困惑的她解释，“两点半，我会在大门……”

她没有回答，转身很快地钻进马车。马车驶离时，她探身上前，他觉得她在黑暗中挥了挥手。他定睛看着她离去，心中百感交集。他感觉刚刚不是在跟深爱的女人说话，而是一个他早已玩厌因此深感愧疚的女人；发现自己受困于这种陈腐的表达，他满腹怨恨。

“她会来的！”他几乎傲慢地自言自语。

大都会博物馆以充满怪异的铸铁和琉璃瓦著称，其主要画廊之一挂满了“乌尔夫藏品”描述轶事的画布，他们避开了这个受欢迎的展厅，沿走廊漫步到一个房间，这里“查兹诺拉的古董”无人问津，在孤独中腐朽。

他们独占这忧郁的一隅，坐在包围着中央暖气片的长沙发上。他们默默地凝视黑檀木裱起的玻璃箱，里面陈列着挖掘出来的伊利昂[38]碎片。

“真奇怪，”奥兰斯卡夫人说，“我从没来过这里。”

“啊——终有一天，我想，这会是一个伟大的博物馆。”

“是的。”她心不在焉地同意。

她站起来，漫步穿过房间。阿切尔仍旧坐着，看着她身体轻盈的动作，即使裹着厚厚的皮草却依然像少女一般，看着她皮毛便帽上巧妙地插着苍鹭羽毛，看着她两边脸颊上卷曲的黑发像扁平盘旋的藤蔓般贴在耳朵上方。每次久别重逢后，他总是沉醉于那些让她独一无二的甜美细节中。他站起来，走到她站立的柜子前。玻璃架上摆满了破碎的小物件——难以辨认的家居器皿、饰物和随身携带的小玩意——以玻璃、陶土、褪色的青铜和其他被年岁磨蚀的材质制成。

“真残忍，”她说，“一段时间之后，什么都不再重要了……就像这些小东西一样，对那些被遗忘的人来说它们曾是十分重要的必需品，现在却被贴上‘用途不明’的标签，躺在放大镜下任人猜测。”

“是的，但是——”

"啊，但是——"

她站在那里，穿着海豹皮长大衣，双手插在小小的圆形暖手笼中，放下来的面纱像透明的面具一样盖到鼻尖，他带给她的一束紫罗兰随着她急促的呼吸而起伏。这种线条与颜色的纯洁和谐必须遭受"变化"这一愚蠢的法则，听起来实在难以置信。

"但是关于你的一切——全都很重要。"他说。

她看着他沉思着，然后转身回到沙发上。他在她身旁坐下，等待着。但他忽然听见远处空旷的展厅传来一阵脚步声，他感到时间紧迫。

"你想跟我说什么？"她问，仿佛也收到了同样的警示。

"我想跟你说什么？"他回答，"当然是想说，我觉得你来纽约是因为你害怕了。"

"害怕？"

"害怕我到华盛顿去。"

她低头看着暖手笼，他看见她的双手在里面不安地扭动。

"嗯——？"

"嗯——是的。"她说。

"你真的害怕？你知道——？"

"是的，我知道……"

"嗯，然后呢？"他坚持道。

"嗯，然后：这样更好，不是吗？"她长叹一声询问。

"更好——？"

"我们可以减少对彼此的伤害。这难道不是你一直想要的吗？"

"你是说，你在这里——与我若即若离？我要这样偷偷摸摸与你见面？这跟我想要的完全相反。我那天已经告诉你我想要的是什么了。”

她踌躇着。“那你依然认为这样——更糟糕？”

“糟糕一千倍！”他停了一下，“要欺骗你很容易，但真相是，我认为那样十分可耻。”

“噢，我也一样！”她大大松了一口气，大声说。

他急躁地一跃而起。“既然这样——轮到我来问了，看在老天的份上，你究竟认为怎样才好？”

她低着头，暖手笼中的双手不断攥紧又松开。脚步声越来越近，一个头戴编织便帽的保卫百无聊赖地在展厅里走了一圈，像墓地上蹑手蹑脚的鬼魂一样。他们的目光同时落在对面的玻璃箱上，当保卫的身影消失在一片木乃伊和石棺的景观中，阿切尔重新开口。

“你觉得怎样才好？”

她没有回答，只是嗫嚅道：“我答应奶奶留在她身边，因为我认为在这里我会更安全。”

“可以不用见我？”

她微微低下头，没有看他。

“可以不用爱我？”

她的侧脸没有动，但他看见一滴泪珠从她的睫毛滴落在面纱的网格上。

“可以不用造成无法弥补的伤害。别让我们和其他人一样！”她抗议。

“什么其他人？我不会宣称我和我的同类人有什么不同。我也沉迷于同样的欲望和同样的渴求。”

她惶恐地看了他一眼，他发现她的脸颊悄悄红了。

“我可以——见你一次，然后回家吗？”她忽然以低沉清晰的声音试探着问。

年轻人满脸通红。“亲爱的！”他说，没有移动。他仿佛将自己的心脏捧在手中，像拿着一个轻微一碰便会溢出的杯子。

然后，她的最后一句话传到了他耳中，他脸色一沉：“回家？你说回家是什么意思？”

“回到我丈夫身边。”

“你指望我会答应吗？”

她抬起忧愁的眼睛看着他：“不然还有什么办法？我总不能留在这里欺骗那些对我好的人。”

“正是因为如此我才让你跟我走的！”

“然后毁掉这些帮我重建生活的人的日子吗？”

阿切尔一下子站起来，带着说不出的绝望低头看她。他轻易便能说出“对，来吧，马上跟我走”。他知道她一旦同意便将决定权交给了他，他说服她不要回到丈夫身边便易如反掌了。

但某些东西止住了他已到嘴边的话。她身上有一种炽热的诚恳，让他无法以熟悉的圈套诱骗她。“如果我要让她来，”他暗想，“我就必须再次让她走。”这是无法想象的。

但他看见睫毛的影子打在她泪湿的脸上，他犹豫了。

“不管怎样，”他重新开口，“我们都有自己的生活……没有必要尝试不可能的事。你对某些事情完全没有偏见，正如你所说，你习惯了凝视戈耳工，所以我不知道你为什么还会害怕面对我们的事情、正视这件事——除非你觉得这个牺牲是不值得的。”

她也站了起来，眉头深锁，嘴唇紧闭。

"随便你怎么说——我要走了。"她说，从胸前掏出她的小怀表。

她转身要走，他在后面一把抓过她的手腕。"那就来见我一次吧。"他说，一想到可能失去她便忽然头晕目眩起来。有那么一两秒时间，他们几乎像敌人一样对视。

"什么时候？"他不依不饶，"明天？"

她犹豫了一下。"后天。"

"亲爱的——！"他又说。

她挣脱了手腕，但两人继续四目凝视了片刻，他看见她的脸已变得十分苍白，却由内而外散发着光芒。他的心满怀敬畏地跳动着：他从不知道爱情原来是真实可见的。

"噢，我要迟到了——再见。不，不要再往前走了。"她带着哭腔说，匆匆走出了长长的展厅，仿佛被他眼中反射的光芒吓怕了。她走到门前转过来，很快地挥手作别。

阿切尔独自走回家。他走进家门时夜幕开始降临，他环顾门厅里熟悉的物品，像从坟墓中看着它们一样。

客厅女仆听见他的脚步声，跑上楼点亮了楼梯平台上的灯。

"阿切尔夫人在家吗？"

"不在，先生。阿切尔夫人午餐后坐马车出门了，还没回来。"

他感到一阵轻松，走进书房，一下子坐在扶手椅上。女仆带着台灯跟进来，在快熄灭的炉火上撒了一把煤，她走了以后，他继续一动不动地坐着，手肘撑在膝盖上，十指交叉托着下巴，眼睛盯着红色的格栅。

他坐在那里，没有清醒的思考，也感觉不到时间流逝，只陷入一种深刻而强烈的惊愕之中，似乎让生命静止而不是加快。“那就只能是这样了……就只能这样了。”他不停地重复着，仿佛被宿命的爪牙牢牢抓住。他想象的情景与现实如此迥异，给他的狂喜浇了一盆冷水。

门打开了，梅走进来。

“我太晚了——你没有担心吧？”她问，将手搭在他肩上，难得地轻抚他。

他惊讶地抬头：“很晚了吗？”

“已经过七点了。你一定是睡着了！”她笑道，从帽子里抽出帽针，将丝绒帽甩到沙发上。她比往常更苍白了，但少有地洋溢着活力。

“我去见外婆了，正要离开的时候埃伦散步回来了。于是我留下来跟她聊了很久。我们已经好久没有好好说话了……”她坐进平常那把向着他的扶手椅里，手指摆弄着凌乱的头发。他感到她在等待他说话。

“我们谈得很尽兴，”她笑着继续说，活泼得让阿切尔感觉很不自然，“她真好——就跟过去的埃伦一样。我觉得我最近对她并不是很公平，我有时候想——”

阿切尔站起来，靠在壁炉架旁，站在台灯的光照之外。

“是的，你想——？”见她停下来，他重复道。

“唔，我可能并没有公平地评价她。她是如此的与众不同——至少表面上是这样。她跟一些古怪的人来往——她似乎想引人注目。我想这就是她在欧洲放纵的上流社会里的生活吧。不用说，我们对她来说是一潭死水。但我不想对她有不公平的评价。”

她又停了下来，少有的长篇大论让她有点喘不过气来。她坐下，双唇微张，两颊深红。

阿切尔看着她，想起了在圣·奥古斯丁的教堂花园中她脸上浮现的光彩。他意识到她也在暗暗地努力，也想伸手触碰她平常眼界之外的东西。

“她憎恨埃伦，”他想，“她试图克服这种感觉，也想让我帮她克服这种感觉。”

这个想法打动了他，有那么一会儿他几乎要打破他们之间的沉默，主动请求她宽恕。

“你明白，”她继续说，“为什么家人有时候感到烦恼，对吧？我们一开始都倾力帮助她，可她好像从不领情。现在还去见博福特夫人，还坐着外婆的马车去！恐怕她已经跟范德卢顿一家疏远了……”

“啊。”阿切尔不耐烦地笑起来。他们之间打开的门又关上了。

“是时候更衣了。我们要出去吃饭，对吗？”他问，从火炉旁走开。

她也站起身，但流连在火炉边。他走过她身旁时，她冲动地走上前，像要挽留他一样：他们目光交汇，他看见她水汪汪的蓝眼睛依然与他离开她驾车去泽西城时一样。

她张开双臂搂住他的脖子，将脸贴在他的脸上。

“你今天还没亲我呢。”她轻声说。他感到她在自己怀中颤抖。

第32章

“在杜伊勒里宫的院子里，”微笑着缅怀往事的西勒顿·杰克森先生说，“人们相当公开地容忍这些事情。”

这是在范德卢顿夫妇位于麦迪逊大道的黑胡桃木饭厅，时间是纽兰德·阿切尔到艺术博物馆去的第二天晚上。范德卢顿夫妇从斯凯特克里夫进城几天，他们听说博福特宣告破产后忙不迭地逃到那里去。已经有人向他们表示，上流社会被这件悲惨的丑闻卷进混乱之中，他们更有必要在城中现身了。正如阿切尔夫人所说，这是他们“回报社会”的机会之一：要出现在歌剧院中，甚至打开自家的大门。

“我亲爱的路易莎，让勒姆尔·斯特拉瑟斯夫人这样的人以为他们能替代里贾纳是绝对不行的。新人们正是在这种时候争抢一席之地。那年冬天斯特拉瑟斯夫人第一次出现时，因为纽约城里水痘爆发，已婚男士才能趁妻子在保育室时悄悄溜到她家中。路易莎，你和亲爱的亨利必须要和以往一样担当中流砥柱啊。”

对这个呼唤，范德卢顿夫妇不能充耳不闻，于是勉强但仍英勇地来到城中，掀掉家具的罩盖，发出邀请函，要举办两场晚宴和一场晚会。

这晚，他们邀请了西勒顿·杰克森、阿切尔夫人和纽兰德夫妇一起到歌剧院去，那里正在上演那年冬天《浮士德》的首演。范德卢顿家设宴向来不乏繁文缛节，虽然当晚只有四位客人，但晚宴依然在七点准时开始，这样便能在绅士们安心享用雪茄之前不急不忙地按序上菜。

阿切尔自前一天晚上以来就没有见过妻子。他早早出门到事务所去，一头扎进一堆不甚要紧的公务当中。到了下午，其中一位资深合伙人下班后意外到访，因此他抵家时已经很晚了，梅比他先到范德卢顿家，让马车回来接他。

此刻，她坐在斯凯特克里夫的康乃馨和巨大的碟子对面，看起来苍白而倦怠，但眼神生辉，谈话时带着夸张的动作。

这个唤起了西勒顿·杰克森先生最中意的典故的话题是女主人提起的（阿切尔想这不是无心之举）。博福特的破产，或者说博福特破产后的态度，依然为会客厅里的这位道德家提供了源源不断的谈资。在对这个话题进行了充分的审视和谴责后，范德卢顿夫人将审慎的目光投向梅·阿切尔。

“亲爱的，我听说的可是真的？有人跟我说看见你外祖母明戈特夫人的马车停在博福特夫人门前。”显然，她不再以受洗的名字称呼那位犯事的女士了。

梅脸红了，阿切尔夫人急忙插嘴：“如果真是这样，我肯定明戈特夫人并不知情。”

“啊，你觉得是这样——？”范德卢顿夫人停下来叹了一口气，瞄了一眼丈夫。

“恐怕，”范德卢顿先生说，“是奥兰斯卡夫人的善心让她鲁莽地拜访了博福特夫人。”

“也可能是因为她喜欢奇怪的人吧。”阿切尔夫人干巴巴地搭话，眼神无辜地看着儿子。

“真是抱歉，我会这么想奥兰斯卡夫人。”范德卢顿夫人说。阿切尔夫人低声说：“啊，亲爱的——你还在斯凯特克里夫招待过她两次呢！”

这个时候，杰克森先生抓住机会抛出了他心爱的典故。

“在杜伊勒里宫里，”他重复道，看见大家的视线期待地转到他身上，“某些方面的标准过于松懈，如果你要问莫尼[39]的钱从何而来——或者谁替几位宫廷美人偿还了债务的话……”

“亲爱的西勒顿，我希望，”阿切尔夫人说，“你不是在建议我们采取这些标准？”

“我绝不建议，”杰克森先生泰然自若地回答，“但奥兰斯卡夫人在异国成长的经历或许让她不那么讲究——”

“唉。”两位年长的女士叹气。

“不管怎样，将祖母的马车停在一个欠债不还的人家门前实在过分！”范德卢顿先生抗议道。阿切尔猜他是因为想起往二十三街的那座小房子寄去的一篮篮康乃馨而心怀怨恨。

“当然，我一直都说她看待事物的眼光相当不同。”阿切尔夫人总结。

红晕爬上了梅的额头。她看着餐桌对面的丈夫，急急地说：“我肯定埃伦本意是好的。”

“鲁莽的人经常都是出于好意。”阿切尔夫人说，仿佛这个事实不足以为她求情，范德卢顿夫人低声说：“她要是咨询一下别人就好了——”

“啊，她从来没有这么做！”阿切尔夫人回答。

这时，范德卢顿先生瞥了一眼妻子，后者向阿切尔夫人微微点头。三位女士拖着闪闪发光的裙摆走出门，男士们则舒舒服服地品尝雪茄。范德卢顿先生在歌剧之夜提供短雪茄，其质量之高让宾客们为他的依时离去惋惜不已。

第一幕结束后，阿切尔离开人群，走到俱乐部包厢后面。在那里，他的目光越过各位奇弗斯、明戈特和拉什沃思家人的肩膀，看着两年前第一次见到埃伦·奥兰斯卡时同样的场景。他暗暗期待她再次出现在明戈特老夫人的包厢中，但那里空无一人。他一动不动地坐着，眼睛盯着包厢，直至尼尔森女士纯净的女高音唱响“他爱我，他不爱我……”

阿切尔的目光转向舞台，在那熟悉的以巨大玫瑰和擦笔布状三色堇装饰的布景中，同一位高大的金发受害者正臣服于同一位矮小而黝黑的骗子。

他的视线从舞台上游离到马蹄铁形状舞台的末端，在那里，梅坐在两位年长的女士之间，就像那晚她坐在洛弗尔·明戈特夫人和她刚到不久的“外国”表姐之间一样。那天晚上，她一身白裙，阿切尔并没有留意她的穿着，只认得她结婚礼服上的蓝白色绸缎和老式蕾丝。

老纽约的习俗是让新娘在婚后一两年穿着这身昂贵的服装。阿切尔知道母亲将她自己的结婚礼服包在衬纸中，希望简妮有朝一日能穿上，但可怜的简妮已经到了更“适宜”穿珠光灰色府绸和不用伴娘的年纪了。

阿切尔忽然发现，自从他们从欧洲回来后梅就很少穿她的绸缎婚礼礼服。他惊讶地看着她穿着这套衣服，不禁将她与两年前他满心欢喜地期盼的那个少女相比。

正如她女神般的体格预示的一样，梅的轮廓丰腴了一些，但她运动员般笔挺的举止和少女般纯洁的表情并没有改变：阿切尔只在最近从她身上留意到一丝倦怠，除此以外她还是订婚之夜摆弄铃兰花束的那个女孩的模样。这让他更怜悯她了，这种无邪就像孩子信任的牵手一样让人动容。然后他记起了她隐藏在这种漠然平静之下的热情慷慨。他想起了当他催促她在博福特家舞会上宣布婚事时她理解的目光，他听见了教堂花园中她说话的声音："我不能把自己的幸福建立在对别人的辜负之上。"他忽然被一种无法控制的欲望攫住，想告诉她真相，并恳求她宽容大量，去追求他曾拒绝的自由。

纽兰德·阿切尔是一个沉稳自制的年轻人，在小圈子中循规蹈矩几乎已经成为了他的第二天性。他十分厌恶做任何哗众取宠的事情和任何范德卢顿先生不赞成且被俱乐部谴责为不得体的事情。但他忽然忘记了俱乐部，忘记了范德卢顿先生，忘记了一直将他包裹在温暖庇护之中的所有习惯。他走在歌剧院后部的半圆形通道上，打开了范德卢顿夫人包厢的门，仿佛这是一扇通向未知的大门。

"他爱我！"玛格丽特高声唱响凯歌，包厢中的观众抬头，惊讶地看见阿切尔走进来。他已经打破了圈子中的一条规矩，那就是禁止在独唱时走进包厢。

他从范德卢顿先生和西勒顿·杰克森之间穿过，弯着腰对妻子说话。

"我头疼得厉害，不要跟任何人说，回家吧，好吗？"他低声说。

梅理解地看了他一眼，他看见她对他母亲耳语几句，后者同情地点头，然后她悄声向范德卢顿夫人致歉，在玛格丽特落入浮士德怀中时从座位上起身。阿切尔帮她穿上夜礼服斗篷时留意到年长的女士们意味深长地相视一笑。

他们开车后，梅胆怯地将手放在他的手上："你不舒服我真难过。恐怕是他们在事务所又让你操劳过度了。"

"不——不是那样的，你介意我开窗吗？"他迷惑地回答，放下了他一侧的窗框。他凝视着窗外的街道，感到妻子在身旁静静地审视他，他紧紧盯着房子从眼前掠过。在家门前，她下车时踩到了裙摆，扑倒在他身上。

"你受伤了吗？"他问，一手将她扶稳。

"没有，但我可怜的裙子——看我把它撕破了！"她高声说，弯腰揽起沾满泥渍的裙摆，跟着他走上台阶进入门厅。仆人们并没有料到他们提早回家，楼梯平台上只亮着一盏微弱的煤气灯。

阿切尔走上楼梯，将灯扭亮，又点燃了书房壁炉架两侧托架上的灯。窗帘被拉上了，房间温暖亲切的景象给了他重重一击，就像执行秘密任务时撞见熟人一样。

他注意到妻子脸色苍白，便问她是否要喝点白兰地。

"噢，不用，"她脱下斗篷时脸红了一下，大声说。他打开桌子上的银盒拿出一支香烟时她又说："但你不是应该马上上床吗？"

阿切尔扔下香烟，走到火炉旁他常站的地方。

"不。我的头没那么疼了，"他顿了顿，"有一件事我很想说，一件很重要的事——我必须马上告诉你。"

她早已坐进扶手椅中，抬头听他说话："什么事，亲爱的？"她温柔地回答，让他好奇她听到这句开场白为何毫不惊讶。

他站在离她椅子几英尺的地方，开口说道："梅——"他看着她，他们之间短短的距离就像是一道不可逾越的鸿沟。他的声音奇异地回荡在温馨宁静的家中，他又说了一遍："有一件事我必须告诉你……关于我自己的……"

她默不作声地坐着，一动不动，连睫毛都没有眨。她依然非常苍白，但脸上的表情有一种特别的平静，好像来自某种神秘的内心力量。

阿切尔忍住了涌到嘴边的惯有的自责。他下定决心要直率地说出这件事，而不是徒劳地指责或求情。

"奥兰斯卡夫人——"他说，但一听到这个名字，他妻子便举起手，像要制止他的话，煤气灯的亮光照在她的金色婚戒上。

"噢，我们今晚为什么要谈论埃伦呢？"她微微噘嘴，不耐烦地问。

"因为我早就应该说出来了。"

她的面容依旧平静："这样真的值得吗，亲爱的？我知道我对她有时候不是很公平——也许我们都是。毫无疑问，你比我们都更理解她，你对她一直很好。但现在一切都结束了，又有什么要紧呢？"

阿切尔茫然地看着她。他感觉自己被困在一种虚妄当中，妻子有可能也感受到这种感觉了吗？

"都结束了——你是什么意思？"他口齿不清地问。

梅依然眼神清澈地看着他："怎么——因为她很快就要回欧洲了，外婆同意了，也理解她，已经着手安排她与丈夫脱离关系——"

她忽然停下来，阿切尔一只手抽搐地抓住壁炉架一角站稳，徒劳地希望能同样控制住混乱的思绪。

"我想，"他听见妻子声调平稳地继续说，"你今晚在事务所里是忙着安排工作。好像是今天早上决定的。"在他空洞的目光下，她低垂着眼，脸上再次闪过一阵潮红。

他知道自己的目光一定难以承受，转身双肘撑在壁炉架上，以手掩面。他的耳中仿佛锣鼓喧天，他道不清是因为血管充血还是因为壁炉架上的钟在滴答作响。

时钟指针缓慢地走了五分钟，梅坐着没有动，也没有说话。格栅里一块煤滚落，阿切尔听见她起身将煤堆好，于是终于转身面向她。

“这不可能。”他大声说。

“不可能——？”

“你是怎么知道的——你刚对我说的话？”

“我昨天看见埃伦了——我跟你说过我在外婆家看见她了。”

“她不是那个时候告诉你的？”

“不是，我今天下午收到她的一张字条。——你想看吗？”

他说不出话来，她走出房间，几乎马上又回来了。

“我以为你知道。”她淡淡地说。

她将一张纸放在桌子上，阿切尔伸手拿起。信中只有短短几行字。

“亲爱的梅，我终于让奶奶明白我来见她只是一次拜访而已，她一如既往地善良慷慨。她现在明白我回到欧洲后只能自己生活，或者和可怜的梅多拉姑妈一起，姑妈会跟我走。我将赶回华盛顿收拾行李，我们会坐下周的船。我走了以后你一定要好好对奶奶——就像你一直对我的那样。埃伦。

“如果有任何朋友想劝我改变主意，请告诉他们那样做是没用的。”

阿切尔将信反复读了两三遍，然后一把甩开，忍不住大笑起来。

他被自己的笑声吓到了，这让他想起了那天深夜收到梅的电报说婚礼提前时他莫名其妙地大笑起来，将简妮吓了一跳。

“她为什么要写这封信？”他问，好不容易止住了笑声。

梅坚定而坦白地答道：“我想是因为我们昨天好好谈了一回——”

“谈了什么？”

“我告诉她，我觉得之前对她不怎么公平——我一直不理解对她来说留在这么多陌生的亲戚之间有多么困难。他们认为自己有权指手画脚，却并不总是了解情况，”她停了一下，“我知道你是她唯一可以永远指望的朋友，我希望她知道你和我是一样的——在我们的感受上。”

她踌躇着，仿佛在等他开口，然后慢慢说：“她理解我为什么希望跟她说这些话。我想她一切都明白了。”

她起身走向阿切尔，拿起他一只冰冷的手，很快地贴到她的脸颊上。

“我的头也疼了，晚安，亲爱的。”她说，转身拖着撕破了而且沾满泥点的婚礼礼服走向房门。

第 33 章

正如阿切尔夫人微笑着对韦兰夫人说的那样，年轻夫妇第一次设宴是一件十分隆重的事。

自成家以来，纽兰德·阿切尔夫妇不正式地接待了许多宾客。阿切尔喜欢邀请三五知己前来聚餐，梅则笑容满面地欣然欢迎，这是她母亲在婚姻生活中设立的榜样。梅的丈夫好奇如果只剩她一人，她是否会邀请任何人到家里来。但他早已放弃了将她真正的自我从传统和训练所塑造的模具中分离开来。人们认为纽约富裕的年轻夫妻应该经常举办非正式的宴请，而一个韦兰家人嫁给一个阿切尔家人则更应遵守这种传统。

但一场盛大的晚宴却另当别论，这需要聘请大厨、借用两个男仆、供应罗马潘趣酒、摆上亨德森的玫瑰和印在金边卡片上的菜单，万不可掉以轻心。就像阿切尔夫人所说的那样，有了罗马潘趣酒便完全不同了，并不在于酒本身，而是因为它有着多重暗示——这意味着餐桌上要有潜鸭或甲鱼、两道汤、冷热甜点各一份，要穿短袖低领露背礼服，而且必须邀请声名显赫的客人。

一对年轻夫妇以第三人称发出他们的第一份请柬总是很有意思的，即使最经验老到和炙手可热的人也很少会拒绝。但范德卢顿夫妇应梅的要求留下来参加她为奥兰斯卡伯爵夫人举办的欢送晚宴，依然可算是一场胜利。

在这个大日子的下午，两位亲家母坐在梅的会客厅中，阿切尔夫人在蒂凡尼最厚的金边卡纸上写下菜单，韦兰夫人则监督棕榈树和落地灯的摆放。

阿切尔从事务所回来已经很晚了，却发现她们还在家中。阿切尔夫人已经将精力转去处理餐桌上的名牌，韦兰夫人则在琢磨将镀金大沙发搬上前面的效果，以便在钢琴和窗户之间再腾出一个“角落”。

她们告诉他，梅正在饭厅里检查长桌正中摆放的红蔷薇和铁线蕨花丘，和放在大烛台之间的银色编织篮里的梅拉德牌糖果。钢琴上放着一大篮范德卢顿先生从斯凯特克里夫送来的兰花。简而言之，在如此重要的宴会前夕，每样东西都已安排得妥妥当当。

阿切尔夫人沉思着过了一遍名单，用她锋利的金笔逐个勾选名字。

“亨利·范德卢顿——路易莎——洛弗尔·明戈特夫妇——雷吉·奇弗斯夫妇——劳伦斯·莱弗茨和格特鲁德——（是的，我想梅邀请他们是对的）——塞尔福里奇·梅里夫妇——西勒顿·杰克森——范·纽兰德和妻子。（时间过得真快啊！纽兰德，他担任你的伴郎好像只是昨天的事）——还有奥兰斯卡伯爵夫人——没错，我想就这么多了……”

韦兰夫人慈爱地打量着女婿：“纽兰德，这下没人能说你和梅没有给埃伦一个体面的送别了。”

“啊，这个嘛，”阿切尔夫人说，“我知道梅是希望她的表姐能对外国人说我们不是野蛮人。”

“我敢肯定埃伦会很感激的。我想她会在今天早上到达。这会留下一个让人回味无穷的最后印象。坐船出发的前一晚总是死气沉沉的。”韦兰夫人高兴地继续说。

阿切尔转身向厅门走去，岳母向他大喊：“进去看一眼餐桌吧，别让梅太累了。”但他假装没有听见，而是快步走上楼梯来到书房。房间看起来像一张陌生的脸，正在彬彬有礼地做着怪相。他发现这儿已被毫不留情地“清理”过、准备过了，房间里周到地摆放着烟灰缸和雪松木盒，供男士们放烟灰。

“啊，好吧，”他想，“这不会很久了——”然后，他走到更衣室中。

奥兰斯卡夫人离开纽约已经十天了，在这十天中，阿切尔没有她的任何消息，只收到一把用衬纸包着退还的钥匙，被密封在写着她字迹的信封里寄到他的事务所。这个对他最后请求的反击大概可以理解为一个熟悉棋局中的经典一招，但年轻人选择给予它不同的意义。她依然在与自己的命运抗争。但她要到欧洲去，还不是回到丈夫身边。因此，没有什么能阻止他随她而去。只要他走出这无法后退的一步，并向她证明这一点，他相信她不会将他拒之门外的。

对未来的信心让他坚定地扮演着目前的角色。他没有给她写信，也没有在行动中流露出任何痛苦和羞辱的迹象。他觉得，在他们这场你死我活的无声游戏里，王牌依然掌握在他手中，于是他安然等待着。

然而，某些时候是很难熬的。奥兰斯卡夫人离开第二天，莱特布莱尔先生让他研究曼森·明戈特夫人打算为孙女设立的信托基金的细节。阿切尔与前辈一起花了两个小时检查当中的条款，一边隐隐觉得他们咨询他的意见不只是因为他作为表妹夫的身份。这个原因在讨论结束时将会真相大白。

“唔，这位女士不能否认这是个相当慷慨的安排，”莱特布莱尔先生喃喃总结了这份协议后得出结论，“实际上，我得说她受到的待遇整体来说都很好。”

“整体来说？”阿切尔奚落地重复，“你是指她丈夫将她自己的钱财还给她的提议吗？”

莱特布莱尔先生微微挑起他浓密的眉毛：“亲爱的先生，法律就是法律，你妻子的表姐是按照法国法律结婚的。这意味着她知道那是什么意思。”

“就算她知道，可是后来发生的事情——”但阿切尔止住了。莱特布莱尔先生用笔杆抵着皱起的鼻子，目光沿着笔杆往下看，脸上的表情就像一位道德高尚的老绅士在告诫年轻人，美德不等于无知。

“亲爱的先生，我无意为伯爵的罪过求情，但——但另一方面……我不想惹祸上身……其实对那位年轻的胜者来说……并没有一报还一报……”莱特布莱尔先生打开一个上锁的抽屉，将一张叠起来的纸推给阿切尔。“这份报告，是秘密调查的结果……”看见阿切尔根本没有看那张纸，也没有驳斥这个暗示，律师直截了当地说：“你看，我没有说这是最终结果，远非如此。但我们能见微知著……整体而言，能达成这个体面的方案让所有人都非常满意。”

“噢，非常满意。”阿切尔赞成，将纸推回去。

一两天后，应曼森·明戈特夫人的邀请，他的灵魂受到了更严峻的考验。

他发现老夫人心情沮丧，牢骚不断。

她一开口便说：“你知道她抛弃我了吗？”不等他回答又

说："噢，别问我为什么！她说了许多理由，我一个都记不得了。我自己认为她受不了这种沉闷。不管怎样，那是奥古斯塔和我媳妇们的想法。我不知道是否能完全怪她。奥兰斯基是一个无可救药的无赖，但与他过日子一定比在第五大道上生活快乐多了。家族并不愿意承认这一点，他们认为第五大道是一个有着和平街的天堂。当然，可怜的埃伦并不打算回到丈夫家里。她一如既往地坚决不从。所以她会和那个愚蠢的梅多拉在巴黎定居……哎呀，巴黎就是巴黎，在那里几乎不用怎么花钱就能雇一辆马车。但她就像鸟儿一样快乐啊，我会很想她的。"她胖乎乎的脸上流下两滴干涸的老泪，消失在她胸前的深沟中。

"我唯一要的，"她最后说，"就是他们不要再烦我了。我真的必须好好吃我的稀粥了……"她满怀希望地朝阿切尔眨了眨眼睛。

正是那天晚上，他一到家梅便宣布打算为表姐举办一个送别晚宴。自从奥兰斯卡夫人逃到华盛顿后，他们之间便再也没有说起她的名字，阿切尔惊讶地看着妻子。

"晚宴——为什么？"他质问。

她脸红了："但你喜欢埃伦——我以为你会高兴的。"

"的确非常好——你这么安排。但我真的看不出——"

"我想这么做，纽兰德，"她说，默默站起来，走到书桌前，"这些邀请函都写好了。母亲帮我写的——她同意我们应该这么做。"她停下来，局促不安却仍面带微笑，阿切尔忽然看见他眼前站着的是家族的一个缩影。

"噢，好吧。"他说，茫然地盯着她塞进他手里的宾客名单。

他在晚餐前走进会客厅时，梅正弯腰对着壁炉，尝试让木柴在洁净的瓷砖这个它们并不习惯的环境里燃烧起来。

落地灯全都点亮了，范德卢顿先生的兰花显眼地放在各种现代瓷器和时髦银器中。大家都认为纽兰德·阿切尔夫人对会客厅的布置大获成功。镀金的竹花架中适时换上了报春花和瓜叶菊，挡住了到飘窗的路（老派的人则更喜欢用小型维纳斯铜像）。浅色织锦沙发和扶手椅巧妙地围在豪华的小桌四周，桌上密密麻麻地摆满了银制装饰物、陶瓷动物和风化的相框。盖着玫瑰色灯罩的落地灯像棕榈林中的热带花朵一样高挺。

“我想埃伦还从没见过这个大厅亮灯的模样呢。”梅站起来说，因忙乱而涨红了脸，眼中带着情有可原的自豪。她倚靠在烟囱旁的黄铜钳子倒了，发出的响声盖过了她丈夫的回答，他还没来得及重新说话，仆人便通报范德卢顿夫妇到了。

其他客人也很快陆续到场，因为众所周知，范德卢顿夫妇喜欢准时用餐。厅里几乎站满了人，阿切尔正向塞尔福里奇·梅里太太展示维尔贝赫文那幅涂着厚厚清漆的小画《羊的研究》时——那是韦兰先生在圣诞节时送给梅的——发现奥兰斯卡夫人站在他身边。

她异常苍白，黑发因此看起来比以往更浓密厚重了。也许是这个原因，又或是因为她在颈上缠了几圈琥珀珠子项链，他忽然想起了儿时聚会上一起跳舞的那个小埃伦·明戈特，那是梅多拉·曼森第一次将她带回纽约。

在琥珀项链衬托下，她的面色很难看，也可能是因为她的礼服并不得体：她的脸看起来没有光泽，几乎丑陋，他却从来没有像这一刻那么爱她。他们握住了手，他好像听见她说“是的，我们明天坐‘俄罗斯号’出发——”，然后是一阵毫无意义的开门声，过了一会儿，梅的声音传来：“纽兰德！晚宴已经宣布开始了。你把埃伦带进来好吗？”

奥兰斯卡夫人搀着他的手臂，他留意到那只手没有戴手套，又想起了那天晚上，他和她坐在二十三街的那个小厅中，他目不转睛地盯着这只手。所有从她脸上失落的美似乎都流落到他袖子上那修长苍白的手指和略带凹陷的指节上。他暗想：“即使只是为了能再次看见她的手，我也愿意随她而去——”

只有在名为款待“外宾”的宴会中，范德卢顿夫人才会屈尊退居主人左侧的位置。奥兰斯卡夫人是“外国人”的事实在这场致敬送别中被强调得恰到好处。范德卢顿夫人和蔼地接受了她的位置被取代，无疑是认同这种做法。此外有几件事是必须要做的，而且必须漂亮彻底地完成。其中一件就是——在老纽约的规则里——当一位女亲戚即将被逐出家族时，族人要在她身边聚首。现在，奥兰斯卡伯爵夫人到欧洲已成定局，韦兰一家和明戈特一家不遗余力地宣示他们对她坚定不移的喜爱。坐在餐桌一头的阿切尔惊叹地看着这个让她重新受到欢迎的无声而不懈的举动。由于家族的首肯，对她的抱怨被噤声，她的过去被容忍，她的现状也是一片光明。范德卢顿夫人对她还算和颜悦色，这是她最接近热诚的举动了，而坐在梅右边的范德卢顿先生顺着餐桌看了一眼，纯粹为了证明他从斯凯特克里夫送来康乃馨是合情合理的。

出席这个场合的阿切尔似乎处于一种无足轻重的奇怪状态，仿佛飘浮在吊灯和天花板之间，唯独不知自己在晚宴中起什么作用。他的目光扫过一张张平静饱足的脸，这些看起来天真无辜的人正专心致志地享用梅的潜鸭，就像一群默不作声的同谋，而他和他右手边的苍白女子就是他们谋划的目标。然后，在一束由许多破碎微光组成的巨大的亮光中，他意识到在他们所有人眼中，他和奥兰斯卡夫人是一对情人，是“外国”词汇里特有的有最极端意义的情人。他猜，几个月来他一直处于无数双静静观察的眼睛和耐心倾听的耳朵中心。他察觉到，通过他不清楚的办法，将他与同谋拆散一事已经成功，现在整个家族都围绕在他妻子身旁，心照不宣地认为所有人都对此一无所知，也根本没有进行猜测，而这次招待纯粹是因为梅·阿切尔单纯地希望亲切地送别她的朋友和表姐。

这是老纽约“杀人不见血”的方法：人们恐惧丑闻甚于疾病，重视体面多于勇气，并且认为除了煽风点火的行径以外，没有什么比“当众出丑”更没教养的事了。

这些念头一个接一个地在他脑海里浮现，阿切尔觉得自己就像一名囚犯，被关押在保卫森严的营地中。他看了餐桌一圈，从他的囚禁者一边吃着佛罗里达州运来的芦笋一边讨论博福特夫妇的语气中，猜测他们有多么冷血无情。“这是在警告我，”他想，“我的后果是什么——”他们宁愿做暗示和比喻而不采取直接行动，宁愿保持沉默而不冲动评断，这种死一般的感觉像家族墓穴的大门一样将他牢牢紧闭起来。

他笑了，然后看见范德卢顿夫人惊恐的眼神。

“你觉得这可笑吗？”她表情痛苦地微笑着说，“当然了，可怜的里贾纳打算留在纽约有荒谬的一面。”阿切尔含糊地说：“当然。”

此时，他意识到奥兰斯卡夫人另一侧的客人已经与他右边的女士相谈甚久。同时，他看见安详端坐在范德卢顿先生和塞尔福里奇·梅里先生中间的梅往餐桌这边很快地瞥了一眼。显然，男主人和他右边的女士不能一言不发地吃完整顿晚宴。他转向奥兰斯卡夫人，她报以苍白的微笑，似乎在说："噢，请一定坚持下去。"

"你觉得旅途劳累吗？"他对自己语调的自然感到惊讶，她回答说正相反，她很少如此舒适地旅行过。

"除了火车上热得可怕，你知道的。"她补充道，他说在她要去的国家，她将不用遭受那种痛苦。

他加重了语气说："有一次，我在四月时坐火车从加莱到巴黎，几乎被冻死了。"

她说她并不感到奇怪，但又说总可以多带一张毯子，而且每一种旅行方式都有其难处。对此他马上回应，比起远走高飞的幸福，这些困难都不算什么。她脸色变了，他忽然提高声调说："我自己也打算不久后去旅行很长一段时间。"她的脸抽搐了一下，他侧身向雷吉·奇弗斯大声说："我说，雷吉，我们环游世界如何，就现在，下个月？如果你愿意的话我乐意奉陪——"听见这话，雷吉夫人高呼玛莎·华盛顿将在复活节周为盲人救济院举办舞会，她不可能让雷吉在这之前离开，她丈夫则平静地说那个时候他要为国际马球赛训练。

但塞尔福里奇·梅里先生听到了"环游世界"几个字，作为一个曾乘坐自己的汽艇环绕地球的人，他借机在餐桌上就地中海的海港有多浅这个问题分享了几则惊人的消息。但他又说，这其实并不要紧，因为一旦见过雅典、士麦那和君士坦丁堡，还有什么地方可看的呢？梅里夫人说她对本库姆医生感激不尽，因为他以当地有发热情况为由，让他们保证不去那不勒斯。

“但你必须有三周时间才能好好游览印度。”她丈夫让步说，急切想让大家明白他并不是一个随便的环球旅行者。

这个时候，女士们纷纷起身到会客厅去。

虽然书房中有更重要的人物，但劳伦斯·莱弗茨一枝独秀。

谈话一如既往地围绕着博福特夫妇，就连坐在大家为表尊敬默默留出的扶手椅中的范德卢顿先生和塞尔福里奇·梅里先生也都停下来，听这位年轻人对他猛烈抨击。

莱弗茨从未如此充满了男基督教徒身上那种盛赞家庭神圣的感情。他因为义愤填膺而变得言辞犀利、口若悬河。显然，如果其他人遵循他的榜样，按他说的去做，那上流社会绝不会软弱到收留博福特这种外国暴发户——不，先生，即便他娶了范德卢顿家或兰宁家而不是达拉斯家的人也无济于事。莱弗茨愤怒地质问，如果他没有像步他后尘的勒姆尔·斯特拉瑟斯夫人等人一样狡猾地骗到几座房子，他还有机会与达拉斯这样的家族联姻吗？如果上流社会选择向粗俗的女人敞开大门，收获虽有待商榷，伤害倒不算严重。但一旦它开始容忍出身卑微且财产肮脏的男人，其结局便是分崩离析——而且大限将至。

“如果事情继续发展下去，”莱弗茨怒吼着，他看起来像一个身穿普尔[40]洋服、未被乱石投死的年轻预言家，“我们将看着孩子争抢骗子家的邀请函，还会跟博福特家的野种结婚。”

“噢，我说——含蓄一点！”雷吉·奇弗斯和小纽兰德抗议，塞尔福里奇·梅里先生看上去也警觉起来，范德卢顿先生敏感的脸上则写满了痛苦和憎恶。

“他有野种吗？”西勒顿·杰克森先生竖起耳朵高声说。当莱弗茨试图一笑置之时，老绅士在阿切尔耳旁轻声说：“那些总想扭转乾坤的家伙真奇怪。家里厨师最差劲的人总会跟你说他们一出去吃饭便会中毒。但我听说我们的朋友劳伦斯在此谩骂是有原因的——听说这次是一名打字员……”

他们的谈话从阿切尔耳边掠过，像一条没有知觉的河流，因为不知何时停下而一直流淌。他从身边的人脸上看见了兴致勃勃、幸灾乐祸甚至欢乐的神色。他听着年轻人的笑声，听着范德卢顿先生和梅里先生费尽心思地大赞阿切尔家的马德拉白葡萄酒。在这欢声笑语中，他隐隐感到众人对他十分友善，就像看守试图减轻对他这名囚犯的囚禁一样，这种感觉更加坚定了他获得自由的激昂决心。

他们到会客厅中加入女士的谈话，他看见梅胜利的眼神，从中看出她深感每样事情都“进展”顺利。她从奥兰斯卡夫人身旁站起来，范德卢顿夫人马上招呼后者坐到她就座的镀金沙发上。塞尔福里奇·梅里夫人穿过房间加入她们，阿切尔明白到这里也在进行一场平反和遗忘的阴谋。那个维系着他小世界的无声组织执意表明它没有怀疑过奥兰斯卡夫人品行端正，也未曾质疑过阿切尔家庭生活美满。所有这些亲切又无情的人决意彼此假装，假装他们从未听说、怀疑，甚至想过一丁点与此相反的情况。他们精心设计，互装糊涂，阿切尔从中再一次看清了纽约认为他是奥兰斯卡夫人情人的事实。他看到妻子眼中闪烁着胜利之光，第一次明白她也这样认为。这个发现在他内心激起一阵邪恶的大笑，在他费力与雷吉·奇弗斯夫人及小纽兰德夫人讨论玛莎·华盛顿的舞会时，这阵笑声一直回响在他耳边。就这样，这个晚上像一条没有知觉的河流，一直不停地流淌，不知何时停止。

终于，他看见奥兰斯卡夫人起身道别。他明白她很快便会离去，于是努力回想晚宴上对她说了什么，却记不起他们说过的任何一句话。

她向梅走去，其他人也围上来。两位年轻的女士双手紧握，梅倾身亲吻表姐。

“我们的女主人绝对是两人中更美的那个。”阿切尔听见雷吉·奇弗斯低声向小纽兰德夫人说。他想起了博福特对梅那无用之美的粗俗蔑视。

片刻之后，他在门厅中为奥兰斯卡夫人披上斗篷。

虽然头脑迷糊，但他决心不说任何可能惊动她或让她不安的话。他深信没有任何力量能让他改变目标，于是找到了勇气，任由事情顺其自然地发生。但就在他跟随奥兰斯卡夫人走进门厅时，他忽然渴望能在马车旁与她独处片刻。

“你的马车到了吗？”他问。这个时候，正在雍容华贵地穿上黑貂皮的范德卢顿夫人柔声说：“我们驾车送亲爱的埃伦回家。”

阿切尔心脏猛地一跳，奥兰斯卡夫人一手抓着斗篷和扇子，一手向他伸出。“再见。”她说。

“再见——但我会很快便能在巴黎见到你。”他大声地回答——他觉得自己是吼出来的。

“噢，”她低声说，“如果你和梅能来的话——！”

范德卢顿先生上前向她伸出臂弯，阿切尔转身走向范德卢顿夫人。有那么一会儿，在大马车内起伏的黑暗里，他隐约看见一张鹅蛋脸，眼神沉稳而闪亮——随后她便消失了。

他走上台阶，经过领着妻子下楼的劳伦斯·莱弗茨。莱弗茨捉住男主人的袖子，转身让格特鲁德先走。

“我说，老朋友，你介意跟大家说我明晚在俱乐部和你一起吃饭吗？非常感谢，老友！晚安。”

“晚宴的确进行得很顺利，不是吗？”梅在书房门前问道。

阿切尔忽然惊醒过来。最后一辆马车一走，他便走上书房将自己关起来，希望流连在楼下的妻子径直走回房间。但此刻她站在这里，苍白而憔悴，像一个累过头的人散发着一种不真实的活力。

“我能进来谈一谈吗？”她问。

“当然，如果你想的话。但你一定非常困了——”

“没有，我不困，我想和你坐一会儿。”

“那好吧。”他说，将她的椅子挪到火炉旁。

她坐下来，他也回到自己的座位上，但两个人一直没有说话。终于，阿切尔忽然开口：“既然你不累，也想谈谈，那有件事情我必须告诉你。那天我就想说了——”

她马上看着他：“好的，亲爱的，是关于你的事情吗？”

“是关于我的。你说你不累，但是我已经累了，非常疲倦……”

她立即温柔地担忧起来：“噢，我见过你这样，纽兰德！你一直工作过度——”

“可能是吧。不管怎样，我想停下来——”

“停下来？要放弃法律吗？”

“不管怎样，要离开——马上。去长期旅行，越远越好——离开一切——”

他停下来，意识到并没有成功地像一个希望改变却又疲于奔命的人那样冷漠地说出心中所想。随心所欲——渴望的和弦奏响。“离开一切——”他重复了一遍。

“越远越好？例如去哪里呢？”她问。

“噢，我不知道。印度——或者日本。”

她站起来，他低着头坐着，用手支着下巴，感觉到她带着温暖和香气站在他身边。

“那么远吗？但我恐怕你不能去了，亲爱的……”她声音有点颤抖，“除非你带上我。”他一言不发，她声调清晰平滑地继续说，每个音节都像一把小锤敲击他的脑袋：“应该说，如果医生让我去的话……但恐怕他们不会允许的。因为，纽兰德，我今天早上确认了一件我一直期盼和希望的事情——”

他抬起头，满面愁容地看着她，她跪下来，像沾满露珠的玫瑰一样，将脸埋在他的腿上。

“噢，亲爱的。”他说，将她抱紧，冰冷的手抚摸她的头发。

他们久久没有说话，内心的恶魔响起了刺耳的笑声，梅松开了他的臂弯，站起来。

“你没有猜到——？”

“是的——我，没有。应该说，我当然希望——”

他们对视了一下，再次陷入沉默，然后，他的眼神从她身上移开，忽然问：“你有告诉其他人吗？”

“只有妈妈和你母亲，”她停了一下，然后满脸通红地很快说，“应该说——还有埃伦。我跟你说过我们有一天下午谈了很久——我说她对我非常好。”

“啊——”阿切尔说，心跳停了一下。

他感到妻子注视着他：“你介意我先告诉她了吗，纽兰德？”

“介意？我为什么要介意？”他再一次努力振作起来，“但那是两周前的事了，不是吗？我以为你是今天才确定的。”

她的脸更红了，但依然面对他的凝视。“是的，我那时还不确定——但我告诉她我确定了。你看，我是对的！”她高声说，蓝色的眼睛充满了胜利的泪光。

第34章

纽兰德·阿切尔坐在他东三十九街书房的写字桌前。

他刚从庆祝大都会博物馆新画廊落成的大型正式酒会回来。那些宏伟的空间里密集地展示着各个时代的珍品，时髦的人群穿行于一系列经过科学分类的藏品当中，这个景象忽然触动了一根生锈的记忆弹簧。

他听见有人说："啊，这里曾是展示塞斯诺拉文物的展厅之一。"他身边的一切瞬间消失了，他坐在暖气片对面的一张硬皮长沙发上，一个穿着海豹皮长斗篷的消瘦身形正沿着老博物馆内摆放着稀疏展品的长廊走向远处。

这个画面激起了许多联想，他坐着以全新的目光打量书房，三十多年来，这里一直是他独自沉思和与家人闲谈的地方。

他生命中大部分重要的事情都发生在这个房间。在这里，差不多二十六年前，他的妻子红着脸委婉地向他坦白她怀孕了，那种拐弯抹角会把新一代的年轻姑娘逗笑；在这里，他们的大儿子达拉斯因为太娇嫩，不能在隆冬时节被带到教堂去，于是由他们的老朋友——纽约的主教进行洗礼，主教地位显赫，无可替代，一直是他教区的骄傲和光彩；在这里，达拉斯第一次蹒跚地走过地板，口中喊着"爸爸"，梅和保姆则在门后偷笑；在这里，他们的第二个孩子玛丽（她跟母亲可真像）宣布与雷吉·奇弗斯众多儿子中最无趣、最老实的一位订婚；在这里，阿切尔隔着婚礼面纱亲吻她，然后下楼坐上汽车到恩典教堂中——在一个任何事物都颠覆其根基的世界里，唯独“在恩典教堂举行婚礼”是经久不变的习俗。

他和梅一向在书房中讨论孩子们的未来：达拉斯和弟弟比尔的学业，玛丽对“出息”的漠视简直不可救药，却热衷于运动和慈善，对“艺术”的模糊爱好最终让好动又好奇的达拉斯进入了一位崭露头角的纽约建筑师的事务所。

现在的年轻人从法律和商业中解放出来，尝试各种各样的新鲜事物。如果没有沉迷于国家政治或市政改革，他们可能会选择从事中美洲考古、建筑或景观工程，热心而博学地研究自己国家的革命前建筑，学习并改造乔治时期的建筑风格，抗拒无意义地使用“殖民地风格”这个词语。如今，除了郊区那些身价百万的食品商，没有人拥有“殖民地风格”的房屋了。

但最重要的是——有时候阿切尔认为这最重要——正是在书房中，有一晚纽约州长从奥尔巴尼前来吃饭并度过一夜，他转向主人，咬着眼镜、紧握拳头砸着桌子说：“去他的职业政治家！阿切尔，你才是国家需要的人。如果马厩需要清理的话，你这样的人一定要帮一把手。”

“你这样的人——”阿切尔听到这句话多么沾沾自喜啊！他是多么热切地响应这个号召！这与奈德·温赛特让他卷起袖子踩进泥潭开始干活的呼吁如出一辙，却由一个为此做出表率的人说出来——这个人的号召难以抵抗。

回望过去，阿切尔不确定像他这样的人就是国家需要的人，至少不是西奥多·罗斯福指出的积极效力的人。实际上，他这么想是有理由的，因为在州议会任职一年后，他没有再度当选，而是幸运地回到籍籍无名却大有裨益的市政工作中，之后再次离职，偶尔为试图改变国家冷漠现状的改革周刊撰写文章。回顾的事情并不多，但当他想起他这一代的年轻人和他的圈子所期待的未来时——他们狭隘的眼界里只有赚钱、体育和上流社会——他对新事态所做出的微小贡献似乎也是有意义的，就像对一面坚固的墙壁来说，每一块砖都有意义。他在公职中无甚建树。他本质上永远都是一个爱思考的门外汉。但他有重要的东西思考，有美好的东西享乐，还有一位伟人的友谊成为了他的强项和骄傲。

简单来说，他一直是人们开始称为“良好公民”的人。多年来在纽约，每一项慈善、市政或艺术方面的新运动都会考虑他的意见，希望能冠上他的名字。当要开办第一所残疾儿童学校、重新规划艺术博物馆、创办格罗里埃俱乐部、落成新的图书馆或成立新的室内音乐协会时，人们总会说：“问问阿切尔。”他的日子十分充实，排满了体面的日程。他猜，这就是一个男人所必需的全部。

他知道自己错过了一些东西：生命的花朵。但他现在觉得它遥不可及，而且未必会出现，对此满腹怨言就好比为没有中彩票头奖而心灰意冷。他参与的这个抽奖有千千万万张彩票，但头奖只有一个，他获胜的机会极其渺茫。当他想到埃伦·奥兰斯卡时，他有一种模糊而平静的感觉，就像想起书中或画里某位想象的爱人：她变成了他所有错过的事物所组成的幻象。这个幻象虽然缥缈、脆弱，却足以让他从不去想其他女人。他一直是一个所谓的忠诚丈夫，当梅忽然去世时——她在照顾患传染性肺炎的小儿子时不幸感染，撒手人寰——他真心实意地哀悼她。他们多年一起的生活向他证明，即使婚姻是一项沉闷的责任也不重要，只要这个责任能保持尊严就够了：离开了尊严，婚姻就只是一场丑恶欲望的角逐。他看着身边，为自己的过去而自豪、哀悼。毕竟，旧的生活方式有它的好处。

他的眼睛环顾书房——达拉斯用英式铜板雕刻、齐本德尔橱柜、精心挑选的蓝白颜色和套上了漂亮灯罩的电灯装饰这个房间——目光又回到那张他一直舍不得丢弃的伊斯特莱克写字桌上，回到仍然放在墨水槽旁他给梅照的第一张照片上。

照片中的她高挑婀娜，胸脯圆润，穿着浆过的棉纱，头上的麦秆帽被风吹动，就像他在教堂花园的橘子树下看见她的那样。她的模样和他那天看见的一样，一直没有变。虽然没有那么高挑，却并未相差很多：她慷慨，忠诚，不知疲倦，却毫无想象力，不知进取，她年轻时的世界已经化作碎片又重新构建，她却对这些变化一无所知。这种耀目的光芒蒙蔽了她的双眼，让她的眼界一成不变。由于她认不出变化，她的孩子也就像阿切尔一样从不向她表达观点。从一开始，他们就假装志同道合，家中有一种无辜的虚伪，父亲和孩子不知不觉站在一起。她去世的时候觉得世界很美好，充满了和她家一样相爱和谐的家庭，于是顺从地撒手西归，因为她坚信无论发生何事，纽兰德都会继续向达拉斯灌输那些塑造了他父母人生的原则和偏见，而达拉斯反过来（当纽兰德随她而去时）也会向小比尔传递这种神圣的信任。至于玛丽，她就像对自己一样放心。因此，将比尔从鬼门关中拉回来并因此付出了自己的性命后，她无怨无悔地躺在圣·马克的阿切尔家族墓地里。阿切尔夫人已经在这里长眠，不用再接触那些她的儿媳从未察觉到的可怕“潮流”。

梅的画像对面是女儿的画像。玛丽·奇弗斯和母亲一样高大白皙，但腰身浑圆，胸部平平，还有点驼背，这是日新月异的时髦潮流所要求的。如果有着梅·阿切尔那被天蓝色腰带轻轻一束的二十英寸腰身，玛丽·奇弗斯是不可能展现她精湛的体育技艺的。这种差别似乎有着象征意味，母亲的生活像她的身形一样被紧紧裹缠起来，玛丽和她一样传统，也不比她聪明，却过着更广阔的生活，想法也更宽容。这么说来，新的法则也有其优点。

电话响起，阿切尔从画像移开目光，拿起手边的话筒。纽约通快信的唯一方式是衣服上缝着黄铜纽扣的信童那种日子已经过去多久了！

“芝加哥来的电话。”

啊——那一定是达拉斯打来的长途电话，他被事务所派到芝加哥商谈湖畔宫殿的计划，他们准备为一位有想法的年轻百万富翁建造这座宫殿。事务所总是派达拉斯办这种差使。

“你好啊，爸爸——对，达拉斯。我说——你觉得周三出海怎么样？‘毛里塔尼亚号’，对，和往常一样在下周三。我们的客户在落实之前想让我看几个意大利的花园，他们叫我坐下一班船去。我必须赶在六月一号回来，”他欢快地大笑起来，“所以我们必须动起来。我说，爸爸，我需要你帮忙，你一定要来。”

达拉斯好像就在书房里说话一样：他的声音听起来就在身边，自然得仿佛他正舒舒服服地坐在火炉旁他最喜欢的扶手椅中。阿切尔通常不会对此感到惊奇，因为长途电话已经像电灯和五天跨越大西洋的航行一样稀松平常。但这个笑声还是让他吃了一惊。他觉得神奇的是，隔着成百上千英里的国土——森林、河流、山脉、原野、喧闹的城市和忙碌而冷漠的几百万人——达拉斯竟能笑着说：“当然，无论如何我都必须在一号回来，因为范妮·博福特和我要在五号结婚。”

那个声音又开始说：“考虑？不，先生，不能考虑一分钟。

你必须现在就答应。我想知道为什么不行？如果你能说出一个理由——没有吧。我就知道。那就是可行了，嗯？因为我指望你明天一早就给库那得的办公室打电话，而且你最好订好马赛回来的船票。我说，爸爸，这是我们最后一次这样共处了——噢，太好了！我就知道你会答应的。”

芝加哥的电话挂掉后，阿切尔起身在房中来回踱步。

这是他们最后一次这样共处：儿子是对的。达拉斯结婚后，他们会有很多其他的“时光”，这一点他的父亲十分肯定，因为父子俩情同手足，至于范妮·博福特，不管人们怎么看待她，是不大可能干涉他们之间的亲密关系的。相反，从他对她的观察来看，他觉得她能很自然地融入其中。但毕竟，改变依然是改变，差别也依然是差别，即使他对未来的儿媳感到亲近，他仍然很希望抓住这最后一次机会与儿子单独共处。

他没有什么理由不这么做，只有一个突出的原因，那就是他已经没有旅行的习惯了。梅生前不喜欢走动，除非有正当理由，例如带孩子们到海边或者去爬山：她想不出有什么原因要离开三十九街上的房子或他们在纽波特的韦兰家的舒适住处。达拉斯拿到学位后，她觉得有义务进行六个月的旅行，于是全家按照传统游历了英国、瑞士和意大利。他们的时间有限（没有人知道为什么），所以放弃了法国。阿切尔记得达拉斯被迫考虑勃朗峰而非兰斯和沙特尔时有多愤怒。但玛丽和比尔想爬山，也已经跟在达拉斯身后哈欠连连地逛过了英国的大教堂。梅对孩子一向很公平，坚持让他们在体育爱好和艺术爱好之间找到平衡。她还提出丈夫应该到巴黎生活两周，待他们“完成”瑞士后再到意大利湖区与他们会合。但阿切尔拒绝了，说：“我们要在一起。”看见他为达拉斯做出了好榜样，梅的脸上露出欣喜的神色。

梅去世几乎两年了，他已经没有理由坚持同样的生活习惯。他的孩子催促他去旅行：玛丽·奇弗斯打包票说，出国“看看画廊”对他有好处。这个疗法的神秘性让她更相信疗效了。但阿切尔发现自己已被习惯、回忆和一种忽然对新事物惶恐畏缩的感觉束缚住了。

此刻，他回望过去，发现自己早已墨守成规。因为明显不适合做其他事才不得已为之，这是一个人完成职责的最坏情况。至少这是他那一辈的男人所持的观点。对与错、诚实与欺诈、受尊敬与被唾弃之间有着深深的鸿沟，让未能预见的事情几乎没有余地。一个人的想象力轻而易举地屈服于生活环境，有一些时刻却忽然超越了平日的水平，开始检视命运里漫长的波折。阿切尔在这一点上思索良久……

这个他成长起来的小世界里还剩下什么，又是谁的标准限制了他，让他屈服？他记起可怜的劳伦斯·莱弗茨几年前在这个房间里不屑地预言：“如果事情继续发展下去，我们的孩子将会跟博福特家的野种结婚。”

这正是阿切尔的长子——他一辈子的骄傲——正在做的事情，然而没有人觉得奇怪或横加指责。连男孩的姑姑简妮——她看起来仍和青春即将谢幕时一模一样——也从粉红色棉毛袋子中拿出了她母亲的绿宝石和小粒珍珠，双手颤抖着亲手送给新娘，范妮·博福特并没有因为没有收到巴黎珠宝商送来的“一套首饰”而失望，而是高声称赞它们老式的美丽，并宣称她戴起来后就像一幅缩小版的伊莎贝油画。

双亲去世后，范妮·博福特十八岁那年来到纽约，和三十年前奥兰斯卡夫人一样赢得了众人的芳心。唯一不同的是，上流社会并没有害怕她、不信任她，而是理所当然地欣然接纳了她。她漂亮、有趣、多才多艺，还要怎样呢？没有人会心胸狭隘地扒出她父亲的过往和她自己的出身这些几被遗忘的事。只有老人们还隐约记得纽约生意场上博福特破产的事，他在妻子去世后默默娶了声名狼藉的范妮·林，然后带着新婚妻子和一个遗传了她美貌的小女孩一起离开了这个国家。后来有人听说他去了君士坦丁堡，之后又去了俄罗斯。十二年后，美国的游客在布宜诺斯艾利斯受到了他的盛情款待，他在当地一家大型保险公司担任代理。他和妻子在荣华富贵中去世，有一天，他们举目无亲的女儿出现在纽约，由梅·阿切尔的嫂嫂杰克·韦兰夫人照料，后者的丈夫被指任为女孩的监护人。这样，她和纽兰德·阿切尔的孩子几乎像表亲一样亲密，当达拉斯订婚的消息宣布时，没有人感到意外。

没有什么比这件事更能深刻地展示世界的变迁之快。现在的人们十分忙碌——忙于改革和发起“运动”，忙于时尚、迷恋和琐事——因而无暇顾及他们的邻居。在这个巨大的万花筒中，社会的点点滴滴都处于同一条水平线上，一个人的过去又有什么要紧呢？

纽兰德·阿切尔看着酒店窗外那些雄伟又欢乐的巴黎街道，感到心中像年轻人那样跳动着困惑和渴望。

在越发宽松的马甲下，他的心脏已经许久没有这样剧烈跳动了，他很快便感到心中空虚，头脑发热。他想知道儿子在范妮·博福特小姐面前是否也有这种反应——他觉得他并没有。“他的心跳无疑也一样活跃，但节奏是不同的。”他想起年轻人宣布自己订婚时冷静沉稳，想当然地认为家人会同意。

“不同之处在于，这些年轻人理所当然地认为他们能得到任何想要的东西，而我们则几乎总是认为我们不应想要什么便得到什么。只不过，一件早已确信的事还能同样让人心跳狂乱吗？”

这是他们到达巴黎后的第二天，春天的阳光让阿切尔驻足在敞开的窗前，楼下便是宽阔闪亮的旺多姆广场。当他答应陪达拉斯出国时，他规定的其中一件事——几乎可以算是唯一一件事——就是他不用被迫参观那些新奇的“宫殿”。

“哦，好吧——当然，”达拉斯和善地答应了，“我带你去一些非常老套的地方——布里斯托人是这么说的——”听见他把国王和君主居住了一个世纪的宅邸比作老套的客栈，供人们了解其古雅的不便和残留的当地色彩，他的父亲顿时语塞。

在最初那焦躁的几年里，阿切尔经常幻想回到巴黎的场景，之后，对人的憧憬渐渐消退，他只想看看这个奥兰斯卡夫人生活的城市。晚上待家人都已就寝，他独坐在书房里，想起栽满七叶树的大道上春光明媚，公共花园里摆着花朵和雕塑，花车上传来丁香的阵阵香气，大桥下河水波涛翻滚，艺术、学习和享乐的蓬勃生机充满了这个城市的每一条动脉。此刻，这个繁荣的景象在他眼前一览无遗，他向外望去，感到自己畏缩、过时，心有余而力不足：比起他曾梦想成为的那个无情又了不起的人，现在的他只是一个满头灰发、微不足道的人……

达拉斯欢快地将手搭在他肩膀上：“你好啊，父亲。这可真棒，不是吗？”他们站了一会儿，静静地看着窗外，然后年轻人继续说：“说起来，我有一个消息要告诉你，奥兰斯卡伯爵夫人会在五点半恭候我们。”

他轻描淡写地说着，像在转告某个无关紧要的信息一样，比如他们第二天晚上到佛罗伦萨的火车几点出发。阿切尔看着儿子，觉得在他快乐而年轻的眼中看到了一丝他外曾祖母明戈特夫人的狡猾。

“噢，我没跟你说吗？”达拉斯继续说，“范妮让我发誓在巴黎的时候做三件事：为她找来德彪西的最新乐谱，到大木偶剧场看演出，还有去见奥兰斯卡夫人。你知道吗，当博福特先生将范妮从布宜诺斯艾利斯送到阿松普雄时，她对范妮非常好。范妮在巴黎没有朋友，奥兰斯卡夫人便对她十分友善，节假日带她到处闲逛。听说她是第一任博福特夫人的好朋友。当然啦，她也是我们的表亲。所以我今天早上出门前给她打了个电话，告诉她你和我在这里待两天，希望能见她。”

阿切尔一直盯着他：“你跟她说了我在这里？”

“当然了——为什么不说？”达拉斯夸张地扬起眉毛。他没有得到答复，便一手紧紧搂住父亲以示信任。

“我说，父亲，她是怎么样的一个人？”

在儿子大胆的注视下，阿切尔感到自己脸红了。“承认吧，你和她是好朋友，不是吗？难道她不是很漂亮吗？”

“漂亮？我不知道。但她跟别人不一样。”

“啊——就是嘛！事情总是这样的，不是吗？当她出现的时候，她是与众不同的——也不知道为什么。我对范妮正是这种感觉。”

他父亲后退一步，松开了他的手臂：“对范妮？我亲爱的儿子——我真希望是如此！只是我不觉得——”

“可恶，爸爸，别当个老古董！难道她不也——曾经是——你的范妮吗？”

达拉斯彻头彻尾地属于新一代。他是纽兰德和梅·阿切尔的长子，但在他身上几乎不可能灌输任何保守的思想。“神神秘秘的有什么意思呢？那只会让人们更想东嗅嗅西闻闻。”当他被要求谨言慎行时，他总是拒绝接受。但阿切尔看着他的目光，看见儿子在玩笑之外其实相当孝顺。

“我的范妮？”

“对啊，那个你愿意为她抛弃一切的女人——只是你没有这么做而已。”儿子的话让他瞠目结舌。

“我没有这么做。”阿切尔庄重地重复。

“对，你过时啦，你知道吗，亲爱的老哥。但母亲说——”

“你母亲？”

“是的，她去世前那一天说的。她让我独自去见她——你记得吗？她说她知道我们跟着你很安全，也一直会安全，因为她曾经这么请求你，你便放弃了你最希冀的那样东西。”

阿切尔默默地听着这句奇怪的话。他的眼睛依然视若无物地盯着窗下人潮熙攘、阳光明媚的广场。良久，他低声说：“她从来没有请求我。”

“对，我忘记了。你们从来不请求对方做任何事，对吗？你们也从不告诉对方任何事。你们只是坐下来看着彼此，猜测对方的心事。就跟一座聋哑人收容所一样！唔，我想你们这一辈人比我们更了解彼此心底的想法，我们甚至从不花时间了解自己。——我说，爸爸，”达拉斯忽然扭转话头，“你没有生我气吧？如果是的话，我们到亨利餐厅吃午饭和解吧。我之后要赶到凡尔赛去。”

阿切尔没有陪儿子到凡尔赛去。他希望利用下午的时间独自在巴黎游荡。他需要一股脑地清理这一生中无从诉说的悔恨和深埋心底的回忆。

过了一会儿，他不再为达拉斯的鲁莽感到惋惜。毕竟，有人猜出了他的顾虑并且同情他，就像拆除了他心头的铁箍一样……这个人就是他的妻子，他为此感到说不出的动容。达拉斯虽然深情又有洞察力，却不可能明白这一点。对这个男孩来说，这段插曲无疑只是一件憾事，充满着徒劳的失望和白费的努力。但真的是仅此而已吗？阿切尔久久地坐在香榭丽舍大街的长椅上思考，生命从他身边流淌……

几条街道以外，几个小时以后，埃伦·奥兰斯卡等待着。她一直没有回到丈夫身边，直到他几年前去世，她也没有改变自己的生活方式。现在已经没有什么将她和阿切尔隔开了——那天下午，他即将见到她。

他站起身，穿过协和广场和杜伊勒里宫花园来到卢浮宫。她曾跟他说过她经常到这里来，他想在一个她可能最近曾到过的地方度过等待的时间。在这一个多小时里，他在耀眼的午后阳光中徜徉于一个又一个画廊，一幅又一幅油画尽情地向他展现它们几乎被遗忘的光彩，在他心中充满了美的回响。毕竟，他的生活早已过于空白了……

忽然，在一幅光彩夺目的提香画作前，他听见自己喃喃自语："但我才五十七岁——"然后，他转身离开。对这个仲夏之梦来说，已经太迟了，但对于能幸福地在她身旁安静地收获一段友谊来说却远远不算迟。

他走回酒店，他要在这里与达拉斯会面。他们一起再次穿过协和广场，走过通向下议院的大桥。

达拉斯没有察觉父亲的思绪，兴奋地对凡尔赛大谈特谈。在此之前，他只对其匆匆一瞥。那是一次节日旅行，他拼命地排满了景点，都是他之前不得不与家人一起去瑞士时错过的。他一时慷慨激昂，一时独断批评，显得语无伦次。

阿切尔一边听着，越发感到无能为力，不知该如何表达自己。他知道儿子并不是感觉迟钝，但他有一种将命运视作平等的对手而非主宰者的能力和自信。“就是这样，他们能胜任事情——他们懂得人情世故。”他沉思着，认为儿子是新一代年轻人的代表，他们清除了所有老旧的标志，还带来了新的指示牌和危险警告。

达拉斯忽然停下来，一把抓住父亲的手臂。“哦，天啊。”他惊呼。

他们已经走到了荣军院前栽满树木的开阔空地上。孟莎圆顶如天上人间一般高高架在发新芽的树木和建筑物的灰色长庭之上，尽情吸收着下午的日光，就像代表着民族荣光的一个有形的标志。

几条大道从荣军院向外伸展，阿切尔知道奥兰斯卡夫人住在这其中一条大道旁的广场里。他想象那个街区十分宁静，几乎可以说是偏僻，却忘记了它位于灯火辉煌的市中心。此刻，他莫名地从那束金色的灯光联想到她的住处散发出的耀目光亮。近三十年来，她生活在——奇怪的是他对她的生活所知甚少——这个五光十色的环境里，他已经感到这个环境过于密集，却又激奋人心。他想到了那些她一定到过的剧院，看过的油画，经常造访的庄严辉煌的老房子，交谈过的人们，想到了一个极其喜爱社交的民族在充满古老礼仪的环境中产生各种思想、兴趣、图像和联想，永不停息地彼此交织。他忽然记起那个年轻的法国人曾对他说：“啊，精彩的对话——这真是独一无二的，对吗？”

阿切尔几乎三十年没有见到里维埃先生或听到他的消息了，这也看出他对奥兰斯卡夫人的状况一无所知。他们分隔了大半辈子，她在这段漫长的时间里生活在他不认识的人中，生活在一个他只能模糊想象的社会里，生活在他永远不能完全理解的环境中。这段时间里，他一直带着对她年轻时的记忆生活，但她却无疑有其他更实实在在的陪伴。也许她也将对他的回忆视作遥远的过去，但如果这样，那这种回忆一定像黯淡小教堂中的一座文物，她并没有时间每天前去祈祷……

他们穿过荣军院广场，走在大楼旁的一条大路上。虽然这个街区光彩壮丽，历史悠久，但依然十分安静，这让人想到巴黎的瑰宝该有多么的丰富，才会让这样的景色为少数冷漠的人独有。

太阳已经褪为一层柔和朦胧的光晕，在处处投下黄色刺目的光芒，他们拐进去的那个小广场上行人寥寥。达拉斯再次停下来，抬起头看。

“一定就是这里了。”他说，将手臂伸进父亲的臂弯中，阿切尔虽然感到难为情，却没有把手抽回去。他们一起站着，抬头看着房子。

这是一座现代建筑，没有明显的特色，但有许多窗户，它的正面是奶油色的，十分宽阔，上下漂亮地以阳台装饰。其中一个高层的阳台离广场上七叶树的圆顶很远，依然罩着遮阳篷，仿佛太阳刚刚晒过一样。

“不知道是哪一层呢——？”达拉斯猜测着，一边朝马车出入道走去，他探头到行李搬运工的小屋里，然后走回来说：“在五层，一定是有遮阳篷的那间。”

阿切尔一动不动，定定地看着高层的窗户，仿佛已经来到了他们朝圣旅程的终点。

“我说啊，已经快六点了。”他的儿子终于忍不住提醒他。

父亲的目光瞟到树下有一张空旷的长椅。

“我想在这里坐一会儿。”他说。

“怎么了——你不舒服吗？”他的儿子高声说。

“哦，我很好。但我想你自己上楼去，拜托了。”

达拉斯在他跟前停下来，一脸疑惑。“但是，我说爸爸：你的意思是你根本不打算上楼吗？”

“我不知道。”阿切尔缓缓地说。

“如果你不上去，她会搞不懂的。”

“去吧，儿子，我可能会跟着你去。”

达拉斯在日暮中长长地看了他一眼。

“但我到底要说什么呢？”

“好儿子，你不是永远都知道说什么吗？”他父亲微笑着回答。

“好吧，我就说你很传统，宁愿走上五楼，因为你不喜欢坐电梯。”

他的父亲又笑了：“说我很传统，这就够了。”

达拉斯再次看着他，然后做了一个手势表示他难以理解，便走进拱形的门道里消失了。

阿切尔在长椅上坐下，继续凝视着那个带遮阳篷的阳台。他计算着时间：儿子坐电梯到五层，按响门铃，被带进大厅，然后被领进会客厅。他想象达拉斯自信地快步走进房中，脸上带着讨喜的笑容。人们说儿子“随他”，不知是否的确如此。

然后，他想象房间中的人——因为在这个社交的钟点，房里可能不止有一个人——当中有一位皮肤黝黑的妇女，脸色苍白却皮肤黝黑。她马上抬起头来，伸出一只戴着三枚戒指的瘦长的手……他想，她会坐在火炉旁沙发的一角，身后的桌上放着杜鹃花。

“比起上楼，这样看真实多了。”他忽然自言自语。时间一分一秒地过去，他一动不动地坐着，害怕这现实的最后一道影子会失去棱角。

暮色渐浓，他在长椅上坐了许久，眼睛却从未离开那个阳台。终于，窗内亮起灯光，不一会儿，一名男仆走到阳台收起遮阳篷，关上了百叶窗。

这一幕仿佛是纽兰德·阿切尔等待已久的信号，他慢慢起身，独自走回了酒店。

The End

译注

1.克里斯汀·尼尔森（Christine Nilsson，1843—1921），瑞典女高音歌唱家，在歌剧《浮士德》中饰演女主角玛格丽特。

2.纽约音乐学院，位于曼哈顿的歌剧院，1854年至1886年间定期上演歌剧，1926年被拆除。

3.卢瑟·伯班克（Luther Burbank，1849—1926），美国植物学家、园艺学家，农业科学的先驱。

4.约瑟芬式，以拿破仑第一任妻子约瑟芬命名的礼服风格，其特点为长裙摆、薄内裙和低胸。

5.奥尔巴尼（Albany），纽约州首府。

6.大学街，纽约曼哈顿的一条大街。

7.炮台区，纽约的一个住宅区。

8.帝国式，女士紧身衣在胸部以下收紧，达到高腰的效果。

9.玛丽·塔里奥尼（Marie Taglioni，1804—1884），19世纪三四十年代最著名的芭蕾舞演员之一。

10.原文为“collecting china”，喻指找男伴。

11.灯笼裤（knickerbockers）是男童所穿的短裤，宽长裤（pantalettes）多为女童穿在裙子里的长裤。

12.公民权，原文为法语droit de cité，指上流社会成员与生俱来的权利。

13.邱园（Kew Gardens），即英国皇家植物园，原是英国皇家园林，坐落在伦敦西南郊。

14.第二帝国，即1852年至1871年，法国处于拿破仑三世的统治中，艺术得以繁盛发展。

15.塞壬岛，希腊神话中人面鸟身的海妖塞壬在岛上以歌声诱惑过往的水手，导致船只倾覆。

16.拉里，劳伦斯的简称。

17.以斯帖王后向亚哈随鲁说情，《圣经》旧约中的故事，波斯帝国的以斯帖王后在丈夫亚哈随鲁国王面前揭露宰相的阴谋，成功挽救了波斯的犹太人性命。

18.帕蒂，即意大利女高音歌唱家阿德丽娜·帕蒂（Adelina Patti，1843—1913）。

19.撒马尔罕（Samarkand），乌兹别克斯坦城市，以香水闻名。

20.和平街（Rue de la Paix），巴黎的一条街道，靠近塞纳河右岸的旺多姆广场。

21.卡珊德拉（Cassandra），希腊神话中特洛伊的公主，有预言能力。

22.红颜容（Haut Brion），产自法国波尔多的上等红酒。

23.波西米亚，指不遵守传统、不拘一格、放浪形骸的生活方式。

24.沙龙，18、19世纪时法国卢浮宫的一个年度展览。

25.圣·奥古斯丁（St. Augustine），美国最古老的城市，位于佛罗里达州东北部，是著名的疗养地。

26.“精神随意而吹”，源自《圣经》约翰福音第三章第八节中“风随意而吹”一句。

27.“直接接触”，唯心论的一个分支。

28.最后的号角吹响时，来自《圣经》哥林多前书，喻指死亡。

29.宝嘉康蒂（Pocahontas），迪士尼动画《风中奇缘》的女主角原型，因救了一名英国探险家而化解了一场异族间的战争。

30.布加勒斯特（Bucharest），罗马尼亚首都。

31.纽约人俱乐部，纽约的一个绅士俱乐部，只向纽约最尊贵的家族开放。

32.尤卡坦（Yucatan），墨西哥的一个州，有许多玛雅人的坟墓。

33.崖区（The Cliffs），位于纽波特郊区。

34.茶舞会，一种来宾一边喝茶一边跳舞的下午聚会。

35.司各特·西登斯夫人（Mary Frances Scott-Siddons，1844—1896），英国女演员。

36.《耶利米书》的文句："你不要使脚上无鞋，喉咙干渴。你倒说，这是枉然。我喜爱别神，我必随从他们。"

37.戈耳工（Gorgon），神话中的女妖，看到戈耳工颜面的人会变成石头。

38.伊利昂（Ilium），即古希腊殖民城市特洛伊。

39.莫尼（Duke of Morney，1811—1865），法国政治家，拿破仑三世同母异父的弟弟。

40.普尔（Poole），伦敦著名的西装裁缝店。

伊迪丝·华顿 | Edith Wharton

1862年1月24日—1937年8月11日

美国作家，原名伊迪丝·纽伯德·琼斯（Edith Newbold Jones），生于纽约一个上流社会家庭。1885年与波士顿人爱德华·华顿结婚，二人于1913年离异。之后伊迪丝移居法国，长住巴黎。1937年去世，葬在凡尔赛。

凭借《纯真年代》获得1921年的普利策小说奖，是第一个获得普利策奖的女性作家。

主要作品：

《高尚的嗜好》（1899）

《欢乐之家》（1905）

《乡土风俗》（1913）

《纯真年代》（1920）

扫一扫

读伊迪丝·华顿经典短篇小说《罗马热》

纯真年代

产品经理 | 孙　淳　　装帧设计 | 唐梦婷
技术编辑 | 顾逸飞　　责任印制 | 刘　淼
监　　制 | 闻　笛　　出 品 人 | 吴　畏

图书在版编目（CIP）数据

纯真年代 / (美) 伊迪丝·华顿著；周晓欣译. --
南昌：江西人民出版社，2018.4
ISBN 978-7-210-10139-0

Ⅰ.①纯… Ⅱ.①伊… ②周… Ⅲ.①长篇小说－美国－现代 Ⅳ.①I712.45

中国版本图书馆CIP数据核字(2018)第003957号

纯真年代
伊迪丝·华顿 /著
责任编辑/胡　滨　刘荆路
出版发行/江西人民出版社
印刷/北京盛通印刷股份有限公司
版次/2018年4月第1版
2018年4月第1次印刷
开本/ 880毫米×1230毫米　1/32　印张10
印数/ 1-9,000　　字数/ 232千字
书号/978-7-210-10139-0
定价/42.00元

赣版权登字—01—2017—1124